www.bbulmedia.com

www.bbulmedia.com

미스터
초콜릿

초판 1쇄 찍음 2015년 12월 7일
초판 1쇄 펴냄 2015년 12월 11일

지은이 | 분 실 물
펴낸이 | 정   필
펴낸곳 | (주)뿔미디어

기획 · 편집 | 안리라

출판등록 | 2002년 9월 11일 (제1081-1-132호)
주소 | 경기도 부천시 원미구 소향로 17, 303(두성프라자)
전화 | 032)651-6513 / 팩스 | 032)651-6094
E-mail | dahyangs@naver.com
블로그 | http://blog.naver.com/dahyangs
홈페이지 | http://bbulmedia.com

값 9,000원

ISBN 979-11-315-6910-8 03810

Mr, Chocolate

미스터 초콜릿

분실물

장편 소설

DAHYANG
ROMANCE STORY

CONTENTS

딸랑. 경쾌한 종소리와 함께 가게 문이 열렸고, 전투적인 모양
새로 우경이 들어섰다.

〈플라워 테이블〉

이곳은 플로리스트 우리와 그녀의 친구인 바리스타 해나가 함
께 운영하는 카페 겸 플라워 레슨실로, 우리의 오빠인 우경이 늘
제 집처럼 들락날락거리는 장소이기도 했다.

오늘따라 우경은 불편한 남의 집에 들어선 것처럼 매우 굳어진
표정을 하고 있었다. 방금 레슨이 끝난 모양인지 꽃가지를 청소하
고 있던 우리가 동그란 눈을 끔뻑이다, 아직 오후 3시도 안 된 시
계를 바라보았다.

"오빠가 이 시간에 웬일이야? 진료 안 봐?"

우경이 신경질적인 걸음걸이로 그녀의 앞에 섰다.

"지금 진료가 문제야?"

"뭐야. 그럼 뭐가 문젠데?"

뭐가 문제냐고?

도대체가 아무렇지도 않다는 얼굴을 한 우리의 모습에 우경은 기가 찬 듯 헛웃음을 지었다. 여전히 무슨 일인지 모르겠다는 듯 차분하고 둥그런 동생의 눈을 내려다보며 그가 또다시 미간을 찌푸렸다.

"헤어졌다며."

"……아."

"바람났다며, 서재유 그 자식이."

"난 또 뭐라고. 큰일이라도 난 줄 알았네."

이 이야기를 흘린 범인은 금방 치과 진료를 보고 오겠다던 해나가 틀림없었다. 분명 이런 반응일 것 같아 최대한 숨기고 싶었는데. 작게 한숨을 내쉰 우리가 손에 쥔 꽃가지들을 휴지통에 털어 버렸다.

"이게 큰일이 아니면 뭔데? 도대체 감정도 없나, 이 계집애는."

"벌써 한 달도 더 된 이야기야."

"한집 사는 나도 모르게 그렇게 덤덤하게 지냈다는 게 이해가 안 돼서 그래."

걱정 가득한 우경의 목소리에 다시 그와 시선을 마주한 우리가 엷게 웃었다.

"그럼 어떡해. 오빠, 서재유가 나보다 한참 어리고 예쁜 여자애랑 바람났어. 엉엉. 나 도저히 못살겠어. 죽을래. 엉엉. ⋯⋯뭐 이렇게라도 하란 말이야?"

"죽긴 왜 죽어? 그 멸치 대가리 같은 놈이 뭐라고!"

"그거 봐."

"⋯⋯."

"난 괜찮아. 생각보다. 감정이 없는 게 아니고 정말 괜찮아서 그래."

괜찮다고 웃는 동생의 모습이 오히려 더 짠하게 느껴지는 모양이었다. 우리의 이야기에도 우경은 여전히 이해가 안 된다는 듯 고개를 설레설레 저었다.

나머지 테이블 정리를 마친 그녀가 앞치마를 벗어 한 켠에 두었다.

"그래도 기특하다, 울 오빠. 오빠라면 나보다 서재유한테 먼저 달려갈 줄 알았는데."

사실 우리의 말이 맞았다. 원래대로라면 듣자마자 동생인 그녀에게 달려오는 게 아니라, 서재유한테 먼저 가서 강냉이부터 털어 버렸을 거다.

하지만.

해나가 이 일을 떠벌리던 잠시 전을 회상하며 우경이 머리를 긁적였다.

"현조가 나보다 더 빨랐어. 서재유 그놈 오늘 무사하지 못할 걸."

"현조 오빠가?"

우리의 동그란 눈동자가 깜빡깜빡.

"어. 해나 이야기 끝나기도 전에 튀어 나가는데, 섬뜩하더라. 내 동생인데 어째 그 자식이 더 극성이야."

그녀의 한숨이 이어졌다.

"……최해나. 아주 동네방네 다 떠벌리고 다녔어."

"다 너 생각해서 한 일이니까 내 애인한테 뭐라고 하지 마라."

"으으. 소름."

우리의 말에 그녀를 따라 양팔을 부비며 우경이 반격했다.

"으으. 실연당하고도 멀쩡한 내 동생 이우리가 더 소름."

섬뜩했다는 우경의 이야기는 실로 사실이었다.

잠시 후, 우경에게 바통을 이어받아 가게에 찾아온 현조의 얼굴은 정말 섬뜩할 정도로 굳어 있었다. 더구나 없던 상처까지 입가에 달고 나타나 더 무서워 보였다. 그래도 훈훈함의 기세를 어쩌지는 못했는지, 저리 살얼음판 같은 표정에도 그를 보자마자 수군거리는 가게 손님들은 여전했다.

그의 모습을 설명하자면 매우 간단했다. 180센티미터쯤 되는 키에 딱 보면 '아, 미남이다!' 가 절로 외쳐지는 생김새. 치과의사란 것까지 알면 아마 다들 더 좋아하겠지.

"냉수 한 잔."

카운터 앞에 선 우리에게 쿨하게 냉수 한 잔을 외친 현조가 빈 자리에 앉았다.

"해나 넌 얘기하려면 우경 오빠한테나 하지."

냉수를 꺼내 따르며 우리가 옆에 선 해나를 타박했다.

"이 선생 귀에 들어가면 어차피 주 선생한테까지 들어가게 되어 있는 걸, 뭐."

"그러니까 왜 말했어?"

"이런 상황 만들어지라고. 넌 가만히 있지, 별다른 유혈 사태도 없이 서재유는 어린것이랑 연애하지. 열 받잖아."

"어째 내 옆에는 이렇게 극적으로 열정적인 사람들만 살까?"

"이우리 네가 극적으로 담담한 여자라고는 생각 안 해 봤고?"

한마디도 지지 않는 해나를 노려보며 우리가 냉수를 들고 주 선생, 현조에게 다가갔다. 터진 입술이 아픈지 만지작거리던 그가 우리를 한 번 바라보다 손을 뻗어 잔을 들었다. 벌컥벌컥. 쾅. 갈증을 푼 그가 테이블 위에 쾅 하고 잔을 내려놓자, 눈치를 보듯 우리가 손에 쥔 쟁반을 더 꽉 쥐었다.

"이우리. 너도 맞을래?"

"나, 나는 왜?"

현조의 목소리에 진심으로 겁을 먹은 듯한 우리가 자신도 모르게 뒷걸음질 쳤다.

"왜 나가서 차이고 다녀? 쪽팔리게. 그것도 그런 멸치 같은 놈한테."

"……다들 실연당한 동생한테 참 좋은 소리들 해 주시네."

"화가 나서 그래. 열불이 나서. 그 자식이 주제도 모르고."

사실은 우리도 알고 있었다. 우경도, 해나도, 그리고 현조도. 지금 자신을 너무나 걱정해 주고 있다는 것을.

우두커니 서 있던 우리가 여전히 인상을 찌푸린 채 앉아 있는 현조를 향해 싱긋 웃더니, 그의 앞에 앉았다. 그리고 금세 걱정스러운 눈빛이 된 그녀가 손을 뻗어 현조의 입술 상처를 만지작거렸다.

"오빠는 왜 맞았어?"

"딱 한 대야. 그것도 운으로. 내가 이 정돈데 서재유 그 자식은 어떻게 됐을 거 같아?"

"너덜너덜 넝마가 됐으려나. 오빠 어릴 때부터 싸움 잘했잖아."

"싸움은 나보다 이우경이 더 잘했어. 공부는 내가 더 잘했지만."

"그놈의 기승전 잘난 척. 기다려 봐, 약 발라 줄게."

꽃을 만지다 보면 손을 다치는 일이 있기도 했고, 처음 꽃을 만지는 수강생들도 있기 때문에 가게에는 준비해 둔 상비약이 있었다. 사실 약을 바를 정도로 그리 심하게 다친 것은 아니었지만, 현조는 우리가 하는 대로 그냥 두었다. 약을 들고 다시 제자리로 돌아온 그녀가 연고가 묻은 면봉으로 현조의 입술을 톡톡 두드렸다. 그 자리가 따끔따끔했다.

"괜찮아?"

잠자코 그녀가 하는 것을 보고 있던 현조가 다시 입술을 열어 물었다.

"응. 괜찮아. 오빠들도 있고, 해나도 있고."

"잘 헤어졌어."

그 말에 우리가 옅게 웃는다.

"왜?"

"네가 너무 아까우니까."

"좋은 위로다, 그거."

"위로 아니야. 진실이지."

현조의 목소리는 단단했다.

"커피 줄 테니까 마시고 가."

드르륵. 치료를 마친 우리가 커피를 가지러 일어나려는데 그보다 먼저 현조가 일어섰다. 아까보다 훨씬 더 누그러진 표정으로 그가 고개를 도리도리 저었다.

"됐어, 병원 들어가 봐야 돼. 이거나 받아."

현조는 들어올 때부터 손에 쥐고 있던 커다란 종이봉투를 우리에게 건넸다. '이게 뭐야?' 라는 그녀의 눈빛에 그가 아무 말 없어서 받으라는 듯 봉투를 쥔 손을 흔들었다. 얼떨떨한 표정으로 봉투를 받아 든 그녀가 동그란 눈을 깜빡이다 꼼지락 그 안을 확인하기 시작했다. 곧이어 환한 미소를 그린 우리가 조용히 입술을 열었다.

"초콜릿이네."

"좋아하잖아. 한꺼번에 너무 많이 먹지 말고. 이 상하니까."

"응. 고마워, 주 선생."

"까분다, 이게."

톡. 긴 손가락으로 우리의 이마를 튕긴 현조가 해나에게도 바이바이 손을 흔들며 급히 가게를 나섰다. 이제야 한창 진료 볼 시간임을 깨달은 모양이었다. 가게에 있는 여자들의 많은 눈빛들이 그를 향해 있었지만 그는 개의치 않고 앞만 보고 나갔다.

현조의 뒷모습이 사라질 때까지 바라보던 우리는 다시 봉투 속 가득한 초콜릿에 시선을 돌리곤 작게 웃었다. 그것이 그녀에게 가장 큰 위로라는 것을 현조는 알고 있었다.

* * *

이우경, 이우리 그리고 주현조.

남매와 현조는 친구 사이인 부모님들 덕분에 어릴 적부터 친형제, 남매처럼 함께 자랐다. 모든 면에서 팔방미인이었던 우경과 현조는 동갑내기로 좋은 경쟁자이자 좋은 친구였고, 그들보다 다섯 살 어린 우리는 늘 두 남자에게 보호해 주고 싶은 여린 대상이었다.

우경과 우리의 부모님이 돌아가신 건 우경이 열일곱, 우리가 열두 살이던 때였다. 평소와 다른 것도 없었던 일상에서 일어난 커다란 사고.

퇴근 후 함께 집으로 돌아오는 길에 난 교통사고에서 그들은 즉사했고, 그렇게 우경과 우리는 한꺼번에 부모를 잃었다.

바쁘셨지만 항상 다정했던 의사 아버지와, 다루던 꽃처럼 늘 아름다웠던 어머니.

부모님의 사고로 아이들이 엇나가지 않을까 하는 걱정이 무색하게 우경과 우리는 아주 잘 자라 주었다. 우경은 현조와 나란히 치대에 입학했고, 의사가 되었고, 현조의 아버지의 병원에서 함께 일했다. 우리 역시 어머니처럼 꽃을 만지며 살았다.

우리에게서 초콜릿은 아버지와의 추억과 같은 것이었다. 이가 썩는다며 집에서는 잘 먹지 못했던 초콜릿을 아버지는 우리가 슬플 때, 속상할 때, 울적할 때 마치 약처럼 처방해 주셨다. 현조는 그것을 알고 있었고, 장례식장에서 처음으로 우리는 아버지 대신 현조에게서 초콜릿을 받았다.

'울지 마, 우리야.'

다정하던 그 목소리에 마음이 시려져 우리는 더 세차게 울어 버렸던 것 같다.

* * *

현조는 상담실에 앉아 우리를 생각하고 있었다. 치료를 받으러 온 해나에게 그 이야기를 들었을 땐 정말 순간 정신이 나가 버리는 줄 알았다. 감히 서재유 그깟 게 우리를 두고 바람을 피워?

그는 둥그런 눈이 너무나도 순한 우리의 모습을 떠올렸다. 하얀 얼굴, 분홍빛 입술, 새까맣고 긴 머리카락을 가진 그녀의 모습을 떠올렸다.

벌써 그 어리던 우리가 스물여섯이 되었다. 아무리 생각해도 아까워 죽겠는데, 차라리 잘 헤어졌다는 생각도 들었다. 그러다가…… 자신에게 정신없이 두들겨 맞던 재유가 한 이야기가 번쩍 떠올랐다.

'형. 그거 알아요? 우리, 나 안 좋아해요.'

'우리 좋아하는 사람 따로 있어요. 그러니까 내 바람은 무죄예요.'

"미친 자식. 변명을 하려면 좀 더 그럴듯한 거로 하든가."

손에 든 펜을 신경질적으로 내팽개친 현조가 답답한 듯 목 끝의 셔츠 단추를 풀었다. 너무도 덤덤해 보였던 우리의 모습과 재유의 목소리가 오버랩되었지만, 그는 말도 안 된다는 듯 고개를 저었다.

그때 주머니 속 휴대폰이 울렸고, 발신자를 확인한 현조는 피곤한 기색으로 전화를 받았다.

"네, 어머니."

―아들. 내일 저녁 7시 30분. W호텔. 잊고 있는 거 아니지?

어머니껜 죄송하지만, 사실 우리의 일로 잠시 잊고 있었다.

내일 저녁 선 자리가 있었다. 현조의 어머니가 무척이나 기대하며 마련하신 자리.

여태까지는 결혼 생각이 없다는 말로 모든 선을 거절했지만, 이번만은 어머니의 강압적인 태도에 어쩔 수가 없었다.

피곤한 듯 이마를 쓸어내린 현조가 대답을 이었다.

"네네. 안 잊었습니다. 대신 어머니도 안 잊으셨죠?"

—뭘?

"이번에 김 원장님 따님이 저 마음에 안 들어 하면 다시는 선 이야기 안 하시기로 한 거."

—그럴 리가 없으니까 그 이야기는 없던 거나 마찬가지야. 우리 아들 마음에 안 들어 할 여자가 어디 있어?

아들에 대한 자신감과 사랑이 넘쳐 나는 어머니의 소녀 같은 말투에 현조가 저도 모르게 미소를 머금었다.

"어머니 아들이 취향이 아닌 여자들도 많아요. 어쨌든 내일은 잊지 않고 나갈 테니까, 걱정 마세요. 대신 정말 걷어차이면 다른 말씀 안 하시는 겁니다."

—우리 아들 걷어차면 그게 눈 달린 사람이니? 아무튼 알겠어. 엄마가 내일 또 연락할게. 오늘도 파이팅해, 아들.

달칵.

활기차게 끊어진 휴대폰을 내려다보며 현조가 작게 한숨을 내쉬었다. 이번 선 자리를 통해 다시는 어머니가 선의 선 자도 꺼내지 못하게끔 만들고 싶었다. 시원하게 걷어차이면 자존심이 상하셔서라도 다시는 이런 자리를 만들지 않으시지 않으실까 하는 기대감.

벌써 서른하나. 연애를 안 한 지도 어언 오 년째.

충분히 부모님이 걱정할 만한 상황이긴 했으나, 딱히 연애하고 결혼하고 싶은 여자를 만나지 못했다. 그렇다고 남들 눈치 때문에 아무 여자하고나 만나고 싶지도 않았다.

"오랜만에 우리랑 맛있는 거나 먹을까."

우리가 약을 발라 준 입술을 만지작거리며 현조가 중얼거렸다. 그리고 그 생각은 더 이상의 고민 없이 바로 추진되었다.

2

"해나 씨. 나 오늘 우리 빌려 가도 돼?"

"그럼요, 오빠. 마음껏 빌려 가세요. 어차피 오늘 야간담당 저니까."

우리는 카페 장식으로 둘 작은 생화 꽃바구니를 만들고 있었다.

"야. 네가 뭔데 나를 빌려주고 말고야?"

"이제 애인도 없는 게 튕기기는. 가자, 이우리. 오빠랑 밥 먹으러. 둘이 먹다 넷이 죽어도 모를 주현조와의 저녁식사 타임."

저녁 8시 30분. 늦은 진료를 마친 현조가 '플라워 테이블'에 다시 찾아왔다. 작업을 다 마친 우리는 입술을 뾰족이며 억지로 끌려 나가는 척했지만 사실 전혀 나쁘지 않았다. 현조의 말처럼 오랜만에 그와 함께하는 저녁식사였으니까. —정말 둘이 먹다 넷이 죽을 정도일지는 모르겠지만.—

손을 흔드는 해나를 뒤로하고 나온 두 사람은 나란히 현조의 차에 올라탔다.

"귀한 주 선생 얼굴을 하루에 두 번이나 보네."

안전벨트를 맨 우리가 장난스레 말하자, 현조가 그녀의 머리를 콩 쥐어박았다. 그의 주먹은 단단하고 컸으나 조금도 아프지 않았다.

"또 까분다."

"실연당했다고 오빠가 밥도 사 주고. 실연도 꽤 할 만한 것 같아."

"이 자식이 순식간에 날 짠돌이로 만드네. 언젠 내가 너 굶겼냐? 밥 안 사 줬어?"

"되게 오랜만이잖아, 같이 밥 먹는 거."

시동을 걸고 핸들을 돌린 현조가 오랜만이라는 말에 잠시 멈칫했다.

그랬나?

오랜만이라는 생각은 했었는데, 되게 오랜만인지까지는 생각을 못 했었다.

"그래. 그건 그렇네. 우경이나 나나 일 바쁘다고 너 신경도 잘 못 써 주고."

"농담한 거야, 오빠. 진지해지지 마."

"일하느라 우리 우리 배신당하는지도 모르고. 와. 실컷 두드려 패고도 아직도 열 받아."

현조는 어떨 때 보면 오히려 우경보다 더 우리의 친오빠처럼 굴었다.

"한 스무 대는 더 때리고 왔어야 되는데. 아예 남자구실을 못 하게 만들어 줄 걸 그랬나."

갑자기 열을 내는 현조의 모습에 우리가 고개를 절레절레 저었다. 참 이상한 남자였다, 그는. 차분하고 도도한 것 같으면서도, 어느 순간엔 동네 깡패 같기도 하고 좀 찌질이 같기도 하고.

어렸을 적, 우경과 현조가 전교 1, 2등을 앞다투는 수재라는 걸 알았을 당시에도 우리는 좀처럼 그 사실을 믿기가 힘들었다. 매일 컴퓨터 게임에 매달려 내가 이겼네, 네가 졌네 하는 꼴들을 너무 봐서 그랬나.

물론 두 사람에게도 전교 1, 2등의 비결이란 것이 존재하긴 했었다. 마음먹은 날은 도서관에 앉아서 궁둥이를 한 번도 떼지 않는 어마어마한 집중력.

"오빠. 나 그거 생각나."

"뭐?"

도로는 생각보다 한적했고, 현조의 차는 매끄럽게 나아가고 있었다.

잠시 조용히 있던 우리가 옛 생각을 했는지 입가에 엷은 미소를 띠며 말했다.

"예전에 오빠들 수능 보고 나서 집에 들어오자마자 누가 먼저랄 것도 없이 쓰러져서 이틀 내내 잤던 거. 기억나?"

"아. 숨소리도 없이 자서 네가 오빠들 죽은 거 아니냐고 막 울었던 거?"

"응. 그때 진짜 둘 다 죽는 줄 알고 무서웠었거든. 너무 쥐 죽은 듯이 자니까."

"미쳤냐. 수능 끝나고 죽게."

생각만 해도 끔찍한 모양인지 현조가 인상을 찌푸리며 말했다.

그때는 셋이 함께 현조의 집에서 살았었다. 남 같지 않았던 친구의 아들, 딸을 모른 척할 수 없었던 현조의 아버지가 그들을 맡아 키운 셈이었다. 엄마 아빠 생각에 가끔 울기도 했지만, 세 사람이 함께 있어서 재밌는 일도 많았던 것 같다.

늘 현조와 함께했던 우경과 우리가 독립을 한 것은 그녀가 스무 살이 되던 해였다. 벌써 오 년 전 일이었지만 이삿짐을 옮기며 아쉬워하던 현조의 표정이 그녀의 기억 속엔 아직도 생생했다.

"같이 살 때 참 좋았는데."

빨간 신호등 앞에서 현조의 차가 멈추었다. 혼잣말을 읊조리는 듯한 우리의 목소리에 현조가 고개를 돌려 정갈한 그녀의 옆모습을 바라보았다.

"다시 같이 살까?"

현조와 시선을 맞춘 우리는 방금 자신이 말실수를 했음을 깨달았다.

옛 기억 속에서 빠져나온 그녀가 황급히 고개를 저었다.

"됐어. 오빠 독립한 지 얼마 되지도 않았잖아."

"뭐 어때. 오빠가 짐 정리해서 너희 집에 들어가면 되지."

현조는 왠지 신이 나 보였지만, 우리는 그렇지 못했다.

"오빠까지 케어할 돈 없어."

"걱정 마. 나 돈 많잖아."

맞는 말이었다.

부잣집 아드님에 의사였지.

"집 좁아."

"오빠 날씬해서 존재감 없이 잘 지낼 수 있는데."

"화장실도 한 개밖에 없어."

"오빠가 3순위 할게."

"신호등. 파란불이야."

거침없이 거절하는 우리의 대답에 조금 김이 빠졌나 보다. 현조는 큰 손바닥으로 동그란 그녀의 머리를 감쌌다.

"이 자식이…… 말 돌리기는."

"얼른 밥 먹자, 오빠. 나 배고파."

그는 배시시 웃으며 배를 만지작거리는 우리를 향해 알았다는 듯 고개를 끄덕였다. 더 이상 아무 말 하지 않겠다는 의미였다.

잠시 뒤 현조가 미리 예약해 둔 근사한 레스토랑 앞에 도착했고, 주문해 둔 요리가 두 사람 앞에 차례차례 놓였다.

현조는 스테이크 한 점 집어 먹고, 맛있게 먹는 우리를 바라보고. 앞에 놓인 와인을 한 모금 마시고, 맛있게 먹는 우리를 또 바라보고. 흡족한 듯 냠냠거리며 음식을 먹는 그녀의 모습에 그의 입가에 미소가 번졌다.

"맛있어?"

"응. 여기 처음 와 봤는데 맛있다. 와인도 좋고, 분위기도 좋고."

조용하고 고급스러운 느낌의 실내를 두리번거리며 우리가 와인 한 모금을 넘겼다.

"그거 맛있다고 홀짝홀짝 마시다가 정신 놓는다, 너."

"독한 거야? 괜찮은 것 같은데. 근데 그럼 뭐 어때, 오빠 있잖아."

해맑은 우리의 대답에 현조는 어쩐지 기분이 이상해졌다.

"내가 있으니까 문제지."

"응?"

"아니."

"뭐라고 했는데?"

"정신 놓으면 길에다 버리고 갈 거라고."

"그렇게 긴 말 아니었던 거 같은데."

다시금 와인을 한 모금 넘긴 우리가 현조를 흘겨보았다. 그 모습을 묵묵히 바라보던 현조는 잠시 생각에 잠긴 듯 아무 말이 없었다.

우리를 본 지 벌써 햇수로 이십 년도 더 지났다. 다섯 살이나 어렸고, 어린아이였고, 예뻤고, 지켜 주고 싶었다. 지금까지도 우리는 그에게 늘 그런 존재였다.

그런 녀석이 다 컸다고 연애를 하고 실연을 당하고. 어느덧 이렇게 어른이 된 것 같은 얼굴로 눈앞에 앉아 있다니.

의미 모를 미소를 지은 그가 다시 잔을 들었다.

"이우리 다 컸다."

갑작스러운 그의 말에 우리가 동그래진 눈을 깜빡거렸다.

"내가 언제 다 컸는데 새삼스럽기는."

"그러니까 말이야. 조그마하던 게 갑자기 스무 살이 되더니, 대학을 졸업하고, 사업을 하고, 연애를 하고, 실연도 하고. 오빠들이 공부하느라 정신없던 사이에 우리 혼자 다 컸어."

우리는 정말 혼자서 커 버린 것 같았다. 아무리 곁에 현조의 부모님이 계셨다고 하지만 친부모님이 아닌 그들에게 우경, 우리 남매는 적지 않은 마음의 벽이 항상 있었을 거다. 현조는 투박한 남자들 사이에서 큰 우리가 어쩐지 애틋하기도 하고, 안쓰럽기도 한 마음이었다.

"오빠는 아직도 내가 어린앤 줄 알아? 그렇게 어린애한테 말하듯 하지 마."

"바보야. 난 예쁘고 귀엽게 잘 컸다고 칭찬하는 거야."

심술이 난 것 같은 우리의 목소리에도 현조는 그저 웃었다.

"오빠가 키웠나 뭐."

"8할은 내가 키웠지, 왜."

"아까는 나 혼자 컸다며?"

뒤죽박죽 할 말이 없었는지 현조가 남은 스테이크를 입안에 쑤셔 넣으며 입을 닫았다.

홀짝홀짝. 기분이 상했는지 우리는 남은 와인을 끝까지 들이켜려 했고, 그 모습에 현조가 그녀를 말리려 손을 뻗었다. 곧 빼앗긴 와인 잔을 다시 되찾으려는 그녀의 손짓이 이어졌지만 쉽지 않았다.

"오빠. 이거 내 실연파티지?"

"맞아."

"근데 왜 술 못 마시게 해? 그냥 마시게 둬. 빼앗지 말고."

우리는 다시 손을 뻗어 와인 잔으로 가져갔지만, 현조는 다시 그녀를 헛손질하게 만들었다.

문득 현조는 아까 전의 일이 생각났다. 재유를 만났던 일.

그가 잠시 동안 가만히 우리의 맑은 눈을 들여다보았다.

"이우리."

"왜?"

"너 좋아하는 사람 있어?"

갑작스러운 그의 물음. 순간 우리의 손이 멈칫했다. 동공도 흔들렸다. 하지만 이런 쪽엔 둔한 현조에게는 들키지 않았을 것이다.

뜬금없는 물음에 어안이 벙벙해진 우리가 잠시 아무런 말도 잇지 못한 채 그와 시선을 마주했다.

"왜 대답 안 해. 있어?"

재차 묻는 현조의 목소리에 그제야 정신을 차린 우리가 고개를 저으며 답했다.

"좋아하는 사람은 무슨 좋아하는 사람이야. 실연당한 지 이제 한 달인데."

"그치?"

의문이 해결됐다는 듯 시원한 얼굴이 된 그가 그제야 우리의 손에 턱 잔을 쥐여 주었다. 아마도 아까 전 재유에게 들었던 이야기가 내내 마음에 걸렸던 모양이었다.

'우리, 나 안 좋아해요.'

'우리 좋아하는 사람 따로 있어요.'

그래. 그럴 리가 없지.

"그 자식 진짜 몇 대 더 맞아야겠네. 어린 자식이 상황 모면하려고 그런 거짓말을."

조용히 읊조리는 현조의 말을 우리는 듣지 못했다. 고개를 갸웃거리는 우리를 바라보며 그가 다시 말을 이었다.

"아무리 봐도 잘 헤어졌어. 서재유, 그거 완전 찌질이야."

현조는 재유를 더 패 주지 못한 게 한이 됐는지 주먹 쥔 손을 테이블에 가볍게 쿵쿵거렸다.

바보.

멍청이.

주현조.

그 모습을 지켜보는 우리는 묘한 표정이 되었지만, 현조에게 그 표정을 숨기기 위해 와인을 입안에 몽땅 털어 넣었다.

"아예 병나발을 불지? 너 진짜 쓰러져도 책임 안 진다, 오빠."

"걱정 마세요. 책임지라고 안 하네요."

두 사람의 오랜만의 저녁식사는 스테이크로 시작해 와인으로 끝났다. 조금만 먹어도 정신을 놓을 줄 알았는데, 우리는 현조의 생각보다 술이 셌다. 얼굴도 몸도 여리여리해서 술은 조금도 못 마시게 생겼는데.

그러고 보니 그동안 술도 제대로 먹어 본 적이 없었나, 우리랑.

현조는 턱을 괸 채 한 잔, 두 잔 홀짝홀짝 와인을 들이켜는 우리를 한참 동안 바라보았다. 그리고 자신을 바라보는 따뜻한 현조의 눈빛과 알딸딸하고 좋은 느낌에 우리는 이 시간이 끝나지 않았으면 좋겠다고 생각했다.

다음 날 저녁.

별다른 숙취 없이 무탈하게 하루를 보낸 우리는 마지막 일정으로 문화센터 출강을 위해 꽃을 준비하고 있었다. 오늘따라 카페를 찾은 손님이 많아 분주하게 움직이고 있는 해나를 보며 조금 걱정스러운 표정을 지었다.

"아르바이트생 뽑아야겠어."

"그러게, 한 일주일에 삼 일 정도? 일단 나중에 얘기하고 다녀와. 늦겠다."

"조금만 고생해."

우리는 빙그레 웃는 친구 해나에게 손을 흔들어 주고 차에 꽃을 실었다. 그리고 시계를 보더니 조금 촉박하다 싶었는지 급히 출강 장소로 운전했다. 출강은 여러 번 나갔지만 이렇게 고정으로 들어온 건 처음이라 괜스레 마음이 더 설레었다.

준비한 꽃과 오늘 강의할 내용을 다시금 머릿속에서 정리하며 출강 장소에 거의 다 도착했다. 도로 상황이 생각보다 나쁘지 않아 다행히 시간보다 훨씬 이르게 도착했다.

"선생님, 오늘 너무 재밌었어요!"

"맞아요. 꽃도 너무 예쁘고, 쉽게 가르쳐 주시고."

"감사해요. 다음 주에 하는 바스켓도 재미있을 거예요."

"기대하겠습니다. 그럼 다음 주에 뵐게요."

"네, 조심히 들어가세요!"

레슨이 끝나고 정리를 모두 마친 우리가 센터 밖으로 나왔다. 남은 꽃들을 다시 차에 두고 차에 탄 그녀가 휴대폰 메신저를 확인하며 시동을 걸었다.

[우리야.]

한 달 만의 재유다.

[우리야. 오빠 오늘 약속 있어서 좀 늦어.]

우경이다.

[이우리. 어디야? 이따가 집으로 갈게.]

그리고 현조다.

우리는 한 달 만에 연락이 온 바람난 전 남자친구 재유의 연락

보다 현조의 문자에 더 신경이 곤두섰다.

재유의 메시지는 두고 우경과 현조에게만 답장을 보낸 그녀가 저도 모르게 웃는 얼굴로 핸들을 꺾었다.

[나 아직 밖인데. 집엔 왜?]

라고 시크하게 답장을 보냈지만, 사실은 오겠다고 해서 좋았다, 그가.

핸들을 잡은 손을 까닥이며 신호등 앞에서 멈추어 선 우리가 완전히 캄캄해진 밖을 바라보았다. 부쩍 짧아진 낮의 길이. 여름이 끝난 지가 엊그제 같은데 가을도 벌써 지나가려 했다.

지이잉.

[줄 거 있어서.]

현조의 답장이 왔다.

[뭔데?]

[너 좋아하는 거. 오빠 운전 중.]

파란불로 바뀐 신호등을 확인한 우리가 조용히 웃었다. 재유에게 연락이 왔다는 사실은 이미 까맣게 잊고 있었다.

라디오에서는 달콤한 노래가 흘러나오고 있었다. 일과를 끝내고 돌아가는 길에 흐르는 잔잔한 음악이 참 간지러웠다.

편안한 얼굴을 한 우리. 정말 누가 봐도 실연한 지 한 달 된 여자처럼은 보이지 않았다.

한참을 달리다 또 신호등에 멈추어 섰다. 현조가 줄 것이 무엇인지 궁금해졌다.

"어?"

그러다 창밖으로 보이는 익숙한 누군가의 모습에 놀라 목소리가 흘러나왔다. 두 눈이 둥그레진 우리의 시선 속에는 멀리서도 한눈에 알아볼 수 있을 정도로 눈에 띄는 현조가 있었다.

그런데.

"……."

혼자가 아니었다, 그는. 갓길에 세워 둔 차 쪽으로 향하던 그의 옆에는 한 번도 본 적 없던 여자가 서 있었고, 두 사람은 나란히 무언가를 든 채 웃고 있었다. 한눈에 봐도 늘씬한 미인인 여자였다.

꿈뻑꿈뻑.

동그란 눈을 깜빡이며 두 사람을 바라보다 신호등이 바뀐 줄도 몰랐다.

빠앙! 뒤에서 울리는 클락션 소리에 그제야 정신을 차린 그녀가 차를 출발시켰다.

현조 옆에 여자. 여자와 함께 있는 현조. 어쩐지 너무 오랜만이라 적응이 안 되는 듯 우리의 표정이 얼떨떨했다. 기분이 조금 이상한 것 같기도 했다.

"짠."

신나는 얼굴로 우리의 집을 찾아온 현조가 문이 열리자마자 쇼핑백 하나를 들이밀었다. 그런데 삐죽, 우리는 그저 문만 열어 주고는 쇼핑백을 건네받지도 않고 뒤돌아섰다.

"우경이는?"

집 안으로 들어서며 현조가 물었다.

우리를 닮아 깔끔하고 꽃이 만발한 집 안. 더운지 재킷을 벗어 든 그가 자연스레 소파에 걸터앉았다.

"약속 있어서 늦는데."

"그래? 아무튼 이거 좀 받아 봐."

"뭐야 이게?"

"이게 뭐냐면 말이다. 바로 베이커리계의 장인이 만든, 둘이 먹다 하나가 죽어도 모를 마카롱."

"아아."

어째 반응이 좀 별로다. 굉장히 시큰둥하게 쇼핑백을 내려다보는 우리의 눈빛에 현조는 왠지 민망해졌다. 단 걸 좋아하는 그녀라 굉장히 좋아할 줄 알았다.

"뭐지? 이 밋밋한 리액션은."

"잘 먹을게. 거기 두고 가."

"가라고?"

"그럼 안 갈 거야?"

"나 커피 한 잔도 안 주고? 과일도 좋은데."

"오빠가 타 먹어. 사과 있는 거 깎아 먹든지."

부엌으로 들어선 우리가 목이 타는지 냉수 한 컵을 벌컥벌컥 넘겼다. 오늘따라 왠지 이상한 그녀의 행동에 현조는 영문을 몰라 두 눈만 깜빡이고 있었다.

오늘 본 맞선은 아주 멋지게 차이는 걸로 마무리했다. 다행히도 상대 쪽은 애인이 있었고, 현조와 마찬가지로 부모님 성화에 못 이겨 나온 자리였다.

'실연당했으면 굉장히 우울하겠네요. 이 근처에 엄청 맛있는 제과점 있거든요. 유명한 파티시에가 하는. 같이 선물할 마카롱 사고 헤어질래요? 우울할 때 단 음식 먹으면 좋다잖아요. 애인 주려고 사러 가려고 했는데, 현조 씨도 동생분한테 선물해요.'

"오늘 뭐 했어?"

아까 맞선녀와의 대화를 떠올리며 마카롱은 실패군, 이라고 생각하고 있는데 대뜸 우리가 물었다.

"뭐 하긴. 진료 봤지."

"일 끝나고."

"병원 앞에서 밥 먹고 마카롱 사러 갔어. 왜?"

"밥 누구랑 먹었는데?"

"어. 아. 아버지랑."

⋯⋯나 왜 거짓말했지.

현조는 아차 싶었지만 이미 한 거짓말을 되돌릴 수 없어 입을 꾹 다물었다. 맞선 보러 가서 차이고 왔다고 솔직하게 말하면 됐는데, 왜 거짓말이 툭 튀어나왔는지 알 수가 없었다.

잠시 현조를 알 수 없는 눈빛으로 바라보던 우리가 알았다며 고개를 끄덕였다.

"근데."

"응?"

"나 왠지 취조받는 느낌이었어, 방금."

"취조 맞아. 아까 여자랑 있는 거 봤거든. 미인이더라."

우리의 대답에 현조는 잠시 할 말을 잃은 듯 가만히 있었다. 다 봐 놓고서 물어본 거였다.

자신의 거짓말이 창피했는지 고개를 숙인 채 머리를 긁적이던 현조가 다시 시선을 들어 그녀를 바라보았다.

실연의 상처 때문에 기분이 안 좋은 건가 싶었는데, 그게 아니 었나.

"그게……."

"됐어. 그냥 궁금해서 물어본 거야. 오빤 데이트를 왜 숨어서 해?"

"아니, 그게 데이트가 아니고……."

"됐다니까."

자신도 모르게 신경질적인 어투로 내뱉어 버렸다. 우리는 잠시 멈칫했지만 이내 방으로 들어가려는 듯 현조에게서 돌아섰다. 하 지만 그대로 그녀가 들어가게 둘 현조가 아니었다. 자리에서 일어 난 그가 성큼성큼 우리에게 다가서 그녀의 팔을 붙잡아 돌렸다.

"사람 말 좀 끝까지 듣고 가."

갑작스레 다가온 현조 때문에 놀란 모양인지 우리의 눈이 휘둥 그레졌다. 그녀의 팔을 더 단단히 잡은 그가 말을 이었다.

"나 오늘 어머니가 주선해 주신 맞선 봤는데, 멋지게 차이고 왔어. 뭐 나도 원하던 맞선은 아니었어. 그래서 말하기 싫어서 거 짓말부터 나온 거 같고. 그리고 너 알잖아, 나 그런 스타일 안 좋아하는 거. 난 긴 생머리 좋아하고, 키 큰 건 좋지만 그보다는 좀 더 가녀렸으면 좋겠고, 눈은 너처럼 쌍꺼풀 없이 동그랗고…….”

“……”

“뭐라는 거야, 난. 아무튼 아니야. 아닌데 왜 넌 사람 말도 다 안 듣고 모함이야?”

“오빠.”

“왜!”

“나 팔 아파.”

순식간에 흥분해 버리는 바람에 손에 힘이 꽉 들어갔는지도 몰랐다. 아파하는 우리의 모습에 놀란 그가 바로 손을 놓았다.

“미안. 그니까 너는 왜 사람을 열 받게 해서…….”

긴 생머리에 작지 않은 키, 가녀린 몸, 쌍꺼풀 없이 동그란 눈. 우리는 현조의 말에 거울 속 자신의 모습을 바로 떠올렸다.

현조의 손에서 벗어난 그녀가 쭈뼛거리며 그에게서 뒤돌아섰다. 왠지 타는 듯이 얼굴이 빨개진 것 같아서 그에게 들키고 싶지 않았다.

3

뒤돌아선 우리가 숨을 고른 뒤 다시 현조에게 시선을 주었다.

마인드 컨트롤. 마인드 컨트롤. 그 짧은 시간 동안 속으로 얼마나 주문을 외었는지 모르겠다.

머쓱한 얼굴로 서 있는 그와 눈을 마주하자 그녀는 언제 그랬냐는 듯 태연한 얼굴이 되었다.

"누가 뭐래?"

뻔뻔한 표정의 우리가 다시 그에게 말을 건넸다.

"뭐?"

"누가 뭐랬냐고. 왜 오빠 혼자 흥분하고 난리야."

"이게 진짜."

"나한테 쪽팔리게 차이고 다닌다더니, 자기는 더 굴욕이네 뭐."

팔짱을 낀 현조가 어이없다는 얼굴로 우리를 내려다보았다. 숨어서 연애하느냐며 사람 의심할 땐 언제고 그녀는 금세 아무렇지 않은 표정이었다.

  "화냈잖아, 너. 아까부터 뾰로통해 가지고는."

  "내가 언제."

  "여태까지. 내가 집에 들어온 내내."

  "……."

  "너 그렇게 성질내는 거 오랜만이야. 평소에 잘 안 그러잖아."

  "……."

  "오빠가 애인 사귀는 거 싫어?"

  "아니야, 그런 거. 내가 왜 싫어?"

  "거참 별나네, 자식 진짜."

  이어진 대화에 결국 헛웃음을 참지 못하고 뱉은 그가 모르겠다는 듯 고개를 절레절레 저었다. 여자는 참 어렵고 복잡하다고 생각하면서.

  커다랗고 긴 손을 든 그가 우리의 작은 머리통을 감쌌다. 부비부비. 입 밖으로 꺼내진 못했지만 혹시 그 날인가 싶기도 했고.

  "그래."

  "……."

  "그냥 나 혼자 흥분하고 난리친 걸로 하자."

  뭔지는 모르겠지만 그냥 져 주기로 했다.

  철컥.

"우경이 왔나 보다."

우리는 때마침 우경이 집 안으로 들어서서 얼마나 다행인지 모르겠다고 생각했다. 뭐라고 더 이야기를 이어나가야 할지 알 수가 없었으니까.

"헤이, 브라더 왔어? 둘이 서서 뭐해? 싸워?"

들어오자마자 가방을 내던진 우경이 나란히 서 있는 현조와 우리에게 물었다. 아무것도 아니라는 듯 고개를 흔든 우리가 쪼르르 소파 근처로 다가가 현조가 사 온 마카롱 백을 집어 들었다.

"싸우긴 무슨. 오빠 누구 만나고 와?"

"있어. 예전 동아리 후배."

"여자?"

"남자. 네 오빠 그런 놈 아니다. 해나한테 맞아 죽기 싫어."

우리는 아까의 상황과 비슷하게 우경을 취조하듯 묻고 있었고, 그런 그녀의 모습에 현조의 얼굴엔 의미 모를 표정이 어렸다.

우리는 오빠가 내던진 가방을 치우며 입술을 삐죽였다.

이왕 모인 김에 맥주나 한잔하자며 우경이 판을 깔았다. 냉장고에 늘 비축되어 있는 맥주와 간단한 안주거리들을 꺼내 들고 소소한 맥주파티를 열었다. 우리는 오빠들이 하는 이야기를 들으며 한 켠에 무릎을 모은 채 앉아 있었다.

"어머니 자존심 좀 상하셨겠네. 잘난 아들이 선 자리에서 뺑."

"그걸 노린 거라고 할 수 있지. 이렇게 되면 다시는 선 얘기 안 하시기로 했어."

"뭐 굳이 안 노렸어도 차이지 않았을까?"

"내가 마음먹고 나갔으면, 애인 있는 여자였어도 끝났어. 아직도 뭘 몰라, 이우경 이건."

"푸핫. 다 몰라도 내가 너보다 잘생긴 건 안다."

"치대 전설의 미남 앞에서 겸손함이 너무 부족하시네."

하여튼 이 두 뻔뻔이들은 갈수록 태산이다, 정말.

듣다 듣다 더 못 듣겠지 남은 맥주를 벌컥벌컥 들이마신 우리가 자리를 박차고 일어났다.

"왜. 더 안 마셔?"

"귀가 괴로워서 더는 안 되겠어."

"앉아 봐."

방으로 들어가려 걸음을 옮기던 우리를 우경이 잡았다. 내내 실없는 농담을 주고받고 있었지만 사실 우경은 제 동생의 이야기를 물어보고 싶었다. 그런데 어떻게 물어봐야 할지 타이밍을 몰라 괜히 다른 이야기들만 늘어놓았다.

슥. 맥주 한 모금을 더 넘긴 현조도 고개를 들어 우경의 손에 잡힌 우리를 바라보았다.

"왜? 나 잘래. 피곤해."

"너 앉아서 재유 얘기 좀 해 봐."

갑작스럽게 나온 재유의 이름에 우리는 놀란 듯 아무 말도 못하고 섰다. 그러다 슥 자신에게로 향한 현조의 눈빛과 마주했다.

"재유 얘기 할 게 뭐가 있어."

"어쩌다 그 지경까지 된 건지."

"……."

"솔직히 말해서 나 이해가 잘 안 돼서 그래. 그 착한 자식이 웬바람. 내가 그동안 사람 잘못 봤던 거냐?"

1년 동안 사귄 동갑내기 우리와 재유. 우리의 대학시절 내내 그리고 군대까지 다녀와 그녀를 쫓아다닌 재유라, 우경도 현조도 그를 잘 알고 있었다.

바람났다는 말에 길길이 날뛰며 죽일 놈, 멸치 같은 놈 난리를 피웠지만 사실 이해가 잘 안 됐다. 우리가 정말 제 세상인 것 같던 녀석이었다.

"우리, 너 들어가서 자."

"……."

"그만해, 이우경 너도. 다 끝난 거 캐서 뭐할 건데."

지금 이 상황이 굉장히 불편한 우리의 마음을 알아챘나 보다.

우경의 손에 잡힌 우리의 팔을 톡 끊어 낸 현조가 그녀의 방을 향해 고갯짓을 했다. 고개를 끄덕거린 그녀가 쏜살같이 방 안으로 들어갔다. 우리는 걱정이 깊은 우경이 이해가 되기도 했지만, 지금은 이렇게 아무것도 묻지 않아 주는 현조가 더 고마웠다.

"넌 왜 애 상처를 들쑤시냐, 들쑤시길."

닫힌 우리의 방문을 확인한 현조가 우경을 타박하듯 말했다.

"그냥 울컥 다 쏟아 냈으면 했어. 너무 담담해서 무섭잖아, 쟤."

"해나 씨한테 얘기했겠지."

"전혀. 그랬으면 해나 나한테 얘기 안 했을걸. 바람피운 것도 재유가 자기 입으로 얘기해서 알았대."

잠시 침묵이 집 안을 감돌았다. 남은 맥주를 입안에 털어 넣은 현조가 잠시 생각에 잠긴 듯 멍한 얼굴이 되었다.

소파에 완전히 몸을 기댄 그가 흰 천장을 바라보며 입술을 만지작거렸다.

참 이상했다. 요즘 따라 현조의 머릿속엔 아슬아슬한 우리가 온통 가득 차 나갈 생각을 안 했다.

*　*　*

'플라워 테이블'에 아르바이트생을 뽑았다. 소년 같기도, 남자 같기도 한 꽃미남 대학생 정준의 출연에 우경은 탐탁지 않은 듯 아메리카노 속 얼음을 오드득거렸다.

"서재유 같은 스타일이네. 멸치."

"뭐 자기보다 조금만 날씬하면 멸치래, 이 남자는."

질투에 눈이 먼 남자친구 우경을 보며 해나가 빙그레 웃으며 답했다.

"저거 어디 쟁반은 잘 들고 다니겠냐."

"괜히 시비 걸지 마요. 잘하고 있으니까."

우경과 현조 두 사람은 키가 크고 어깨가 넓은 전체적으로 서양인 같은 체형이었다. 재유나, 지금 보이는 정준처럼 얄상한 스타일과는 정반대의 스타일.

"툭 건드리면 쓰러질 거 같은데."

"저 정도면 됐지 왜. 예쁘게 생겨서 인기도 많을 것 같고. 우리 가게에 큰 도움이 될 존재야."

"퍽이나."

투닥투닥.

우경과 해나는 벌써 사귄 지 4년 차 되는 커플이 되었다. 우리의 대학 친구였던 해나를 보자마자 첫눈에 반한 우경은 밑도 끝도 없이 대시를 했고, 해나는 아무 거부감 없이 그를 받아들였다. 그렇게 두 사람은 지금까지 별 탈 없이 알콩달콩 잘 사귀어 오고 있었다.

"아, 깜짝이야."

왜 남자를 뽑았느냐며 노발대발하는 우경을 겨우 앉혀 놨더니, 이번엔 우리가 해나의 앞에 섰다. 그녀는 꽃에 물을 주고 오더니 갑자기 동그란 눈을 깜빡거리며 해나의 모습을 이곳저곳 살피고 있었다.

"뭐야? 왜 이래?"

"긴 생머리. 키 168. 여리여리. 쌍꺼풀 없이 동그란 눈."

"뭐. 너 지금 내 생김새 읊어 주는 거야?"

"저건 너무 광범위해. 그리고 굉장히 올드한 취향이야. 누구라고 단정 지을 수가 없단 말이야. 그치?"

"뭐라는 거야. 오늘 이 남매 왜 이래?"

우리는 해나의 말에도 아무 대답 없이 슥 그녀를 지나쳐 걸었다.

정신 사납게 왜들 이럴까. 우경과 우리를 번갈아 돌아본 그녀가 고개를 저으며 쯧쯧 혀를 찼다.

'플라워 테이블'은 오늘도 정신없는 하루를 보냈다. 카페를 찾는 손님도 점점 많아졌고, 플라워 레슨을 들으러 오는 수강생도 조금씩 늘어났다. 개업한 지 얼마 되지 않아 큰 매출은 없었지만, 우리도 해나도 충분히 즐겁게 해 나가고 있었다.

마지막 레슨을 마친 우리가 실내 청소를 끝내곤 테라스로 나섰다. 두 자리의 야외 테이블과 옹기종기 놓인 다육식물들을 정리하다가 잠시 쉴 참으로 의자에 앉았다.

어제 현조와 나누었던 대화가 생각이 났다. 겨우 몇 가지 이상형을 이야기하던 그의 말에 흔들려서 얼굴이 빨개진 꼴이라니. 꼭 자신인 것처럼 착각하고.

"정신 차리자, 이우리."

작게 한숨을 내쉰 우리가 캄캄해진 밤하늘을 올려다보았다. 별도 없는 가을밤. 벌써 추운 바람이 온몸을 간지럽혔다.

이런저런 생각의 끝에 우리가 급히 앞치마 주머니에서 휴대폰을 꺼내 들었다. 그제야 며칠 전 재유가 보냈던 메시지가 머릿속에 번쩍 떠올랐던 것이다.

[우리야.]

그리고.

"우리야."

참 알맞은 타이밍에 한 남자가 등장했다.

때마침 메시지처럼 우리를 부르는 목소리가 나타났고, 깜짝 놀란 그녀가 고개를 들어 제 앞에 선 누군가를 확인했다.

그는 현조와 우경의 말처럼 멸치라기엔 너무도 반듯하고 단정한 생김새를 가진 재유였다.

"재유야."

"응. 오랜만이지?"

대외적으로 바람난 몹쓸 남자친구가 되어 버린 재유. 현조한테 얻어맞은 상처가 가득한 그의 얼굴을 바라보며 우리의 표정이 조금 짠해졌다.

"얼굴……."

"잘 안 낫네. 현조 형 주먹 세더라고."

"미안해."

"네가 뭐가?"

마지막 목소리는 재유의 것도 우리의 것도 아니었다. 몇 마디 나누기도 전에 저 멀리서 재유를 보고 달려온 해나의 것이었다.

"해나야!"

남은 원두 가루가 가득한 통을 손에 들고 재유를 노려보고 선 해나가 촤륵, 그것을 그에게 통째로 쏟아붓더니 손을 탈탈 털었다. 우리가 제지하기도 전에 너무 갑작스럽게 일어난 일이었다.

"야, 서재유. 너 지금 여기가 어디라고 와? 네 입으로 나한테 다른 여자 생겼다고, 우리 잘 챙겨 주라고 그러지 않았어?"

"해나야, 잠깐만."

"넌 좀 가만히 있어 봐."

잔뜩 열이 오른 해나가 원두가루를 뒤집어쓴 재유를 향해 큰소리를 퍼부어 댔다. 지나가는 사람들이 흘긋흘긋 세 사람을 쳐다보기도 했지만, 해나는 개의치 않았다. 배신감이 들었다. 재유에게는 언제까지고 우리를 지켜 줄 것 같은 믿음이 있었다.

"넌 진짜 사람도 아니야. 이렇게 쉽게 배신 때릴 걸 왜 몇 년씩이나 우리를 쫓아다녔니?"

"해나야, 그게 아니고……."

"됐어, 이우리. 아무 말도 하지 마."

뒤집어쓴 가루를 미처 털어 내지 못한 재유가 우리를 저지했다.

"사실은 내가……."

"말하지 말라니까!"

"……."

"나가자, 이우리."

자신 때문에 재유가 당하고 있는 걸 눈앞에서 더 볼 수가 없어진 우리가 무슨 말인가를 잇고자 했지만, 재유는 그걸 가만히 두고 보지 않았다. 그는 우리의 손을 잡고 밖으로 끌고 나갔고 해나는 바로 말리려 다가섰다. 하지만 제발, 이라고 말하는 듯한 간절한 우리의 표정 때문에 원하는 대로 하지 못했다.

우리는 한참을 그의 손에 이끌려 걷고 걸었다. 아무래도 이대로 걸어서 그녀의 집까지 갈 모양이었다.

찬바람에 앞치마를 펄럭이며, 집에 갈 채비도 못 하고 나온 우리는 아무 말 없이 그가 하는 대로 두었다. 무슨 할 말이 있겠는가 싶었다. 아마 바람을 피운 것도, 지금 이렇게 당하고 있는 것도 다 자신 때문일 텐데.

그렇게 얼마나 걸었을까. 차 타고 15분 거리에 위치한 우리의 집 앞에 거의 다다랐을 때쯤 재유가 걸음을 멈추었다. 차가워진 그의 옆모습을 보며 우리도 따라 자리에 섰다. 그가 잠시 숨을 고르듯 뜸을 들였다. 그리고 온몸에 묻은 가루들을 털어 내곤 말없이 저를 쫓아온 우리를 돌아보았다.

"네가 여태껏 현조 형 좋아한 거, 근데 인정하고 싶지 않아서 나 이용한 거 다 용서할게. 어차피 나도 그거 알고 화나서 다른 여자 이용한 똑같은 나쁜 자식이야."

"……."

"근데 적어도 내 앞에서 다른 사람들한테 그런 얘긴 하지 마. 그것보단 차라리 그냥 예쁜 여자친구 두고 바람난 멍청이가 되는 게 나으니까."

"……."

"무슨 좋은 꼴을 보겠다고 내가 여기 왔는지 모르겠는데, 그냥 보고 싶어서 왔어. 봤으니까 됐고. 들어가."

우리는 재유가 현조의 이야기를 할 줄은 몰랐다. 자신은 단 한 번도 재유의 앞에서 티를 낸 적도, 현조의 이야기를 마음 놓고 한 적도 없었다.

재유는 우리의 말은 더 듣고 싶지 않은 듯 세차게 돌아섰다. 하지만 이어지는 우리의 목소리에 그는 다시 발걸음을 멈추어야 했다.

"그동안 마음을 못 준 건 미안해. 그래서 네가 바람 피웠다면 나도 할 말은 없어."

"……."

"그런데 현조 오빠는 아니야. 네가 틀렸어. 안 좋아해. 아까도 현조 오빠 얘기가 아니라, 그냥 내가 먼저 너한테 마음을 못 열었다고 그 얘기를 하려고 했던 거야."

냉담하게 얘기하는 우리의 모습에 재유는 질렸다는 듯 표정을 구겼다.

"이우리, 넌 진짜 끝까지……."

"잘 가. 다시는 찾아오지 말고."

마음을 못 주었지만, 좋아하려고 노력은 했었다. 어쩌면 조금은 좋아질 수도 있겠다, 생각도 했었다. 현조의 이야기는……. 잘 모르겠다. 입술로 내뱉는 순간 정말로 진실이 되어 버릴까 봐 단 한 번도 꺼내 본 적 없는 이야기였다. 그렇게 두려운 말을 지금 아무렇지도 않게 재유가 내뱉어 버려 조금 당황스러웠다.

우리는 재유에게서 빠르게 뒤돌아서 빌라 입구로 들어섰다. 냉정할지 몰라도 차라리 잘된 일이었다. 재유처럼 좋은 남자가 마음도 없는 자신에게 엮여 시간을 낭비하는 것보다는 낫다는 생각이 들었다.

"아."

생각이 가득 차 정신이 없는데, 그녀의 앞에 또 누군가가 나타났다. 오늘은 누가 갑자기 나타나는 날이라도 되는 모양이었다.

깜짝 놀란 그녀가 뒷걸음질 쳤고, 집 앞에서 우리를 기다리고 있었던 현조는 조금 전의 대화를 다 들은 듯 알 수 없는 눈길로 그녀를 바라보고 있었다.

"오빠!"

"응."

"왜 여기 있어? 귀신인 줄 알았잖아."

놀란 가슴을 쓸어내리며 우리가 말했다.

"이렇게 잘생긴 귀신 봤어?"

"뭐라는 거야. 해나가 전화했어?"

"어. 우경이한테 한 걸 내가 대신 받았어. 무슨 일 생길까 봐 달려왔는데, 왠지 괜히 온 거 같다."

비상등에 비친 현조는 왠지 혼란스러운 얼굴이었다. 자신과 재유의 이야기를 다 들은 것이 티가 나 우리는 저도 모르게 전전긍긍하고 있었다.

삐삑. 태연한 척 뒤돌아서 도어 록 키를 누른 그녀가 집 안으로 들어섰고, 현조를 향해 들어오라며 고갯짓을 했다.

"아니, 오늘은 갈게."

"왜?"

"그냥. 기분이 좀 별로야."

현조는 어쩐지 지금 이 시점에, 어제 오랜만에 성질을 빽 내던 우리의 모습이 겹쳐지는 듯했다.

"과일 줄게."

"……."

"주스도."

축 가라앉은 그의 모습을 느꼈나 보다. 귀여운 그녀의 말에 현조의 입가에 작은 웃음이 머물렀다. 현관문 앞에서 자신을 빤히 바라보는 그녀를 향해 현조가 손을 뻗어 부비부비 그녀의 머리를 헝클어뜨렸다.

"다음에. 피곤해서 그래."

"……."

"아무 일 없으니까 됐어. 나 간다."

찜찜한 기분을 안고 현조는 우리에게서 돌아섰고, 우리는 비상등이 꺼질 때까지 집 안에 들어가지 못한 채 한참을 우두커니 서 있었다. 하루가 뒤죽박죽 엉켜 가고 있었다.

4

며칠째 현조는 그다지 컨디션이 좋지 못했다. 멀쩡하게 잘 이
야기하다가도 멍해지기 일쑤였고, 환자와 상담 도중에도 자꾸 딴
생각이 들어 죄송하다는 말을 연거푸 내뱉기도 했다. 공부하거나
일할 때만큼은 누구도 따라올 수 없는 집중력을 가지고 있다고
생각했는데, 어째 내내 상태가 좋지 않았다.

물론 왜 이런 상태인지는 본인이 가장 잘 알고 있었다. 우리와
재유의 이야기를 듣고 난 이후부터였던 것 같다. 뜬금없는 두 사
람의 헤어짐과 자신의 관계. 너무도 단호하게 재유에게 마음을 주
지 않았다던 우리의 목소리. 그리고 현조를 좋아하지 않는다는 이
야기까지.

"오늘 치아 본 다시 뜬 다음에 다음 주부터는 투명장치로 교정

볼 거예요. 철사 끼고 있는 거 너무 괴로워하는 거 같아서 투명으로 바꿔 주는 거니까 잘 하고 다녀야 돼요."

"어머! 그럼 저 드디어 기찻길에서 벗어나는 거예요?"

"예. 곧 벗어납니다."

"감사해요, 선생님."

현조는 뒤늦게 치아 교정을 시작한 여자가 내내 교정기에 부담을 가지고 있는 것 같아, 막바지에는 좀 편안하게 바꿔 주고 싶었다.

진료를 마친 그가 치위생사에게 이런저런 지시를 하더니, 여자를 향해 부드럽게 미소 지었다.

"주의사항은 다음 주에 오면 자세히 말씀드릴게요. 치아만 본 뜨고 가시면 됩니다."

"네에."

"고생하셨어요."

"저기 선생님!"

인사를 마치고 다음 진료를 보러 가려는 현조를 여자가 불러 세웠다. 갑자기 제 흰 가운을 붙든 여자의 손을 내려다보다가 고개를 든 그가 그녀와 시선을 마주했다. 할 말이 있는 모양이었다.

"선생님. 혹시 말인데요. 저기……."

"네, 말씀하세요."

"애인 있으세요?"

갑작스러운 여자의 질문에 현조는 잠시 멍청한 얼굴이 된 채

서 있었다. 애인이 있냐는 낯선 이의 말에 왜 갑자기 우리의 말간 얼굴이 떠올랐는지 모르겠다.

이렇게 직접적으로 질문을 던진 경우는 많이 없었지만 추파를 던지거나, 야릇한 웃음을 흘리던 여자들이 그동안 한둘은 아니었다. 그런데 그때마다 능구렁이처럼 넘어갔던 현조가 지금 저도 모르게 주춤거리고 있었다.

"컨디션 안 좋아?"

"아니, 괜찮아. 그냥 잡념이 많아서 그래."

"무슨 잡념?"

수줍게 애인이 있느냐고 묻던 여자에겐 늘 그랬듯 애인이 있다는 대답으로 정중히 거절을 표했다.

방금 내린 원두커피를 조르르 따른 컵을 들고 소파에 널브러진 현조가 천장을 바라보며 눈을 끔뻑거렸다. 우경의 물음에도 아무 말 없이 그저 두 눈을 끔뻑끔뻑. 그는 몇 번이고 반복해 며칠 전의 일을 생각하고 있었다. 우리의 목소리가 자꾸만 귓가에 어른거렸다.

'그런데 현조 오빠는 아니야. 네가 틀렸어. 안 좋아해.'

우경 역시 개의치 않고 차가 든 종이컵을 입에 문 채 휴대폰을 내려다보고 있었다. 그는 어제 해나와 함께 교외로 나가 데이트를 하며 찍은 사진들을 다시 복습하고 있는 중이었다.

"예뻐."

차를 원샷한 후 종이컵을 쓰레기통에 골인시킨 우경이 말을 이었다.

"뭐가?"

생각에서 돌아온 현조는 그제야 우경에게 시선을 주었다.

"해나. 아무리 봐도 너무 예뻐."

현조의 표정이 저도 모르게 일그러졌다. 저러는 꼴을 보는 게 벌써 몇 년째인데도 아직까지도 적응이 잘 안 됐다. 어째 처음보다 더 닭살스러운 것 같기도 하고.

"작작해라 진짜."

"하하. 꼬우면 너도 연애해. 그러다 곧 마법사 돼서 파이어볼 쏘겠다."

"연애? 그게 뭔데. 먹는 거냐?"

못 말리겠다는 얼굴로 우경을 바라보던 현조가 커피를 든 채 자리에서 일어섰다. 3년째 사랑에 폭 빠져 있는 친구 녀석이 좋아 보이기도 했지만, 어떨 땐 한 대 쥐어박아 주고 싶을 정도로 얄밉기도 했다.

다음 진료까지 남은 시간 동안 책이나 봐야겠다며 휴게실을 나서려던 현조가 무언가 번뜩 생각난 듯 발걸음을 멈추었다. 갑자기 누구에게라도 확인을 받고 싶은 마음이 들었다.

그는 여전히 앨범 삼매경에 빠진 우경을 향해 다시 시선을 돌렸다.

"야, 우경아."

"어."

"내가 있잖아. 무슨 소리를 좀 들었거든."

벽에 기대어 서 머리를 긁적이며 현조가 말을 이었다.

"무슨 소리."

"나를 안 좋아한대."

"누가. 그때 그 맞선녀?"

마카롱을 함께 샀던 맞선녀는 이미 잊은 지 오래였다.

"아니, 그 여자가 그러든 말든 뭔 상관이야. 아무튼 그냥 나를
안 좋아한다는 여자가 있는데, 내가 그 소리를 직접 들었거든. 근
데 그때부터 기분이 미치도록 나빠. 생각만 해도 열 받고. 당장
달려가서 왜 나를 좋아하지 않느냐고 따지고 싶어."

아까까지도 휴대폰에 꽂힌 시선에 미동도 없더니 그제야 우경
이 고개를 들었다. 대체 무슨 말이 듣고 싶으냐는 표정이었다.

"그래서?"

"뭘 그래서야."

"이 나이에 병신같이 네가 지금 왜 이러냐고 묻고 싶은 건 아
니지?"

가끔 이우경은 이상하게 정곡을 찌르는 말을 잘 한다. 현조는
저 대답 하나로도 모든 것이 명료해지는 느낌이 들었다.

픽. 웃음이 터져 버린 현조가 고개를 절레절레 저었다.

"그러게. 이건 뭐 병신도 아니고."

"참내. 조금 전까지 연애가 먹는 거냐고 하더니, 자식이."

"해 본 지가 오래돼서 그래."

"들이대. 최선을 다해서."

멍청한 녀석. 누구의 이야기를 하는지도 모르고 저렇게 쉽게 말하다니.

"진짜?"

되묻는 현조의 입꼬리가 슬쩍 올라갔다.

"뭘 물어, 진짜지. 네가 여자 신경 쓰는 게 어디 흔한 일이야? 근데 누군데? 내가 아는 사람?"

"응."

현조의 대답엔 거침이 없었다.

"설마 학교 동기야? 수민이?"

"수민이가 누군데."

"매사에 관심 좀 가져라, 넌."

"몰라. 걔는 아니야."

"아, 그럼 누구!"

어지간히 궁금한 모양이었다. 손에 쥔 휴대폰까지 테이블에 내려놓은 우경이 초롱초롱한 눈망울로 현조를 바라보고 있었다.

"나중에."

하지만 아직은 쉽게 대답해 줄 수 없었다. 사실 아직 현조 자신도 완벽하게 답안을 내린 건 아니었으니까.

"자식, 진짜 궁금하게."

"계속 궁금해해. 흥미진진하게. 나 먼저 나간다."

반듯한 이마를 만지작거리던 현조가 빙긋 웃더니 바로 돌아서 휴게실 문 밖을 나섰다.

현조 녀석, 이러고 살다 독거노인으로 늙어 죽는 건 아닌가 싶었는데.

그의 뒷모습을 보며 우경은 의외라는 듯 고개를 갸웃거렸다. 어쨌든 경사가 난 것은 분명했다. 그가 제 입 밖으로 꺼낼 정도로 누군가에게 신경을 쓰고 있는 것이 대체 얼마 만인가 싶었다.

벌써 하늘엔 짙은 어둠이 내려 있었다. 퇴근한 뒤 '플라워 테이블'로 달려온 현조는 가게 밖에 우두커니 서서 가게 안의 우리를 바라보고 있었다.

조명 아래에 선 우리는 두 명의 수강생을 두고 각각 개인 레슨 중이었고, 무엇을 만드는지 품 안에 꽃을 한 아름 안은 채 이야기를 나누기도 하고 또 웃기도 했다.

"좋아했었나. 내가 우리를."

현조의 작은 중얼거림이 밤공기를 타고 흘렀다. 사실 그동안 우리를 '여자'라고 제대로 인식해 본 적은 없었다. 어릴 적부터 같이 있는 게 좋았다. 귀여웠고, 사랑스러웠고, 지켜 주고 싶었다.

지금보다 더 어렸을 땐 따로 여자친구를 사귄 적도 있었고, 우리와 우경이 집을 나가고부터는 서로서로 자주 못 보는 날도 많았다. 물론 재유가 그녀를 쫓아다닐 때는 조금 심술이 나기도 했었고, 둘이 사귄다고 했을 때도 기분이 썩 좋지는 않았다. 하지만 웃는 얼굴로 축하를 해 주기도 했었다.

그럼 그때 그 축하는 진심이 아니었을까?

조금 혼란스러웠다. 자신을 좋아하지 않는다는 우리의 말이 이렇게 상처가 되리라고는 생각지도 못했던 일이었다.

또다시 멍하게 생각을 하고 있는데, 정신을 차리고 보니 어느 순간 우리의 시선이 그를 향해 있었다. 평소 같았으면 눈이 마주치는 순간 빙그레 웃어 줬을 텐데, 어째 오늘은 그녀를 봐도 웃음이 나오질 않았다.

궁금한 것투성이였다. 재유와 관련된 일도, 자신이 언급된 이유도 모두.

가게 안에서 미동 없이 서 있는 현조를 의아하게 바라보던 우리가 잠시 수강생의 양해를 구한 뒤 가게 밖으로 뛰어나왔다. 계속 눈을 마주 보고 있으면 들어오겠거니 싶었는데, 왠지 지금의 현조는 그 자리에 서서 꼼짝도 할 생각이 없어 보였다.

"오빠! 들어가자. 왜 안 들어오고 여기 서 있어?"

"너 보기 싫어서."

집 앞에서 본 이후로 오랜만에 만나는 거였다. 자신과 재유의 이야기를 들은 건지 만 건지 별다른 얘기도 없고 연락도 없더니, 대뜸 굉장히 전투적인 자세로 나타났다.

현조의 대답에 우리는 잠시 말을 잇지 못하고 동그란 눈을 끔뻑거렸다.

"왜 이러지. 나 보기 싫은데 여긴 왜 서 있어?"

"이 땅이 네 땅은 아니잖아."

"뭐라는 거야, 정말. 들어와. 해나한테 커피 달라고 할게."

"지금 시간에 커피 마시고 잠 못 자면 네가 책임질 거야?"

우리의 미간에 살며시 주름이 잡혔다.

"오늘따라 왜 이렇게 삐뚤빼뚤해?"

"네가 마음이 삐뚤빼뚤 하니까 나까지 그렇게 보이는 거야."

"유치하기까지 하고."

"유치원엘 안 다녀서 그런가 보지."

알 수 없는 현조의 하이개그에 우리의 표정이 살짝 구겨졌다.

"재미없다, 오빠."

"잼 사다 놓을게."

"왜 갑자기 바보가 됐을까."

"바다의 보배?"

"아, 정말! 주현조!"

"왜."

아. 주현조. 오늘따라 정말 이상하다.

웃음기 하나 없이 이상한 개그를 날리는 현조의 모습이 당황스러워 우리는 헛웃음이 튀어나왔다. 기다리고 있는 수강생들과 현조를 번갈아 바라보던 그녀가 손사래를 치더니 뒤돌아서려 했다.

"아휴. 마음대로 해. 계속 여기 서 있든지, 누워 있든지."

"집에 가 있을게."

"우리 집?"

"응."

"왜?"

"그냥. 네가 해 주는 카레가 먹고 싶어졌어."

현조를 바라보는 우리는 짧은 시간에 참 가지가지 한다는 표정이었다.

"알았어."

하지만 결국은 승낙.

"집 비밀번호 알지? 가서 쉬고 있어. 환기도 좀 시켜 주고."

쉽게 승낙을 받아 낸 현조는 고개를 끄덕인 채 먼저 우리에게서 등을 돌렸다. 부웅. 현조는 금세 차를 타고 우리의 눈앞에서 사라졌다. 그의 상태가 좀 안 좋아 보이긴 했지만 갑자기 함께 카레를 먹을 생각에 즐거워진 우리는 밝게 웃는 얼굴로 가게에 들어섰다.

얼른 끝내고 장 보러 가야지. 그녀는 벌써부터 마음이 부풀어 있었다.

삐삑. 일을 마치고 간단하게 카레를 만들 재료를 사 온 우리가 집 안에 들어섰다. 우경은 해나와 데이트를 하느라 오늘 조금 늦을 것 같다고 했으니, 현조와 우리가 먹을 양만 만들면 됐다.

"오빠, 나 왔……어…….'

우리의 말끝이 흐려졌다. 집에 들어서자마자 바깥과 다르지 않게 썰렁한 공기가 그녀를 맞이했다.

시키는 건 참 잘하는 현조는 환기를 위해 창문을 몽땅 열어 둔
뒤, 그 찬 공기와 함께 소파에 웅크린 채 잠이 들어 있었다. 새근
새근. 새근새근. 마치 아이처럼 작은 숨소리가 났다.

조심스레 부엌으로 들어가 재료가 든 비닐봉지를 내려놓은 우
리가 팔을 걷어붙인 채 다시 거실로 나왔다. 그리고 열린 창문을
모두 닫고 방 안에서 담요를 가져와 잠든 현조 위에 덮어 주었
다.

"밥 먹을 때까지 좀 더 재워도 되겠지."

우리 역시 피곤한 건 매한가지였지만, 피곤에 지쳐 보이는 그
를 좀 더 자게 놔두고 싶었다.

곧이어 깍둑썰기를 한 감자, 양파, 당근, 고기, 파프리카가 카
레에 빠져 맛있는 냄새가 솔솔 났다. 밥도 고슬고슬 잘 지어진 듯
했다. 음식을 해 준 지도 엄청나게 오래된 것 같은데, 뜬금없이
웬 카레가 먹고 싶었을까.

보글보글 끓는 카레를 저으면서도 우리는 내내 뒤에 있는 현조
만 신경 쓰고 있었다. 아마 그렇다는 것을 자신은 인지하지 못했
을 것이다.

달칵.

다 완성이 된 카레를 마무리하고 가스레인지 불을 껐다. 집 안
의 공기는 금방 따뜻해져 있었고, 한입 맛을 본 우리가 만족하듯
엷게 웃었다.

"……."

현조를 깨우기 위해 거실로 나선 우리가 조용히 걸어 소파로 다가갔다. 담요를 덮어 준 그대로 미동도 없이 자고 있는 현조를 내려다보다 그를 살필 요량으로 잠시 곁에 앉았다. 아무 소음도 없이 조용한 집 안에 맛있는 냄새와 온기가 흘렀다. 그리고 그 따뜻함 속에 그가 있었다.

"무슨 남자가 속눈썹이 이렇게나 길지. 나보다도 긴가."

빛 좋은 까만 머리카락. 속 쌍꺼풀이 얇게 진 눈과 긴 속눈썹. 우뚝 솟은 콧날, 남자다운 입매. 그를 살피는 우리의 눈가엔 애틋함이 맴돌았다.

이렇게 그의 얼굴을 유심히 보는 날이 처음은 아니었다. 그렇지만 현조는 볼 때마다 다른 사람을 보듯 늘 색다른 느낌이었다.

우리는 흘러내린 그의 머리카락을 빗어 주고 싶어 손을 뻗었다. 하지만 이내 현조에게 더 가까이 가지 못한 그녀가 희고 작은 손을 거두어들였다. 이렇게 뻗지 못하고 거둔 손이 몇 번이나 되더라.

'찰싹.'

뺨을 맞은 기억이 났다. 현조의 어머니에게.

'찰싹.'

그 소리가 아직도 귓가에 선명해.

순간 우리를 때린 자신의 행동에 더 놀란 어머니가 뒷걸음질 치던 장면이 그녀의 머릿속을 가득 맴돌았다.

* * *

그날은 우리에게 아주 뜻깊은 날이었다. 스무 살의 생일을 맞았던 그날. 우리는 현조에게 고백을 하기로 마음먹었다. 어린 마음에 자신의 생일날 그와 연인이 된다면, 이 세상 그 누구보다 행복할 것 같아서. 그날을 위해 몇 날 며칠 고민하며 정성스레 편지를 썼고, 그를 위한 선물도 샀다. 그에게 너무도 잘 어울릴 것 같은 회색빛 스웨터였다.

학교에서 돌아오자마자 부푼 마음을 가득 안고 방 안으로 뛰어들어갔다. 준비해 둔 편지와 선물을 들고 그의 방으로 찾아가려 했었다.

'아줌마?'

그곳에 현조의 어머니가 있었다. 궁금함에 우리가 책상 위에 올려 둔 편지를 뜯어 본 그녀는 굳은 표정을 한 채 서 있었다.

그리고 찰싹.

찰나의 순간이었다. 그녀가 성큼성큼 다가가 우리의 뺨을 때린 것은.

자기 자신도 놀랐는지 빨갛게 부어오른 우리의 뺨을 내려다보던 현조의 어머니가 금세 당황한 얼굴이 되어 우리의 뺨을 감싸 쥐었다.

'아가.'

'……'

'미안해. 잘못했어, 아줌마가. 엄마가. 때리려던 게, 때리려던 게 아닌데. 미안해.'

생일날 뺨을 맞았다는 서러움보다도, 순간 자신을 내려다보던 현조 어머니의 싸늘한 그 눈길이 더 서러워서. 우리는 소리 내어 울지도 못했다.

'그러니까, 우리야. 그러니까 우리 현조는.'

'⋯⋯.'

'다른 여자를⋯⋯ 그러니까⋯⋯ 우리는 현조를 좋아하면 안 돼.'

더듬더듬. 우리는 저조차 당황해서 더듬거리는 그녀에게 아무 말도 할 수가 없어 그저 '네.' 라고 대답했을 뿐이었다. 현조를 좋아한다는 게 죄가 되는 줄은 꿈에도 몰랐었는데, 그 순간 현조의 어머니에게 우리의 감정은 너무도 큰 죄였다.

그 일이 우리에겐 트라우마로 자리 잡히긴 했지만, 사실 우리는 현조의 어머니를 이해하려고 애썼다. 갑자기 자신에게로 떠넘겨진 아이 둘을 키웠고, 대학까지 보냈고, 뒷바라지를 했다. 더군다나 우경과 우리의 부모님은 현조 아버지의 오랜 친구였지, 애초부터 그녀의 친구는 아니었다.

어린 시절 부모를 잃고 늘 왠지 모를 그늘이 있어 온 우리와 애지중지 귀한 외아들이라니. 직접적으로 이야기하진 않았지만, 우리는 그녀의 눈빛이 하는 말이 맞다고 생각했다. 자신은 어울리지 않는다고. 왕자님 같은 현조와 어울리지 않는다고. 또한 키워 준 은혜를 잊고 그녀를 거역하고 싶지도 않았다.

그 뒤로 우리는 아무 일이 없던 것처럼 아주 잘 지내 왔다. 좋아한다 입 밖으로 꺼내 본 적 없으니, 제 마음을 인정 않고 무시한 채 살아갈 수 있을 거라고, 자신을 컨트롤하고 컨트롤하면서 그렇게 살았다.

"이우리."

어느새 잠에서 깨어난 현조가 제 곁에 앉아 있는 우리의 이름을 나지막이 불렀다. 잠에서 덜 깬 그의 목소리가 너무도 달콤하게 들렸다.

"오빠 잘생겼지."

"응."

"그래서 훔쳐봤어?"

"응."

"웬일로 쉽게 인정을."

"잘생겼어. 뭐 내 스타일은 아니지만."

우리의 말에 그는 아무런 대답 없이 잠에 취한 눈동자를 깜빡거렸다. 무릎을 모은 채 앉아 현조와 시선을 마주한 우리는 엷게 웃고 있었다.

"네 스타일 아니야, 나?"

"응."

"또 너무 쉽게 대답하네."

"아니니까."

"네 스타일이 뭔데. 서재유? 스키니 스타일?"

"몰라. 갑자기 재유 얘기는 왜 꺼내."

갑작스레 화제가 전환되는 것이 싫은지 우리는 그대로 자리에서 일어서려 했다. 하지만 현조는 그녀가 그리 하도록 내버려 두지 않았다. 우리의 손을 잡아 다시 자리에 앉게 만든 그가 가만히 그녀의 말간 눈을 들여다보았다.

ゟ

온 집 안을 가득 메운 맛있는 음색 냄새와 마주 본 두 사람의 작은 숨소리. 색색. 두 눈을 깜빡거리며 현조를 바라보고 있었지만, 사실 우리는 그에게 잡힌 제 손에 온 정신이 집중되어 있었다.

커다란 현조의 손. 따뜻한 오빠의 손.

잠에서 덜 깬 얼굴조차 사랑스러운 남자.

"궁금하다. 이우리는 어떤 남자를 좋아할까."

"……."

"재유한테는 마음을 주지 못한 것 같던데."

우리의 두 눈이 조금 커졌다. 그날 재유와 집 앞에서 나누었던 대화를 떠올리며 그녀가 작게 한숨을 쉬었다.

"역시. 들었구나."

"우연찮게."

"……."

"말해 봐."

몸을 일으킨 현조가 바르게 앉아 그녀를 내려다보았다. 여전히 그녀의 손을 잡은 채였다.

"그냥……. 그때 들은 그대로야."

우리는 조금 뜸을 들였다. 하지만 현조는 차분히 그녀를 기다려 주었다. 맑은 그의 눈을 바라보자 우리는 어쩐지 조금 부끄러워졌다.

"나는 재유를 좋아하지 못했고, 재유는 내가 오빠를 좋아한다고 오해했고."

"……."

"어쨌든 결론은 재유는 바람을 피웠고."

"그래서 네가 그렇게 태연했어. 좋아하지 않아서."

한숨.

이번엔 현조의 것이었다.

"잘한다, 너. 좋아하지도 않는 남자랑 일 년씩이나 사귀고. 바람피운 건 잘못한 짓이긴 하지만…… 좀 미안해지네. 재유 때린 거."

현조는 미간을 좁혔고, 우리는 저도 모르게 스르르 그의 시선을 피했다.

"나 못됐지, 오빠."

"알아?"

"응."

"알면 됐어. 다시는 그런 일 없으면 되는 거고."

현조의 어조는 담담했지만 또한 단단했다. 우리는 고개를 끄덕였다.

"우리야."

"응."

나지막이 자신을 부르는 목소리에 그녀가 다시 고개를 들어 그와 시선을 마주했다.

"너를 좀 더 아껴 봐."

스물여섯. 아직 어린 우리를 내려다보는 현조의 눈빛은 참 따뜻했다.

"네 사랑을 못 받은 재유도 안됐지만, 네 마음을 들여다보지 않은 너도 나는 속상하다."

"……."

"좋아하지 않는 사람과의 연애. 그건 너도 불행하잖아."

그는 웃고 있었지만, 진심으로 걱정하는 얼굴이었다. 그의 말에 우리는 깊은 생각에 빠진 듯 멍한 얼굴이었다.

마음을 들여다본다는 것. 그것이 뭘까, 오빠?

내 마음 깊숙이 깊숙이 들여다보면 과연 무엇이 있을까?

아마도.

오빠.

나는.

"오빠."

"왜."

"손."

"응?"

"내 손 놔줘."

"어. 그래."

여태껏 우리의 흰 손을 잡고 있었다는 사실을 그제야 인지한 모양이었다. 재빠르게 그녀에게서 손을 뗀 현조가 반편이 같은 웃음을 지으며 머리를 긁적거렸다. 조금 전까지만 해도 듬직한 오빠 같더니, 다시 찌질이 주현조로 돌아왔다.

"카레 먹고 싶다며? 다했으니까 얼른 먹자. 식겠어."

"오예, 카레."

우리를 따라 일어서며 현조가 환호했다.

"카레 먹으러 온 거 맞아? 나 훈계하러 온 거지."

"둘 다."

"그나저나 아까 가게 앞에선 왜 그렇게 유치하게 굴었어?"

"유치원 안 나와서 그렇다니까."

우리는 쪼르르 제 뒤를 쫓아 부엌으로 들어오는 그를 흘겨보았다.

"때리고 싶다."

"맞아 줄게. 때려."

긴 팔을 양옆으로 들어 올리며 현조가 밝게 웃었다. 듬직하고 넓은 그의 가슴팍을 바라보자 부끄러워졌는지 우리가 고개를 획 돌렸다.

"때리라니까."

"됐고, 밥이나 퍼 줘."

"오케이."

말 참 잘 듣는다. 장난스레 웃은 현조가 넓은 접시에 밥을 예쁘게 담아 우리에게 건네주었다. 흰 밥 위에 카레를 두르는 것은 우리의 몫. 맛있게 차려진 식탁에서 두 사람은 냠냠거리며 늦은 저녁식사를 시작했다.

"근데 나 좋아한다는 건 진짜 오해인가."

"그럼 오해지."

아까부터 궁금해서 미칠 것 같던 물음을 은근슬쩍 가볍게 던졌는데, 대답 역시 가볍게 돌아왔다. 작은 입을 오물거리는 우리를 내려다보며 현조가 입술을 삐죽거렸다.

"가차 없구만, 아주."

"뜸 들일 필요가 없는 질문이라."

욱하는 마음에 우리를 향해 윽박을 지르고 싶었지만, 현조는 참았다. 릴렉스, 릴렉스. 심술이 잔뜩 나기도 했지만, 그보다도 맛있고 따뜻한 이 저녁식사를 망치고 싶지 않았다.

'네가 여자 신경 쓰는 게 어디 흔한 일이야?'

우경의 목소리가 떠올라 현조는 저도 모르게 픽 웃음이 났다. 가차 없는 우리에겐 심술이 났지만 그녀의 모든 것이 신경 쓰이는 제 기분은 그리 나쁘지 않았다. 오히려 설렘으로 다가오고 있었다.

* * *

현조 어머니의 생신을 맞아 우리는 꽃다발을 준비하고 있었다. 수업 준비 때문에 일주일에 두 번은 새벽 꽃시장엘 다녀왔지만, 오늘은 유독 더 신경 써서 꽃을 사입해 왔다. 어머니가 좋아하는 꽃과 색이 뭔지 이제는 너무도 잘 알았지만, 완벽한 선물을 드리고 싶었다.

작은 손으로 열심히 다발을 만드는 우리의 얼굴은 행복해 보였다. 우리는 제 꽃을 보며 환하게 웃을 그녀가 머릿속에 그려져 즐거워졌다.

시간을 보니 벌써 약속 시간이 다가왔다. 오늘은 식구 모두가 호텔 뷔페에서 식사를 하기로 약속했고, 백화점에서 산 스카프와 꽃다발을 챙긴 우리가 일찍 가게를 접고 해나와 함께 길을 나섰다. 우경의 여자친구인 해나도 어느새 이 모임에 동참한 지 2년쯤 되었다.

"왔니?"

"어머니 그동안 잘 지내셨죠? 와. 어머니는 어쩜 더 아름다워

지시네요!"

"우경이 넌 날이 갈수록 유들유들해지는구나. 다 늙은 엄마 설레게."

"하하하. 어머니도 참."

현조의 아버지는 어머니를 모시고 먼저 호텔에 도착해 있었고, 현조와 우경이 뒤따라 도착했다. 비슷하게 온 우리와 해나가 나란히 부모님께 인사했고, 꽃다발을 안겨 드리자 어머니는 우리를 향해 고운 미소를 지으셨다.

"고맙다, 우리야. 꽃다발이 너무 예쁘네. 우리 우리처럼."

"생신 축하드려요. 잘 지내셨죠?"

오랜만에 마주 선 두 사람은 안부를 나누었다. 여전히 곱고 반듯해 보이는 어머니의 모습에 우리는 엷게 미소 지었다. 이렇게 웃게 되기까지 약간의 시간이 필요했지만, 그래도 우리는 진심으로 그녀를 좋아하고 있었다.

"잘 지냈는데 조금 적적했어. 다들 바빠서 엄마한테 연락도 자주 안 하고."

"아들 연락은 연락도 아니야? 내가 자주 했잖아."

현조가 어머니가 앉을 의자를 빼내며 끼어들었다.

"엄마가 일방적으로 한 거지, 네가 몇 번이나 했다고?"

"자자, 얘기는 조금 나중으로 미루고, 식사부터 합시다."

"그래요, 어머니. 배고프실 텐데 식사부터 해요."

인자하고 다정한 아버지와 우경이 차례로 말했고, 모두 허기가

진 모양이었는지 바로 수긍했다. 고급스러운 원형 테이블에 둘러앉은 그들의 와인을 곁들인 즐거운 식사가 시작되었다.

우리는 몰랐겠지만 현조는 내내 그녀를 신경 쓰고 있었다. 그 자신도 자각하지 못할 정도로 내내, 계속. 밥은 잘 먹고 있는지, 무슨 음식을 먹고 있는지, 즐거운지.

하하호호 떠들고 있는 우리를 보며 남몰래 미소를 짓기도 했다. 그녀가 너무도 예뻐서 어쩔 줄 모르겠는 얼굴이었다. 자신을 인정하고부터 현조의 마음은 우리에게 더욱더 성큼성큼 다가서고 있었다.

"어때? 잘 어울려요?"

"당신한테 최상으로 어울릴 만한 걸 골라 왔는데, 당연하지."

"어머니, 너무 예쁘세요!"

"해나도 우경이한테 하나 사 달라고 해."

선물 증정식이 이루어졌고, 마지막엔 현조 아버지의 값비싼 목걸이가 어머니에게 전해졌다. 직접 목걸이를 걸어 주는 다정한 아버지의 모습을 모두 따뜻한 미소로 바라보고 있었다. 행복함이 느껴지는 식구들을 둘러보며 우리도 함께 웃었다. 절대 깨지지 않았으면 하는 행복 속에 그녀가 있었다.

"참, 현조."

식사를 끝내고 홀짝 와인을 마시고 있는 현조가 어머니의 부름에 흘긋 그녀를 돌아보았다.

"요번 주에 다시 선볼 준비해."

"그 얘기 끝난 거 아니었어요?"

그의 미간이 좁혀졌다.

"장가 안 갈 거야, 녀석아?"

"갈 거예요. 왜 안 가, 장가를. 그 좋은 걸. 갈 건데 선봐서는 안 가요."

물 한 모금을 마신 어머니가 말을 이었다.

"전에 김 원장 딸 남자친구 있었다며? 괘씸해서 원. 그럼 그렇지, 우리 아들을 그렇게 한번에 마다할 리가 없잖아."

"아버지. 어머니 좀 말려 보세요."

현조가 구원의 요청으로 아버지를 바라보았다.

"이번엔 네 아버지도 찬성하신 일이야. 도대체가 연애도 안 하고 언제까지 그러고 있을 거니?"

"약속 잡지 마세요. 이번엔 안 나갑니다, 저. 한 번 나간 걸로 할 도리 했어요. 그리고."

"……."

"저 좋아하는 여자 있어요. 연애를 해도 그 여자랑 해요."

"좋아하는 여자? 누군데?"

어머니 생신이라 웬만하면 부드럽게 거절하고 싶었는데, 세계 나가지 않으면 또 약속을 잡으실 것 같아 조바심이 났다. 현조는 다시는 그런 어색한 자리에 나가고 싶지도 않았고, 어떻게 그 자리를 벗어나야 하나 고민하고 싶지도 않았다.

좋아하는 사람이 있다는 현조의 갑작스러운 고백에 놀라지 않은 사람은 우경 단 한 명뿐이었다. 모두 어안이 벙벙한 얼굴이었고, 우경만이 흥미진진한 얼굴로 자리를 지켜보고 있었다.

좋아하는 여자. 연애.

현조의 선언에 갑자기 그 자리가 불편해진 우리는 눈에 띄지 않게 자리에서 일어섰다. 지금 이 주제를 잠시나마 피하고 싶은 심정이 들었다. 모두의 이목이 현조에게 집중되어 있는 틈에 자리에서 빠져나온 우리는 화장실을 찾았다.

쏴아아아.

차가운 물에 손을 대자 정신이 번쩍 들었다. 속이 좋지 않았다. 맛있게 먹은 음식들이 제멋대로 속에서 뒤엉킨 느낌.

웨에에엥.

건조대에서 손을 다 말린 우리가 잠시 거울 속 자신을 바라보았다. 조명 속에 비친 자신의 모습에 조금 웃음이 나왔다. 아닌 척했지만, 잔뜩 신경 쓰고 나온 모양새가 어쩐지 창피해졌다.

터덜터덜 화장실 밖으로 나왔는데, 비슷한 때에 맞추어 자리에 일어선 현조와 로비에서 맞닥뜨렸다.

"맛있게 먹었어?"

그의 물음에 우리가 고개를 끄덕였다.

"응. 맛있었어."

"나도 배가 터질 거 같다. 좀 이따 들어가자. 계속 귀찮게 해서 도망 나왔어."

"어머니 생신인데 좀 맞춰 드리지 그랬어."

현조가 지겹다는 듯 고개를 절레절레 저었다.

"알잖아. 맞추면 한도 끝도 없다는 거."

"선 한번 나가는 게 뭐가 대수라고."

"대수야. 귀찮아."

"어머니 눈 높으셔서 예쁘고 집안 좋은 여자들만 주선해 주실 텐데."

마음에도 없는 소리를 하는지도 모르고, 우리의 말에 현조는 얼굴을 구겼다.

"그래서, 뭐. 나가라고?"

"내 말은 그냥, 나쁠 것 없다는 거지."

"좋아하는 여자 있다는 내 말 못 들었어?"

어쩐지 신경질적인 음성이었다. 우리는 대답을 잇지 못하고 그저 눈만 껌뻑인 채 그를 올려다보았다. 피곤한 얼굴이 된 그가 한 손으로 마른세수를 했다.

"나 왜 너한테 성질이냐. 그치."

"별 뜻 없어, 난. 오빠 하고 싶은 대로 하는 거지."

"응. 그러려고. 나 하고 싶은 대로. 좋아하지도 않는 여자랑 연애하고, 결혼하고 싶지는 않으니까."

"어쩐지 나 비꼬는 것처럼 들려."

우리가 씁쓸히 웃었다.

"비꼬는 거 아니야. 넌 그냥 시행착오였던 거니까."

시행착오.

"짝사랑이라니. 이 나이 먹고."

현조의 입술에서 흘러나오는 짝사랑이라는 단어에 우리의 눈동자가 둥그레졌다. 짝사랑이라니. 그는 언제 어디서나 늘 누군가의 짝사랑의 대상이었던 남자였다.

"짝사랑?"

"응. 완벽한 짝사랑. 머리가 아프다, 진짜."

"오빠가 그런 것도 해?"

"그러게. 살면서 이런 것도 해 보네."

습관처럼 손을 들어 우리의 머리를 헝클어트린 현조가 웃는 얼굴로 말했다. 따뜻한 그의 체온이 머리카락을 타고 느껴지는 것 같았지만 우리는 조금 침울해졌다.

"거기서 뭐하니?"

마침 화장실에 가려고 나온 어머니가 두 사람을 발견하곤 다가왔다. 현조는 아무것도 아니라는 듯 고개를 절레절레 흔들었다.

"엄마 얘기 듣기 싫어서 도망가더니 여기 있었어?"

"여기서도 어머니 말 듣지 그러냐고 훈계 듣고 있었어요."

"우리한테?"

"네."

멋쩍은 듯 우리가 웃었다. 현조의 어머니는 궁금증이 가득한 얼굴로 그녀를 바라보았다.

"혹시 우리는 현조가 좋아한다는 여자에 대해서 알고 있는 거 있어?"

"얘가 뭘 알아. 아무것도 몰라요, 우리는."

우리에게 물은 질문에 현조에게서 대답이 나왔다. 기분 좋은 생일날 더 이상 이 이야기는 그만하자는 말과 함께 현조는 어머니의 어깨를 잡아 여자 화장실 쪽으로 밀어 넣었다. 두 모자를 지켜보며 우리는 조금 전 침울해한 자신을 조금 탓했다.

웃어야지, 우리야. 마인드 컨트롤.

마인드 컨트롤.

어머니를 화장실로 보내고 되돌아오는 현조를 보며 우리는 환하게 웃었다. 그리고 우리의 웃는 얼굴이 좋아, 그도 그녀를 따라 덩달아 웃어 버렸다.

＊ ＊ ＊

"애걔. 저녁 사 준다면서 겨우 김치찌개야?"

"사 주면 감사합니다, 하고 먹어."

현조가 장난스레 대답하자 우리가 입술을 삐죽거렸다.

"하여튼 있는 사람이 더하다더니. 오빠를 놓고 하는 말인가 보다."

"그래서 싫어?"

"아니. 오랜만에 오니까 너무너무 좋아."

며칠 후.

현조와 우리가 나란히 앉아 있는 이 허름한 찌개 집은 이들이 학창시절에 자주 찾아왔던 가게였다. 인테리어는 꽝이지만 솜씨 좋고 양 많이 주는 할머니께서 지금까지도 운영하고 있는 곳이었다.

사실 애개, 라고 말을 하긴 했지만 우리는 현조와 오랜만에 이곳에 온 것이 너무나 좋았다. 그와의 추억이 서려 있는 곳이니 당연히 싫을 리가 없었다.

"니들! 꼬꼬마 적부터 같이 다니더니 아직도 붙어 댕기는 겨? 한 놈은 어디 갔어?"

"어머. 할머님! 아직도 저희 기억하세요?"

가스버너 위에 찌개가 담긴 냄비를 올려놓으신 주인 할머니가 현조와 우리를 보며 말씀하셨다. 자신들을 알아보는 할머니가 신기했는지 우리가 동그란 눈을 반짝거렸다.

한 놈은 어디 갔냐고 하시는 걸 보니, 할머니는 우경까지 기억하고 계신 듯했다.

"두 놈이 너무 훤칠해서 기억하고말고."

할머니의 대답에 현조가 하하 웃었다.

"두 놈들 여기 자주 온다는 소문에 예전에 여학생들이 떼거지로 찾아왔던 적도 있어."

할머니의 말씀에 이번엔 우리가 슬쩍 씁쓸한 미소를 지었다. 예전 일이긴 했지만 고등학교 시절에 현조와 우경을 따라다니던 여자애들 때문에 은근히 우리가 미움을 받기도 했었다.

"할머니, 저는요? 전 기억 안 나세요?"

"기억나고말고! 만날 옆에 똥파리처럼 붙어 다녔잖아."

"할머니, 정말 정확한 기억력이십니다."

똥파리라는 말에 우리가 충격을 받은 듯 멍청히 입술을 벌렸다. 거기다 그 말에 힘을 실어 주는 현조의 유들거림까지.

"또, 똥파리…… . 너무하세요, 할머니."

"너무너무 예쁜 똥파리라 기억하는 거야. 그럼 맛있게들 먹어."

지글지글 끓는 찌개를 한번 휙 저어 주신 할머니가 웃는 얼굴로 주방으로 사라지셨다.

똥파리란 말에 여전히 기분은 상했지만 우리는 익숙하고 옛 기억이 새록새록 나는 이 풍경에 금세 웃음을 찾았다.

새삼스레 여기저기 둘러보는 우리. 현조는 그런 그녀의 모습에 작게 미소 지으며 접시에 음식을 덜어 그녀의 앞에 놓아 주었다. 그 역시도 그녀와 함께했던 추억의 장소에서 한껏 설레어 있었다.

"와. 맛있겠다."

"많이 먹어."

"응. 잘 먹을게, 고마워."

"이우리는 이게 참 예뻐. 작은 거에도 감탄할 줄 알고."

현조가 씩 웃으며 이야기했다.

"작은 거 아니야."

"……."

"나 여기 와서 너무 좋아, 오빠."

우리는 정말 작은 것에도 감탄할 줄 아는 소박한 여자였다. 아무리 봐도 예뻐하지 않을 수가 없는 여자.

손목에 차고 있던 머리끈으로 긴 머리를 질끈 묶은 우리가 본격적으로 찌개 시식을 시작했다.

예전과 전혀 다르지 않은 맛을 느끼며 우리는 계속해서 감탄사를 남발했다. 맛있게 먹는 그녀의 모습이 좋았는지 현조도 내내 웃는 얼굴이었다.

'어머니 눈 높으셔서 예쁘고 집안 좋은 여자들만 주선해 주실 텐데.'

물론 얼마 전에 아무렇지도 않게 선을 보러 나가라던 우리의 표정이 아직 어른거리기는 했지만.

"입 주위 빨갛다, 우리야. 자장면 먹을 땐 까맣고, 김치찌개 먹을 땐 빨갛고."

"진짜? 많이?"

"누가 보면 혼자 김치찌개 원샷했는 줄 알겠어."

입술이 새빨개진 우리가 창피한 듯 머리를 긁적였다. 현조는 '그때나 지금이나 음식 맛있게 먹는 건 여전하네.' 하며 웃었다.

보다 못한 현조가 휴지를 뽑아 든 손을 그녀의 입가로 가져갔다. 배가 많이 고팠는지 흡입하듯 밥을 먹고 있던 우리는 그 손길에 잠시 먹는 것을 멈추었다.

스윽.

혹시나 꺼끌꺼끌한 휴지 탓에 아플까 봐 현조가 조심스레 그녀의 입술을 닦아 주었다.

그 모습을 바라보는 우리의 눈빛이 조금 진지하게 변했다. 다정한 그의 행동에 심장이 쿵쾅거렸다.

우리는 잠시 잊고 있었던 어머니 생각이 났다. 사실 얼마 전부터 현조의 선 자리를 생각하며 계속해서 우울했었는데, 그를 만나자마자 거짓말처럼 싹 잊어버렸던 것이다. 그게 다시금 떠오르자 우리의 눈빛이 조금 가라앉았다.

그녀의 입술을 다 닦아 준 현조가 이제 먹어도 된다며 눈짓했다. 하지만 우리는 손에 들고 있던 숟가락을 그대로 테이블 위에 내려놓았다.

"너무해."

"응?"

세상에 오빠처럼 나를 두근거리게 할 수 있는 사람이 있을까?

자꾸만 그런 생각이 들어서, 난 오빠를 떠날 수도 없는데 점점 오빠 곁에 있는 게 힘들어져.

"왜. 김치찌개 원샷했다고 놀려서?"

"아니."

"그럼. 내가 닦아 주는 거 싫었어?"

또다시 다정하게 묻는 현조의 목소리에 우리는 가만히 고개를 저었다.

"아니. 그런 거 아니야."

어쩌자고 너무하다는 말을 내뱉었는지 모르겠지만, 우리는 너무도 다정한 그의 모습이 순간 너무하다는 생각이 들었다.

현조는 알 수 없는 우리의 반응에 저도 모르게 전전긍긍하고 있었다. 참 이상한 일이었다. 요즘의 현조는 우리와 함께 있으면 그날 기분이 하루에도 몇 번씩이나 변했다.

즐겁기도 하다가, 행복하기도 하다가, 뭔가 멀게 느껴지기도 하다가, 자신을 좋아하지 않는다는 말이 자꾸 생각나 속상하기도 하다가.

우리는 자꾸만 현조 자신을, 그리고 서로의 관계를 변화시키고 있었다. 그저 오빠와 동생이라기에는 현조와 우리는 너무도 가까운 사이였다.

"속눈썹 길다."

식사를 다 마치고 우리의 동네로 온 두 사람은 소화도 시킬 겸 집 주변을 걷고 있었다. 그 와중에 현조가 뜬금없이 말을 건넸다. 무슨 일인지 모르겠지만 어쩐지 울적해 보이는 우리에게 무언가 말을 붙이고 싶었다.

"오빠가 더 길어."

"진짜? 너도 엄청 긴데?"

우리의 옆모습을 가만히 내려다보던 현조가 눈을 크게 뜨며 되물었다. 길고 풍성한 그녀의 까만 속눈썹이 예쁜 모양이었다.

"오랜만에 찌개 먹으니까 진짜 맛있다. 그치?"

"응. 정말 오래전인데, 할머니는 그대로이신 것 같아."

"그러게. 우리들만 늙었나 봐."

우리가 쿡쿡 웃었다.

"우리 셋 기억해 주신 것도 너무 신기해."

우리의 입술에 편안한 미소가 떠오르자 그제야 현조가 안심한 듯 함께 따라 웃었다. 어릴 적부터 우리에게 많은 신경을 써 왔던 건 사실이었지만, 이렇게까지는 아니었다. 지금처럼 웃는 모양 하나하나까지 신경 쓰면서 가슴을 졸였던 적은 없었던 것 같았다.

"우경 오빠도 같이 올 걸 그랬나 봐."

"같이 가자고 할까 하다가 말았어."

"왜?"

그야…….

"몰라. 그냥 너랑 둘이 먹고 싶었나 보지."

현조가 무심한 듯 대답했지만, 사실 그는 쑥스러워하고 있었다. 그의 말에 조금 놀란 듯 우리가 눈을 둥글게 떴다.

"기분 진짜 이상하다."

"뭐가?"

혼잣말처럼 읊조리는 현조의 이야기를 들었는지 우리가 되물었다.

"그냥. 뭔가 좀 이상해. 평소랑 다른 느낌이야."

"그게 뭐지?"

"그런 게 있다. 넌 몰라도 돼, 인마."

설렘인지 떨림인지 모를 마음을 품고 우리와 함께 걸으며, 현조는 어찌해야 될지 모르는 사람처럼 초조해하고 있었다. 평소와 같던 우리가 점점 더 그에게 특별하게 와 닿는 느낌이었다.

길고 긴 우리의 속눈썹이 자꾸만 눈에 들어왔다. 맛있게 음식을 먹던 우리의 모습이 너무 예뻐서, 저도 모르게 떠올릴 때마다 자꾸만 웃음이 나왔다.

"오빠."

"어? 어."

아무래도 바보같이 웃고 있었나 보다.

우리의 의아한 눈빛이 그를 향했고, 현조는 조금 부끄러운 듯 그 시선을 피했다.

잠시 이리저리 눈동자를 굴리다가 그녀와 다시 시선을 마주했다. 그녀의 오밀조밀 예쁜 얼굴이 그의 눈 안에 가득 찼다.

"우리 눈동자가 원래 이렇게 새카맸었나?"

"몰랐어? 나 한국인인데."

장난스러운 우리의 대답에 현조가 픽 웃음을 터뜨렸다.

"그게 아니라. 유독 까맣네. 눈동자가."

"응. 남들보다 조금 더."

"피부도 엄청 하얗고."

"응. 남들보다 조금 더?"

"입도 작다."

"응. 남들보다 조금 더."

우리가 대답하자 현조가 손을 들어 콩 그녀의 이마를 아프지 않게 쥐어박았다. 그녀가 이마를 매만지며 배시시 웃었다.

두 사람은 이런저런 이야기를 나누며 몇 바퀴 더 돌다가 우리의 집 앞에 멈추어 섰다. 왠지 모를 아쉬움이 현조의 얼굴을 스쳤다. 우리는 눈치채지 못했겠지만.

"고마워, 오빠. 데려다줘서."

"별게 다 고맙다. 언제는 만날 때 안 데려다줬나."

"그래도. 매번 고마운 일이잖아."

우리는 저 예쁜 입으로 항상 저리 예쁜 말을 잘 한다.

현조가 커다란 손을 들어 우리의 머리를 쓰다듬었다. 부비부비.

"들어가."

"응. 잘 가."

"푹 잘 자고."

우리가 고개를 끄덕였다.

"오빠도."

현조는 어쩐지 돌아서는 발걸음이 너무도 무거웠다. 주머니에 손을 꽂은 채 뒷걸음질 친 그가 우리를 향해 바이바이 손을 흔들었다. 맑은 눈동자로 자신을 배웅하는 그녀가 너무도 예뻐 조금 더 같이 있고 싶었지만, 오늘은 이만 돌아가기로 했다.

"네?"

문화센터 강의에 나간 지 벌써 3주차. 마지막 4주차 수업을 남겨 두고 있는 날에 우리는 전화를 한 통 받았다.

—대뜸 찾아와서는 어찌나 제멋대로 굴던지. 다음 달에도 개강하니 다음 달 거 등록하시라고 해도, 꼭 오늘 하루만 수업을 들어야겠대요. 그래 놓고 수강료는 한 달 치를 다 지불했어요.

"아, 그래요? 그럼 꽃을 조금 더 준비해서 가야겠네요."

—네, 선생님. 죄송해요. 저희도 이런 적은 처음이라……

"괜찮아요. 제 수업 듣겠다고 찾아온 분인데, 저야 고마운 일이죠."

—그렇게 생각해 주심 저희야 감사하고요. 그럼 선생님, 이따 뵐게요.

"네. 이따 봬요."

어리둥절한 얼굴이 된 우리가 "별일이 다 있네." 하고 중얼거리며 휴대폰을 앞치마 속에 슥 집어넣었다.

"왜?"

컵을 닦던 해나가 고개를 쭉 빼며 물었다.

"아니, 누가 오늘 내 수업을 꼭 들어야겠다면서 수강료 한 달 치를 다 지불했대."

"오맛. 진짜로?"

"응."

"웬일이야. 이우리 너 이제 유명해지는 거 아냐?"

"글쎄. 벌써 이렇게 극성 팬이 있을 정도의 경지는 아닌 거 같은데."

우리의 말에 해나가 큭큭대며 웃었다.

"이따 가서 누군지 잘 봐 봐. 어디 돈 많은 집 딸이 네 소문 듣고 찾아왔나 보다."

"그런가."

잠시 고개를 갸웃거리며 서 있던 우리가 이내 샘플링을 마친 꽃을 어디에 둘지 가게 안을 둘러보았다.

딸랑.

"정준 씨 안녕. 오늘도 여전히 예쁘네."

아르바이트생의 출연에 해나가 밝게 인사했다.

"가끔 해나 사장님은 절 칭찬하는 건지 욕하는 건지 모르겠어요."

가방을 벗으며 뭔가 불만스럽게 이야기하는 정준의 모습에 우리가 큭큭 웃었다.

"칭찬이야. 정준 씨가 우리 가게 손님 더 늘려 줘서 엄청 예뻐하잖아, 해나가."

"전 잘생겼단 말이 더 좋은데요."

"잘생긴 건 내 애인이지. 예쁜 게 딱 정준 씨 몫이야."

해나는 냉정히 말했다.

"이것 봐요. 완전 욕이라니까."

화기애애한 세 사람의 '플라워 테이블'. 아르바이트에 잘 적응한 정준 덕분에 우리는 출강을 하러 나서는 길이 아주 편안해졌다. 두 사람에게 인사를 하고 나온 우리는 미리 준비해 둔 꽃을 차에 싣고, 문화센터로 향했다.

"어?"

주차를 하고 꽃을 꺼내는데, 우리는 저만치에 어디선가 많이 본 차가 보여 잠시 멈칫했다.

"멍청이."

현조의 것과 같은 차.

"오빠가 왔을 리가 없지."

현조의 차와 같은 차를 보곤 저도 모르게 말도 안 되는 생각을 떠올린 우리가 고개를 절레절레 저었다.

삐빅.

차가 잠긴 것을 확인한 우리는 엘리베이터를 타고 강의실로 올라갔다. 웬일로 강의실 안에서 시끌벅적한 소리가 밖에까지 들려왔다.

"안녕하세요."

꽃을 한 아름 든 우리가 일찍 온 수강생들에게 인사를 하며 들어섰다. 하지만 몇 발짝 들어서지 못하고 강의실 안에 벌어진 광경에 놀란 듯 잠시 발걸음을 멈추었다. 선생님이 왔는지도 모른 채 여자들로만 구성되었던 수강생들 속에서 웬 남자 하나가 그들의 관심을 받고 있었다.

"직접 만들어서 선물하려고?"

"네. 한번 해 보려고 왔습니다."

"어휴. 총각한테 선물 받을 사람은 누군지 참 좋겠네. 여자친구?"

"뭐, 아직 여자친구는 아니고요."

"곧 되겠지! 이렇게 훤칠한데!"

"제 생각도 그래요. 하하."

나이 많은 수강생들에게 둘러싸여 있었지만 현조는 당황하지 않고 그들과 수다를 이어 가고 있었다. 오늘 수업을 듣겠다며 막무가내로 굴었던 사람의 정체가 현조였다니. 돈 많은 집 딸이 아니고 아들이었어, 해나야.

한참 수다를 떨다 앞에 온 우리를 발견했는지 현조가 반가운 얼굴로 자리에서 일어섰다. 하지만 금방 사람이 많은 곳에서 그녀를 곤란하게 하고 싶진 않아 슬쩍 눈인사만 하곤 다시 자리에 앉았다.

"이 총각 때문에 예쁜 선생님 오셨는지도 모르고 있었네."

"안녕하세요, 선생님!"

"네, 안녕하세요."

활발한 수강생들과 인사를 나눈 우리가 아직 15분쯤 남은 수업 시간을 확인하곤 휴대폰을 꺼내 들었다.

[왜 거기 있어?]

지이잉.

우리의 메시지를 받은 현조가 웃는 얼굴로 답장을 썼다.

[수업받으러.]

지이잉.

[그 진상이 오빠였어?]

[진상이라니. 수업료도 터무니없이 많이 지불했는데.]

못 말린다는 얼굴로 자신을 쳐다보는 우리를 향해 현조는 하얀 치아를 내보이며 웃어 주었다. 그 미소에 저도 모르게 덜컥 마음이 내려앉은 우리가 그대로 뒤돌아 칠판 앞에 섰다. 그녀는 제발 그가 무방비 상태에서 저렇게 웃지 않았으면 좋겠다고 생각했다. 괜히 아픈 것처럼 가슴이 두근거리고, 머리가 어지러웠다.

6

"어머나. 총각이 참 손재주가 좋네."

"그러게. 처음 해 본 거 맞아요?"

"네, 처음입니다."

마침 마지막 수업의 주제는 꽃다발이었다. 알고 온 것도 아니었는데 참 타이밍이 좋다고 생각하며, 현조는 즐겁게 수업을 받고 있었다. 우리가 꽃을 시작한 지도 꽤 오래 되었는데, 이렇게 그녀를 통해 직접 꽃을 만져 보는 것은 처음이었다. 왜 한 번도 직접 해 볼 생각을 못 했을까. 꽃을 만지는 일은 생각보다 더 즐거운 일이었다.

우리는 수강생들 개개인에게 신경 쓰며 수업을 진행하고 있었다. 물론 그 신경은 현조에게도 미쳤다. 칠판에 적힌 내용을 꼼꼼하게 필기한 현조의 수첩을 내려다보며 우리는 저도 모르게 옅게 웃었다. 누가 그랬더라, 천재는 악필이라고. 그 말대로라면 이렇게 글씨조차 반듯한 그는 바보임에 틀림없었다.

"선생님. 이 꽃 이름이 뭐죠?"

현조를 지나쳐 가려는 찰나 그가 우리에게 물었다.

"리시안셔스예요."

깍듯한 현조의 물음에 우리도 깍듯이 대답했다.

"예쁘네요. 제가 아는 사람이랑 많이 닮았어요."

"누구? 예비 여친?"

아까부터 현조에게 무한한 관심을 보였던 아주머니 한 분이 끼어들었다.

"하하. 네. 그럼 선생님 혹시 꽃말 같은 것도 있습니까?"

"그럼요. 변치 않는 사랑. 이게 이 꽃의 꽃말이에요."

"아. 변치 않는 사랑."

우리가 대답했고, 현조는 가만히 고개를 끄덕이며 꽃말을 읊조렸다. 변치 않는 사랑. 생김새처럼 품고 있는 뜻도 예뻐 어쩐지 더 정이 갔다.

다발로 만든 꽃을 끈으로 묶고, 포장지에 싸고, 리본을 두르는 것까지 마치자 수업이 끝났다. 같은 꽃과 소재로 각기 다른 모양의 꽃다발이 탄생했고, 그 꽃 속엔 그것을 만든 사람의 성향이 담뿍 담겼다.

"오늘도 수고 많으셨어요, 선생님."

"제가 뭘요. 수강생님들이 더 수고하셨죠."

정리를 하고 있는 우리에게 수강생들이 다가와 인사를 건넸다.

"저희 다 다음 달 과정도 듣기로 했으니까, 다음 달에 봬요."

"와. 정말요? 감사해요. 또 봬서 정말 너무 좋아요."

우리가 더욱더 밝아진 표정으로 말했다. 사실 문화센터 출강 자체가 큰돈이 되는 건 아니었지만, 이렇게 사람들과 만나 꽃으로 소통할 수 있음이 너무나 좋았다.

"호호. 저희도요. 예쁜 꽃에 예쁜 선생님 만나니 힐링이 그냥 되네요. 그럼 조심히 들어가세요."

"네, 조심히 들어가세요."

"총각! 총각도 잘 들어가! 또 올 수 있으면 오고! 그땐 여자친구 꼭 만들어서 와야 해!"

꽃다발을 쥔 채 총각, 현조에게 인사를 건넨 부산스러운 수강 생들이 사라졌다. 강의실에 남은 두 사람이 멀찍이 선 채로 서로를 응시했다.

"잘했어, 오빠."

"진짜?"

우리의 칭찬에 현조가 웃는 얼굴로 되물었다.

"응. 치과의사라 손재주야 당연하고. 뭐 감각도 있고, 색 매치도 잘했어."

"칭찬해 주셔서 감사합니다."

"네에. 오늘 톱 쓰리쯤은 하신 것 같네요."

"과찬이십니다. 더 분발하겠습니다."

마주 본 두 사람은 결국 웃음이 터졌다. 성큼성큼 걸어가 우리가 정리해 둔 커다란 종이백을 자연스레 어깨에 멘 현조가 어서 따라오라는 듯 고갯짓했다.

"안 무거워서 괜찮은데."

"너한테 그 정도면 난 더 괜찮아."

"선물할 거면 뭐 하러 여기까지 왔어. 근처에도 꽃집 있었을 텐데."

"너한테 왔어야 했어."

"나한테?"

"응. 일단 차 열어 봐."

주차장으로 내려온 두 사람이 먼저 우리의 차 쪽으로 갔다. 삐빅. 뒷좌석에 종이백을 넣은 현조가 문을 닫고 우리의 앞에 섰다. 그녀의 시선이 다시 현조의 손에 들린 꽃다발로 고정됐다. 투명하게 포장된 꽃 속에서 그의 모습이 보였다. 단정하고, 반듯하고, 아름다운 그의 모습이.

"집으로 바로 갈 거지?"

현조가 묻자 시선을 바로잡은 우리가 고개를 저었다.

"아니. 가게 잠깐 들러서 남은 재료 놓고 가야 돼."

"알겠어."

"오빠는?"

"나야 선물하러 가야지."

그의 손이 제 꽃다발을 가리켰다. 우리는 씁쓸함을 느꼈지만 티 내지 않으려고 애썼다. 또한 그가 저 꽃다발을 건네줄 이가 누구일지 너무도 궁금했지만, 묻지 않기로 했다.

잘 가란 인사를 한 우리가 먼저 차에 올라타 시동을 걸었다. 백미러를 통해 보이는 그의 모습이 자꾸만 신경 쓰였다. 한참을 제자리에 우두커니 서 있던 그가 뒤돌아 자신의 차로 가는 모습이 보였고, 우리는 더 이상 신경 쓰지 않고 앞만 보려 애썼다. 하지만 그는 뒷모습조차 애틋함이 되어 자꾸만 우리의 눈 안으로, 마음 안으로 다가와 있었다.

"휴."

저도 모르게 마음 깊은 한숨이 흘러나왔다. 우리는 코끝이 찡해져 어쩐지 눈물이 날 것만 같았다.

자주 보던 주홍색 가로등 불빛이 너무도 낭만적으로 느껴지는 밤이었다. 적어도 오늘 현조에게는 그랬다. 우리와 우경이 사는 주택 앞 담장에 기대어 우리를 기다리는 현조의 마음은 한참 들떠 있었다. 누구에게 선물을 하려고 거기까지 찾아갔는데. 관심도 없는지 아무것도 묻지 않는 그녀에게 조금 서운한 감정이 들기도 했지만, 이 꽃다발을 건네고 나면 관계가 조금 달라지리라 생각했다.

'오빠. 나는 플로리스트가 될 거야. 엄마처럼.'

어릴 적 우리의 목소리가 그의 귓가에 흘렀다. 우리의 어머니는 현조의 기억 속에도 아직 생생하게 남아 있었다. 아름다우셨다, 참. 어느덧 자라 숙녀가 되어 버린 지금의 우리처럼.

'친구들이 오빠들 얼마나 부러워하는지 몰라. 꼭 내 보디가드 같대.'

하얗게 웃는 얼굴로 이야기하던 그녀의 모습도 스쳐 지나갔다.

'가끔 오빠가 내 머리맡에 사다 놓은 초콜릿 보고, 아빠가 살아 돌아와서 두고 간 게 아닐까 착각한 적도 있어.'

울먹울먹하던 그녀의 모습에 마음이 짠해졌던 제 모습도 떠올랐다. 해 줄 게 그것밖엔 없어서 괜스레 제가 더 미안해졌던 기억도 있었다.

언제부터 우리를 마음속에 담아 두었는지는 현조 자신도 알 수가 없었다. 하지만 이제 그 시점이 언제부터였는지 그것은 중요하지 않았다. 가장 중요한 것은 현재 자신이 우리를 좋아하고 있다는 것. 우리에게 더 좋은 사람이 되어 주고 싶다는 것. 그리고 그녀의 마음을 갖고 싶다는 것.

부우웅.

골목 안쪽으로 밝은 빛이 들어오자 현조가 눈이 부신 듯 두 눈을 가늘게 떴다. 드디어 기다리던 그녀가 왔다. 가게에 들렀다 온 우리의 차였다. 주차장에 들어서기 전에 차창 속 잠시 멈칫한 우리의 모습이 보였다. 현조는 놀란 눈으로 자신을 바라보고 있는 그녀와 시선을 마주했고, 작게 웃었다.

"이거."

현조는 우리를 향해 손에 쥔 꽃다발을 흔들어 주었다. 잠시 멍한 얼굴로 핸들을 잡은 채 아무 행동도 하지 않던 그녀가 곧 정신을 차린 듯 주차장에 들어섰다.

주차를 마치고 사슴같이 똘망똘망 동그란 눈을 한 우리가 현조가 서 있는 곳으로 나왔다. 언제나 늘 예뻤던 그녀였지만, 특히 오늘, 이 주홍색 불빛 아래에서 보니 더 예뻐 보였다.

"오빠."

"응."

"선물하러 가려던 거 아니었어?"

"선물하러 왔잖아."

우리는 여전히 그가 무슨 말을 하는 건지 모르겠다는 눈빛이었다.

"왜 이렇게 늦었어. 한참 기다렸다."

"가게 들렀다 늦었지 뭐."

"가게 갔다가 바로 온 거 아닌 거 같은데."

현조가 가자미눈을 떴다.

"내일 할 일들 정리 좀 하고 왔어. 나 기다렸어?"

"그럼 여기서 꽃 들고 누굴 기다릴까. 설마 이우경을 기다릴까."

더 기다릴 수가 없었는지 현조는 영문을 모른 채 서 있는 그녀에게 턱 하고 꽃다발을 안겼다. 우리는 멍한 얼굴로 자신의 품에 가득 안긴 꽃을 내려다보았다.

"네 거야."

"……."

"그리고 이건 이 시점에서 빠질 수 없는 귀금속."

장난스레 웃은 그가 품 안에서 반짝이는 무언가를 꺼내 우리의 눈앞에 들이밀었다. 얕은 바람에 달랑거리는 목걸이를 보면서도 우리는 아직도 이게 무슨 일인가 싶어 아무런 액션도 취하지 못하고 있었다.

목석처럼 가만히 서 있는 우리에게 다가간 현조가 제멋대로 그녀의 목에 목걸이를 걸었다.

"연애하자, 이우리. 오빠랑."

뜸들일 필요도 없다는 듯, 거침없이 현조가 말했다.

"뜬금없는 거 아는데, 그래도 하자, 연애. 나랑."

우리는 자신이 지금 무슨 말을 들은 건지 한참을 생각해야 했다.

연애하자. 오빠랑. 나랑.

현조의 입에서 튀어나온 저 말이 정말로 자신에게 한 말인지 헷갈리고 헷갈려서, 어떤 반응을 보여야 할지 모르겠는 표정이었다.

현조는 아무것도 몰랐으니 당황하는 우리의 모습을 당연하다 여겼다. 그는 아무런 대답이 없는 그녀를 보면서도 멈추지 않고 계속 말을 건넸다.

"잘해 줄게. 너 알지. 나 한다면 하는 사람인 거. 지금 당장 마음이 안 열리면…… 그래. 그건 뭐 그대로 괜찮아. 대신에 밀어내지 말고 기회만 줘."

"……."

"이제 남매처럼 지내는 거 싫다, 나는."

우리가 너무 아무런 반응도 보이지 않아 이런저런 말을 놓는 자신이 조금 구차하게 느껴졌다. 하지만 구차하든 찌질해 보이든 지금 이 순간엔 다 상관없었다. 어느 순간부터 시작된 이 사랑을 가볍게 놓아 버리고 싶진 않았으니까.

"사실 나 여자한테 제대로 고백해 본 적이 없어서 어떻게 해야 되는지 잘 몰라."

"……."

"그래서 네가 멋없다고 타박해도 할 말 없어. 뭐 어찌 됐든 지금 내가 너한테 전하고 싶은 말은 하나야."

그는 쉴 틈 없이 말을 이었다.

"나는 너 좋아해."

"……."

"그러니까 너도……."

하지만 갑작스레 말을 멈춘 현조는 더 이상 우리에게 어떤 말도 건넬 수가 없었다. 그의 말이 이어질수록 우리의 얼굴은 이상할 정도로 일그러지고 있었다.

"……."

주르륵. 그의 말을 온전히 이해한 순간 우리의 눈에서는 저도 모르게 눈물이 뚝뚝 떨어져 내렸다. 갑작스러운 그 모습에 당황한 현조는 얼음처럼 굳은 표정이었다.

"야."

"……."

"야, 이우리."

당황한 얼굴을 한 그가 조심스레 손을 들어 우리의 눈물을 닦았다.

"왜 울어 너."

"오빠."

"어. 얘기해."

"오빠……."

"그래, 나 여기 있어. 왜 그래, 갑자기."

뭐가 그렇게 서러웠던 걸까. 조금씩 눈물만 흘리던 우리가 어느새 주체하지 못하고 눈물을 쏟아 내기 시작했다.

우리는 현조를 부르기만 하고 계속해서 아무런 말도 잇지 못했다.

"흐흑……."

"우리야."

"오빠…… 흑…… 흐윽……."

너무도 아름다운 꽃다발 속으로 우리의 눈물이 빗줄기처럼 후두둑 떨어져 내렸다. 기대가 가득했던, 밝은 모습으로 그녀를 보러 달려왔던 현조는 지금 사색이 되어 어찌할 바를 모르고 있었다.

"우리야. 말을 해 봐. 너 갑자기 왜……."

"흐으윽…… 흑……."

영문도 모른 채 울고 있는 우리의 모습이 너무도 마음이 아파 현조는 가만히 그녀의 어깨를 끌어안았다. 그의 넓은 품 안에서 작은 그녀의 어깨가 쉴 새 없이 들썩였고, 순간 그의 머릿속을 오만 가지 생각들이 점령했다. 자신의 고백이 이렇게 울 정도로 감동이었던 건가. 아니면 이렇게 울 정도로 싫었던 건가. 혹은 충격이었던 건가.

"오빠……."

"응."

"……고마워."

여전히 울음이 가득한 목소리에 현조는 그녀의 어깨를 토닥거렸다.

"지금 고마움을 이렇게 극적으로 표현하는 거야?"

"……흐흑…… 그리고……."

"……."

"……미안해."

단칼에 거절인가. 재유처럼 유예기간도 가져 보지 못하고.

미안하다는 우리의 말에 현조는 그녀를 토닥거리던 손을 멈추었다. 고맙고 미안하고. 자신에 대해 수많은 감정에 취해 있는 그녀가 어쩐지 보기 힘들었다.

오늘의 고백은 실패였다. 무슨 이유에선지 모르겠지만 울게 만들었고, 미안하게 만들었으니. 자신 혼자만 신 났던 고백이었다.

"알았어. 알았으니까 그만 좀 울면 안 될까."

"……."

"너 우는 거 정말 싫다, 나."

현조는 꽃을 가득 안은 그녀를 더욱더 세게 끌어안았다. 그녀의 부드러운 머리카락을 쓸어내리는 그의 손길이 너무도 따뜻했다.

"초콜릿 사 줄까?"

"……."

"아니면 마카롱? 그때 그 마카롱 장인이 만든 거 어때?"

어떤 말을 건네도 우리는 당분간 울음을 멈출 생각이 없어 보였다. 대답 없이 제 품 안에서 흐느끼는 그녀를 내려다보며 그가 작게 한숨을 내쉬었다. 지금은 그저 울게 해 주는 게 답인 것 같아서. 그는 더 이상 그녀에게 아무것도 묻지 않기로 했다.

잠시 후.

현조는 내내 울기만 하는 우리를 집 안에 데리고 들어와 침대에 눕히고 그녀가 잠들 때까지 곁에서 기다려 주었다. 우리가 잠이 드는 걸 보고 집으로 돌아가려고 했는데, 어쩐지 뒤돌아 나가면서도 계속 그녀가 눈에 밟혀 다시 돌아왔다. 걱정이 되어 혼자두고 돌아갈 수가 없었다. 우경이 돌아올 때까지 잠든 그녀를 지켜보려 했는데, 그 역시 잔뜩 긴장된 마음이 풀어졌는지 스르르 우리의 곁에서 잠이 들어 버렸다.

얼마 지나지 않아 눈을 뜬 우리가 두 눈을 깜빡이며 흰 천장을
올려다보았다. 어쩌자고 그렇게 울어 버렸는지, 온몸의 수분이 다
빠져나간 듯 정신이 하나도 없었다. 그녀의 긴 속눈썹이 드리운
눈꺼풀이 깜빡거렸다. 멍한 얼굴로 아까의 상황을 생각하고 있었
다. 너무도 멋진 얼굴로 달려와 제게 꽃다발을 안겨 주던 현조의
모습이 생각나 우리는 다시 울컥했다. 자신을 좋아한다는 그의 말
이 꿈은 아니었을까. 가만히 옆으로 돌아누우려는데 손끝에 뭔가
턱 걸렸다.

"……."

현조를 발견한 우리의 눈빛이 조금 진해졌다. 현조가 그녀의
손을 꼭 잡은 채 곁에 엎드려 자고 있었다.

갑자기 우는 제 모습에 얼마나 놀랐을까 생각하니 자고 있는
그의 모습에 짠한 마음이 들었다. 우리는 저도 모르게 손을 뻗어
현조의 머리를 쓰다듬었다. 늘 근처까지 손을 뻗어 보기만 하고
단 한 번도 만져 본 적 없었던 그.

머리카락이 이렇게 부드러웠나? 이마가 이렇게 반듯했었나?

우리는 숨소리조차도 제대로 내지 못했다. 그녀의 손이 그림을
그리듯 조심스럽게 그의 눈썹과 날카로운 콧날을 스쳤다. 이렇듯
슬쩍 만지기만 해도 콧잔등이 시큰해졌다.

좋아하고 있었다, 그를. 온 마음을 다해서. 알고 있었다, 사실

은. 마주하기 두려워서 잊으려고 한 것뿐이지.

바스락.

우리의 손이 스친 곳이 간지러웠는지 현조가 몸을 움직였고, 그 소리에 놀란 우리가 다시 자는 척 눈을 감았다.

잠에서 깬 현조가 두 눈을 비비며 아직 자고 있는 우리의 모습을 확인했다. 흘러내린 그녀의 머리카락을 넘겨 주는 그의 손길이 너무도 다정했다.

"이상해."

살짝 잠긴 그의 목소리가 방 안을 작게 울렸다.

"참 좋다. 널 보고 있는 것만으로도."

새근새근. 우리의 작은 숨소리에 이토록 위안이 됐다.

"나는 왜 몰랐을까, 그동안."

"……."

"널 이렇게나 좋아하고 있었는데."

그는 한참을 우리의 곁에서 그녀의 말간 얼굴을 들여다보았다. 그녀가 왜 울었는지, 그게 무슨 뜻인지 너무도 궁금했지만 지금 당장은 이렇게 보는 것만으로도 행복하다 싶었다.

시계를 보니 벌써 11시를 향해 달려가고 있었다. 우경은 아직도 돌아오지 않은 모양인지 밖에선 아무 소리도 들리지 않았다. 자리에서 일어난 현조가 물이라도 마실까 싶어 방 밖으로 나섰다.

삐삐삐삑. 달칵.

그제야 우경이 집으로 돌아온 듯 현관문이 열리는 소리가 들렸고, 현조는 부엌으로 향하던 발걸음을 멈추었다.

"야. 넌 여동생 집에 두고 왜 이렇게 귀가가 늦어."

"우리는?"

"방에. 잠들었어."

어쩐지 우경의 표정이 이상했다. 힘없이 피곤한 기색으로 집 안에 들어오는 우경을 보며 현조는 의아한 얼굴이었다.

"이우경. 무슨 일 있어? 표정 안 좋아, 너."

"……."

"해나 씨랑 싸웠어?"

현조의 물음에도 우경은 아무런 대답이 없었다. 겉옷을 벗어 아무렇게나 던진 그가 마른세수를 하며 소파에 앉았다. 현조와 별로 이야기하고 싶은 상태가 아닌 것 같았다.

"너 가라, 주현조."

현조와 눈도 마주치지 않은 우경이 어두운 목소리로 말했고, 현조는 놀란 듯 그를 돌아보았다. 언제나 늘 밝았던 우경의 이런 모습에 어쩐지 적응이 잘 되지 않았다.

"가라고. 너희 집에."

"어. 갈 거야, 이제. 우리 때문에 너 올 때까지 기다린 거니까."

고백은 실패했고, 친구한테는 얼른 집에서 나가라는 말까지 들었다. 현조의 미간이 살짝 좁혀졌다. 기분이 영 좋지 않았다.

"네가 뭔데 우리를 챙겨?"

뒤돌아서 나가려는데 시니컬한 우경의 목소리가 들렸다.

"뭐?"

네가 뭔데, 라니. 현조가 고개를 돌려 우경을 바라보았다. 갑작스러운 우경의 말에 현조는 자신이 잘못 들은 게 아닌가 싶어 되물었다.

"아니다. 그만하자."

"뭘 그만해. 아직 시작도 안 했는데."

"······."

"말 끝까지 해, 이우경."

"아니라니까. 오늘 너랑 얘기할 기분 아니야, 나."

소파에서 일어선 우경이 성큼성큼 부엌으로 걸음을 옮겼다. 그는 무언가 속이 타는 모양인지 냉수를 받아 한번에 입안에 털어넣었다. 아무래도 무슨 일이 있는 것 같았다.

현조는 그대로 나가지 못하고 우경을 따라 부엌으로 들어섰다. 제 기분을 좀 진정시킨 현조가 뒤돌아 서 있는 그에게 대체 무슨 일이냐고 물어보려 손을 뻗었다.

"우경아."

쨍그랑!

"너 가랬지, 그냥!"

우경이 손에 든 유리컵을 그대로 바닥에 내던지곤 제 곁에 다가온 현조의 멱살을 잡아 들었다. 잡아 죽일 듯 자신을 노려보는 우경의 모습에 현조는 놀란 듯 아무 행동도 하지 못한 채 멈추어 있었다. 잔뜩 분노한 우경의 얼굴엔 현조가 단 한 번도 마주한 적 없었던 그런 표정이 담겨 있었다. 무슨 일이냐고 묻지도 못한 그가 놀란 얼굴로 우경의 시선을 마주했다.

7

유리가 깨지는 소리에 깜짝 놀란 우리가 재빠르게 방에서 튀어
나왔다. 깜짝 놀란 표정으로 들어선 그녀가 두 사람에게 달려갔지
만, 우경은 여전히 현조의 멱살을 쥔 채 놓지 않았다. 처음 보는
생소한 광경에 우리는 너무도 당황스러운 눈빛이었다. 함께 사는
동안에도 가끔 말다툼 정도는 있었지만, 이런 식으로 몸싸움을 한
적은 단 한 번도 없었던 두 사람이었다.

"오빠! 오빠 왜 이래!"

"너 들어가 있어."

당황한 그녀는 그들을 말리려 했지만, 시선조차 주지 않은 우
경이 낮은 목소리로 말했다.

"오빠들이 이러고 있는데 내가 어떻게 들어가 있어?"

"……."

"오빠. 일단 현조 오빠 좀 놔. 응?"

결국 우리에 의해 현조가 우경의 손에서 풀려났다. 하지만 그의 표정은 여전히 싸늘했고, 영문을 모르는 현조 역시도 굳은 얼굴이었다. 매서운 눈을 한 우경을 잠시 바라보던 현조가 고개를 돌려 우리를 응시했다.

"들어가 있어, 우리야."

"오빠."

"우경이가 뭐 때문에 화가 났는지 모르겠는데…… 우경이랑 나랑 풀어야 할 문제 같아. 그러니까 들어가 있어, 우리는. 그럴 수 없겠지만 자면 더 좋고."

이 순간에도 현조는 우리에게 참 다정했다.

잠시 우경과 현조를 번갈아 보며 엄지손톱을 물어뜯던 우리가 이내 알았다는 의미로 고개를 끄덕였다.

우리가 방 안으로 들어가자, 집 안엔 싸늘한 공기와 재깍거리는 시계 소리만이 가득해졌다. 아무 말도 없이 서서 서로를 지켜보는 우경과 현조 사이에 무거운 기류가 흘렀다. 차가웠던 우경의 표정이 그나마 조금씩 제 궤도를 찾아가고 있었다. 순간 너무 태연한 현조의 모습에 저도 모르게 화가 치밀었던 것이었다. 지금 우경 자신이 알고 있는 일이, 현조가 잘못해서 일어난 일이 아님에도 불구하고.

"멱살 잡아서 미안하다."

피곤한 듯 눈가를 매만지며 우경이 말했다.

"사과하지 마. 나한테 화가 난 이유가 있겠지."

"……."

"이우경 너 이유도 없이 이럴 놈 아니잖아."

우경은 아무것도 모르는 얼굴을 한 제 친구의 얼굴을 들여다보았다. 반듯하고 멋진, 언제나 자랑스러웠던 친구 현조를.

그리고 동생이 너무도 좋아하고 있다는 그를.

두 시간 전의 일을 회상하는 우경의 얼굴에 더 큰 피로가 몰려왔다. 들뜬 현조가 우리에게 고백할 준비를 하는 동안 우경은 재유를 만났었다.

* * *

두 시간 전.

야간진료를 마친 우경은 오랜만에 집으로 곧장 가 우리와 함께 먹을 야식을 만들 생각이었다. 현조는 오늘 급한 일이 있다며 일찍 퇴근했다. 어차피 오늘 야간진료 담당은 저였으니 상관없었지만, 꽁지가 빠지도록 퇴근하는 날이 늘은 걸 보면 좋아하는 여자가 있다는 말이 거짓말은 아닌 모양이었다.

"거 누군지 되게 궁금하네."

지잉.

혼잣말을 중얼거리며 가운을 벗은 우경은 주머니에서 울리는 진동을 느꼈다. 휴대폰을 꺼낸 그가 메시지를 확인했고, 그 속엔 재유의 이름이 있었다.

[형. 오늘 언제 시간 되세요? 뵙고 싶어요.]

내용을 보자마자 우경의 미간이 좁아졌다. 갑작스러운 재유의 연락. 해나에게 우리와 헤어진 이야기를 들은 이후부터 그는 더 이상 재유를 생각하지 않으려고 애썼다.

'형. 저 우리가 정말 좋습니다. 너무너무 좋아요.'

우리와 동갑내기였던 재유는 덤덤한 우리의 태도에도 조금의 흔들림도 없이 몇 년씩이나 그녀를 쫓아다녔었다. 푸릇푸릇 새내기였을 때도, 군대에 있었을 때도, 제대를 해서 사귀면서도. 늘 선하고 밝은 재유의 모습에 우경은 저도 모르게 그를 믿었던 것 같기도 했다. 저 녀석이라면 왠지 우리의 곁에 한결같이 있어 줄 것이라는 믿음.

"왜?"

곧장 통화 버튼을 누른 우경이 퉁명스레 재유에게 물었다.

—드릴 말씀이 있어서요.

"내가 너한테 들을 말이 있어?"

—네. 있어요.

우직한 재유의 말투에 우경이 짜증스러운 머리를 긁적였다.

"뭔데. 전화로 해."

—뵙고 말씀드리고 싶어요.

"……"

─잠깐이면 돼요, 형. 잠깐만 봬요.

잠시 고민하며 뜸을 들이던 우경이 이내 겉옷을 손에 들고 병원 밖을 나섰다.

"알았다. 그럼 20분 이따가 보자. 내가 너희 동네 근처로 갈 테니까."

─아니요. 진료 다 끝나셨으면 내려오세요. 저 병원 건물 카페에 있어요.

"……."

─그럼 곧 봴게요.

재유의 말을 마지막으로 휴대전화를 내린 우경이 영문을 모르겠다는 듯 고개를 갸웃거렸다. 내내 자신을 기다리고 있었던 모양인데 무슨 일인가 싶었다.

다급하게 엘리베이터를 타고 1층으로 내려온 우경이 늘 가던 카페 안으로 들어섰다. 두리번두리번. 우경을 기다리고 있던 재유가 손을 들었고, 여전히 굳은 표정을 한 그가 재유에게로 다가가 앉았다.

"오랜만이다."

"네. 오랜만이에요, 형."

재유는 여전했다. 멸치 같은 놈이라고 욕을 했지만, 사실상 그는 선한 미소년 대학생의 이미지였다.

"뭐 드실지 몰라서, 그냥 홍차 주문했어요."

자리에 앉은 우경에게 재유가 말했다.

"잘했어. 커피는 너무 많이 마셨으니까."

곧이어 재유가 주문한 차 두 잔을 가지고 왔다. 김이 모락모락 피어오르는 찻잔을 앞에 두고 두 사람은 잠시 아무 말이 없었다. 어떻게 말해야 할까. 어떻게 말하면 좋을까. 아직 어려서 그런지 고민을 하고 있다는 것이 얼굴에 다 표가 났다.

끼고 있던 팔짱을 내린 우경이 홍차를 들어 한 모금 마셨다.

"바로 본론부터 이야기할게요."

"바라던 바야."

이번엔 물을 한 모금 마신 우경이 심드렁하게 대답했다. 그제야 재유는 긴 이야기를 꺼내기 위해 천천히 입술을 열었다.

"제가 바람피우기 한 달 전쯤에, 우연히 우리를 밖에서 본 적이 있어요. '플라워 테이블'로 가는 길이었는데 그 근처 카페에서 어떤 중년 부인이랑 차를 마시고 있더라고요."

"……."

"굳이 '플라워 테이블'이 아닌 밖에서 차를 마시고 있었고, 두 사람의 표정은…… 모르겠어요. 그냥 덤덤했던 것 같은데. 전 어차피 우리를 만나러 가던 길이어서 그곳에서 우리를 기다릴 참이었어요."

재유는 마른침을 삼켰다.

"엿들을 생각 같은 건 전혀 없었어요. 그런데 안에서 기다리다가 우연히 두 사람의 대화를 듣게 됐고, 그 때문에 전 우리와 이렇게 남보다 먼 사이가 됐죠."

진중하게 이어지는 그의 말에 삐딱한 자세로 앉아 있던 우경이 집중을 한 듯 조금 그 가까이로 다가갔다.

"결론부터 말씀드리면, 우리는 현조 형을 좋아해요. 아주 오래 전부터. 대단히 많이요."

"뭐?"

갑작스레 툭 튀어나온 생각지도 않은 결론에 놀란 우경이 미간을 좁혔다. 우리와 현조의 이름이 나란히 나온 것이 어색하고 이상해서, 그는 잠시 머릿속이 혼란스러웠다.

"그게 무슨 소리야, 너?"

"말 그대로예요. 저랑 사귀면서도, 아니 그전부터 쭉. 우리는 현조 형을 좋아했어요."

우경의 눈썹이 구불거렸다.

재유는 계속해서 말을 이어갔다.

"그때 카페에서 같이 있던 분은 현조 형의 어머니셨고, 꽤 오래전부터 우리의 감정을 알고 계셨던 것 같아요."

"……."

"그분이 물으셨어요. 우리에게. 이제 남자친구도 있고…… 마음 정리는 다 됐냐고. 그리고 그 일 때문에 5년 전 너를 때린 것은 아마 죽을 때까지 후회할 거라고도 하셨어요. 우리가 현조 형을 좋아하는 걸 알고, 우리를 때리신 것 같았어요."

"잠깐만. 뭐라고?"

우경은 순간 둔탁한 무언가로 머리를 내려맞은 것 같았다.

"어머니가 우리를 때려?"

재유의 말에 과부하가 걸린 듯 머리가 지끈거렸다. 현조를 좋아한다는 이야기는 뭐며, 어머니에게 맞았다는 이야기는 대체……

얼마 전 현조 어머니의 생신파티에서 함께 웃고 있던 우리와 그녀의 모습이 그의 머릿속에 가득 찼다.

"네."

"……"

"우리가 등을 지고 있어서 표정은 잘 보지 못했는데, 말하는 모양이 그 순간엔 웃고 있었던 것 같아요. 아마도. 억지로요."

"……"

"우리는 그분께 자책하지 마시라고 했어요. 또 자기라도 그렇게 했을 것 같다고. 그땐 어려서 뭘 몰랐다고도 했어요. 현조 형에 비해 자기가 많이 부족한 거 알고, 이미 마음 정리는 다 끝냈으니 염려 마시라고."

우경은 믿지 못하겠다는 듯 멍한 얼굴이 되어 재유를 바라보았다. 하지만 재유는 말을 멈추지 않았다. 자신이 보고 알게 된 진실을 꼭 그에게 전해 주고 싶었던 모양이었다.

"그런데요, 형."

"계속해."

"우리가 울었어요. 정말, 너무나 서럽게요."

우경의 눈에 저도 모르게 눈물이 고였다.

"그분을 택시 태워 보내고 길거리에 서서 한참을 안 움직였는데…… 정말 입술을 찢어질 듯이 깨물고 울고 있었어요."

마치 조금 전의 일을 그리듯 재유는 마음 아픈 얼굴이었다.

"처음 봤어요, 우리 그런 모습. 늘 매사에 담담한 애였으니까. 너무 슬프게 울고 있어서 가까이 다가가고 싶었는데, 더는 못 다가갔어요. 그렇게 울면서도 우리…… 조그맣게 현조 형 이름을 부르고 있었어요."

재유의 이야기가 다 끝나고 카페를 나온 우경은 잠시 동안 제정신을 차리지 못했다. 재유를 보내고 잠시 차에 앉아 다시 그의 이야기를 곱씹었고, 우경의 마음속엔 점점 분노가 가득 차고 있었다.

재유는 이 이야기를 누구에게도 하지 않으려고 생각했었다. 우리의 감정이야 어찌 됐든, 자신은 그녀에게 배신당하고 이용당한 것이었으니까. 그런데 아무리 정신 놓고 다른 여자랑 연애를 해 봐도, 잊으려고 노력하고 해 봐도. 자신은 그렇게 오래도록 마음을 감춰 온 우리가 너무나 가여워서 견딜 수가 없었다고 했다.

* * *

현조는 돌처럼 굳어 있었다. 여전히 두 사람은 서로를 마주 본 채 서 있었고, 우경은 계속해서 재유에게 들은 이야기를 그에게 이어 가고 있었다.

"아직 우리나 네 어머니한테 확인 못 한 일이야. 확인도 안 된 일로 나도 내 감정을 제대로 컨트롤 못 했던 것 같다."

"……."

"그냥…… 지금 온통 내 정신은 내 어린 여동생이, 더 어렸던 5년 전에. 널 좋아한 죄로 부모님처럼 여겼던 어머니께 맞았다는 거. 그거에 쏠려 있어."

답답한 듯 이마를 쓸어내리며 우경이 말했다. 현조는 충격에서 깨어나지 못한 듯한 얼굴이었다. 우경이 처음 재유에게 이야기를 들었을 때와 비슷한 상황이었다. 머리가 깨질 듯이 아프고, 그만큼 마음도 아팠다.

오늘 하루, 우리에게 고백할 생각에 너무나 설레기도 했고, 조금 두렵기도 했고. 그렇게 오랜만에 여러 감정이 교차하던 날이었는데.

"우경아."

현조가 나지막이 우경을 불렀다.

"어."

"나 이렇게 가만두면 어떡해. 죽을 만큼 패도 모자라잖아."

우경은 아까 멱살을 잡았던 그 순간에 자신을 가만두지 말았어야 했다.

현조가 계속해 어두운 목소리로 말을 이었다.

"사실이든 아니든, 그런 소릴 들었는데. 날 이렇게 멀쩡하게 보내면 되냐, 너."

"가, 주현조."

"……."

"제발 좀 가, 이제."

부엌을 나선 우경이 복잡한 얼굴로 소파에 털썩 주저앉았다. 하지만 여전히 굳은 얼굴을 한 현조는 바로 집을 나서지 않았다. 그는 우경이 내던진 컵 조각을 손으로 치우기 시작했다.

"이 와중에 그건 왜 줍고 있어?"

"우리 다칠까 봐."

조심성도 없이 유리를 손으로 만져 여기저기서 피가 흐르는데도, 현조는 상관없이 조각들을 모두 주워 신문지에 싼 뒤 쓰레기통에 넣었다.

"간다."

한 곳에 유리조각을 다 모아 둔 현조가 그제야 집을 나섰다. 손마디 여러 곳이 베인 상처에 따끔거렸지만, 이까짓 아픔이야 별것도 아니었다.

차에 탄 현조가 시동을 걸 생각도 못하고 멍한 얼굴로 차창 밖에 시선을 주었다. 칠흑 같은 어둠 속에 주홍색 가로등 불이 여전히 빛을 내고 있었다. 얼마 전까지만 해도 자신은 직접 만든 꽃다발을 들고 저곳에 서서 우리를 기다리고 있었다. 아무것도 모르는 얼굴로. 아마 너무도 천진난만했겠지.

현조가 고백하고 난 후, 흐느끼며 이야기하던 우리의 목소리가 그의 귓가에 선명하게 흘렀다.

'……고마워.'

'……흐흑…… 그리고…….'

'……미안해.'

억지로 울음을 삼키려던 그 목소리가 귓가에 계속 흘러 현조는 너무나 마음이 아팠다.

당장 어머니에게 가서 확인하고 싶었지만, 현조는 제 집으로 차를 몰았다. 핸들에 묻은 피도 느끼지 못했을 정도로 현조는 너무나 가슴이 아팠다. 바로 어머니께 달려가지 않은 건 사실을 듣는 게 두려웠기 때문이다. 또한 정말 사실이라면 이 일이 다시 불씨가 되어 우리가 또 다른 상처를 입게 될까 봐, 그것이 무서웠다. 현조는 지금처럼 이성을 잃은 상태보다, 조금 더 이성적인 상태로 어머니께 가고 싶었다.

* * *

다음 날.

병원에서도 내내 현조와 우경 두 사람은 데면데면했다. 여전히 차가운 얼굴을 한 우경을 보며 현조는 당연한 일이라고 생각했다.

일을 마친 현조가 '플라워 테이블'로 찾아갔고, 그는 그전처럼 창 밖에서 우리를 바라보고 있었다. 창 안의 우리는 해나와 정준과 함께 대화를 나누며 옅게 웃고 있었다. 물론 완전한 웃음은 아니었다. 그럴 수밖에 없었을 것이다. 현조의 고백과, 현조와 우경의 다툼까지. 어제 너무 많은 일이 있었으니까.

아무래도 해나에게까지는 어제 일에 대해 말하지 못한 모양이었다. 해나와 정준은 나란히 서서 뭐가 그리 재밌는지 깔깔 웃고 있었다.

잠시 멈추어서 우리를 지켜보고 있던 현조가 가게로 성큼성큼 다가갔다. 딸랑. 언제나 경쾌하게 울리는 종소리를 들으며 그가 '플라워 테이블'로 들어섰다.

"어서 오세……요."

들어선 손님이 현조라는 것을 확인한 우리의 목소리가 점차 줄어들었다. 어제의 일이 생각난 모양인지 난감한 얼굴이 된 그녀가 그와 시선을 마주했다.

"주 선생님, 오셨어요? 오랜만이에요!"

"네, 해나 씨. 오랜만이네요. 이쪽은 정준 씨죠? 새로 온 아르바이트생. 반가워요."

"안녕하세요. 해나 사장님 애인의 친구분! 이야기 많이 들었습니다. 진짜 미남이시네요. 거기다 치과의사에…… 존경합니다."

정준의 말에 해나는 현조와 우리, 두 사람의 분위기도 모르고 한바탕 웃음을 터뜨렸다.

잠시 밖으로 나온 현조와 우리는 잠시 아무 말 없이 서로를 바라본 채 서 있었다. 현조는 시선을 틀어 우리의 하얀 목을 내려다보았지만, 어제 그가 걸어 주었던 목걸이는 온데간데없었다. 그의 시선이 제 목 끝에 있음을 느꼈는지, 우리가 손을 들어 가만히 목을 만지작거렸다.

"어젠 무슨 일이야?"

이렇게 묻는 것을 보니, 아직 우리는 자세한 정황은 모르고 있음이 분명했다.

"오빠들 그렇게 싸우는 거 처음 봤어."

"나도 그렇게 멱살 잡힌 거 처음이야."

"무슨 일인데. 오빠도 얘기 안 해 줄 거야? 우경 오빠는 나중에 이야기하재."

"그래?"

"응."

"그럼 우경이한테 듣는 게 나을 거 같아."

왠지 모르게 어두워 보이는 현조의 모습에 우리는 더 묻지 않고 가만히 고개를 끄덕거렸다. 우경도, 현조도, 자신이 모르는 무슨 일이 있었던 것이라고 생각했다. 조금만 기다리면 언젠가는 이야기해 주지 않을까. 만약 이야기하지 않는대도, 두 사람이 숨기려 드는 일이라면 굳이 알고 싶지 않았다.

우리는 시선을 어디에 두어야 될지 몰라 우왕좌왕 눈을 굴렸다. 그러다 불현듯 뭔가 낯선 현조의 손에 그 시선이 당도했다.

"이거 뭐야?"

한 손에 얇게 동여맨 붕대를 보며 그녀가 놀란 듯 물었다. 현조가 그 시선을 따라 제 손을 내려다보았다.

조금 따끔거리긴 했지만 오늘 하루 진료를 보는 데는 별 지장이 없었는데, 보다 못한 치위생사가 약을 발라 주고 이렇게 귀찮게 붕대까지 감아 버렸다.

"별거 아냐."

"혹시 어제 깨진 컵 조각 오빠가 치웠어?"

어느새 두 눈에 걱정이 가득 담긴 우리가 가만히 그의 손을 조심스레 잡아 올렸다. 제 손을 잡아 든 우리를 내려다보며 현조는 알 수 없는 표정을 짓고 있었다.

"응."

"거기에 베였어?"

"응."

현조의 대답에 우리는 성난 듯 눈썹을 치켜떴다.

"멍청이야? 조심성 없이!"

"응. 멍청이야. 조심성도 없고."

"많이 다쳤어?"

"걱정하지 마. 안 죽어. 오빠 의사잖아."

"그래. 그렇네."

현조의 말에 우리가 수긍한 듯 가만히 고개를 까닥거렸다. 순간적으로 다쳤다는 생각에 많이 놀란 표정을 한 우리를 현조는 안쓰러운 눈으로 바라보고 있었다. 온통 우리의 두 눈 안에 가득한 제 걱정.

왜 몰랐을까, 나는. 멍청하게.

"나 싫다고 해 놓고, 이렇게 손잡아 주면 어떡해. 떨리잖아."

여전히 현조의 손을 살피고 있던 우리가 그의 말에 조금 놀랐다. 현조는 아직은 모르는 척 이렇게 이야기할 수밖에 없었다.

"내가 언제 싫댔어?"

"미안하다며. 그게 싫은 거지 뭐야. 목걸이도 안 했고."

"……"

"따지는 거 아니야. 그러니까 눈 피하지 마."

스르르. 시선을 올린 우리가 다시 현조와 눈을 마주했다. 그녀의 깊은 눈동자를 바라보며 그는 애써 웃고 있었다.

이렇게 작고 사랑스러운 우리를. 어머니가…….

"나 이제 갈게."

"벌써? 차도 안 마시고."

"어머니한테 가려고."

"아. 오늘 집에 가기로 했구나."

현조는 가만히 고개를 끄덕였다. 인사를 마치고 그대로 뒤돌아서려던 현조가 바닥에 늘어진 흰 운동화 끈에 시선을 주었다. 힘없이 풀려 있는 우리의 신발 끈을 한참 내려다보고 있던 그가 이내 가만히 무릎을 꿇었다. 갑작스러운 현조의 행동에 놀란 우리가 눈을 둥글게 떴다.

"어? 신발 끈. 오빠. 내가 할게."

"가만있어 봐."

현조는 자그마한 그녀의 운동화를 사랑스러운 듯 바라보다가 이내 손을 뻗었다. 슥슥. 끈을 매는 그의 손길이 서툴러서 오히려 더 애틋하게 느껴졌다. 곧이어 조금 서툴지만 동그란 리본이 완성됐다.

"리본 모양이 이상해."

"그러게. 최선을 다했는데."

"농담이야, 오빠."

"……."

"고마워."

풀어지지 않게 꼭 동여맨 끈을 한 번 더 당겨 맨 현조가 자리에서 일어섰다. 그는 애틋한 눈으로 자신을 바라보고 있는 우리를 그대로 안아 버리고 싶었다.

8

돌담으로 둘러싸인 수려한 단독주택 앞에서 현조는 대문이 열리기를 기다리고 있었다.

집으로 달려가는 차 안에서 그는 무던히도 많은 생각들을 했다. 제 감정과 함께 우리의 감정 그리고 어머니의 감정까지.

우리는 언제부터 나를 좋아했을까. 그동안 얼마나 숨죽이며 나를 바라보고 있었을까. 얼마나 마음이 아팠을까. 도대체 왜 그런 수모를 겪고도 나를 좋아했을까. 왜. 왜. 어머니 이야기는 정말이었을까. 정말로 어머니가 스무 살의 우리를, 나를 좋아한다는 이유만으로 때리셨을까.

상상만 해도 마음이 아파서 가슴이 욱신거렸다. 그렇게 생각에 생각이 꼬리를 물고 늘어져, 도착하면 집 안으로 선뜻 들어가지 못하리라 생각했었다.

철컹.

하지만 문이 열리고, 그는 생각보다 덤덤한 표정으로 집 안에 들어섰다. 어차피 확인해야 할 사실이라면 더 이상 미루고 싶지 않았다.

"현조 왔니?"

미리 집에 들르겠다고 전화를 했었다. 집 안엔 맛있는 냄새가 흐르고 있었고, 현조 어머니는 오랜만인 아들의 방문에 매우 들뜬 모습이었다.

"저녁 안 먹었지? 아들 주려고 이것저것 많이 해 놨어."

"어머니는 드셨어요?"

"응. 엄마는 음식 하면서 먼저 먹었어. 그런데 너 왜 이렇게 얼굴이 거칠해?"

잠을 제대로 못 자 까칠해진 현조의 얼굴을 알아봤는지 어머니가 걱정스레 말했다.

"잠을 좀 못 잤어요."

어제 잠 못 들었던 밤을 생각하며 현조가 대답했다.

"제대로 챙겨 먹지도 않고, 잠도 잘 못자고. 그러게 왜 독립을 해서는."

"괜찮아요."

"오늘 자고 갈 거지? 어서 저녁부터 먹자."

부엌으로 들어서는 어머니의 뒷모습을 잠시 바라보던 현조가 터벅터벅 함께 발걸음을 옮겼다. 식탁에 한가득 놓인 진수성찬. 식탁을 돌아보는 그의 눈이 상심을 담았다. 방금 데운 듯 김이 모락모락 나는 국을 떠 현조 앞에 놓아 주며 그녀가 빙그레 웃었다.

"뭘 이렇게 많이 하셨어요."

"너 온다고 한 거지."

자리에 앉아 인자하고 고운 어머니의 미소를 들여다본 현조는 여전히 무거운 얼굴이었다. 얼마 전이었다면 이 소녀 같은 웃음을 보고 그도 활짝 웃어 드렸을 터였다.

"현조야 네 손!"

불편하게 수저를 들고 있는 현조의 모습에 그제야 손이 다친 것을 알아본 모양이었다. 붕대에 감겨 있는 손을 내려다보는 어머니의 눈에 걱정이 담겼다. 그의 앞에 달려와 앉은 그녀가 가만히 그의 손을 잡았다.

"별거 아니에요."

"붕대까지 감았는데?"

현조가 고개를 가로 저었다.

"병원에서 오버한 거예요. 손 함부로 쓰지 말라고."

"어쩌다 이랬니?"

'쨍그랑.'

우경의 손에 깨지던 유리컵의 굉음이 아직도 생생했다. 현조는 가만히 고개를 저으며 걱정하지 마시라는 말과 함께 그녀의 손을 놓았다.

현조가 깨작이며 식사를 시작했다. 어머니는 이것도 먹어 보고, 저것도 먹어 보라며 얼굴이 좋지 않은 아들에게 반찬을 건넸다.

탁.

몇 숟갈 떠먹던 현조가 이내 목이 까끌한지 수저를 내려놓았다.

'고마워, 오빠.'

신발 끈을 묶어 준 그에게 애틋하게 고맙다고 이야기하던, 조금 전 우리의 마지막 얼굴이 떠올라 더 이상 밥이 넘어가지 않았다.

그까짓 게 뭐가 고맙다고. 바보 같은 녀석.

"왜. 맛이 별로야?"

식사를 멈춘 아들에게 어머니가 물었다.

"아니요."

"그럼?"

"……어머니."

그녀를 부르는 현조의 음성은 매우 어두웠다.

"응."

아무것도 모르는 얼굴로 자신을 바라보는 어머니의 모습을 물끄러미 바라보았다.

"우리가 절 좋아했어요?"

현조의 직접적인 물음에 그녀의 눈동자가 흔들렸다. 그리고 그가 그것을 보았다. 더 이상 본론을 숨기고 싶지 않았다.

"갑자기 무슨 말이야, 그게?"

"말 그대로예요."

"……."

"우리가 절 좋아했어요?"

그녀가 시선을 피했다. 순식간에 두 사람 사이에 짙은 무거움이 맴돌았다.

"그걸 왜 나한테 묻니?"

"어머니가 아신다고 해서요."

현조가 마른 입술을 적셨다.

"5년 전 우리의 감정. 그때의 상황."

"우리가 그러든?"

그녀의 눈썹이 찡긋거렸다.

"아니요."

드르륵. 이제야 오늘 집에 온 목적이 다른 데에 있었음을 깨달은 현조의 어머니가 의자를 밀고 자리에서 일어섰다.

"어머니."

"더 얘기하기 싫다. 우리한테 뭘 듣고 와서 이러는지 모르겠는데, 엄마 피곤하니까 오늘은 이만 돌아가."

"어머니!"

다급히 자리에서 일어난 현조가 부엌을 나서려는 그녀를 막아섰다. 갑자기 목소리를 높인 아들에게 놀란 듯 그녀가 두 눈을 깜빡였다.

"전 어머니가 모르는 일이라고 하시길 바랐어요. 그런데 이렇게 피하시는 거 보니 제가 들은 말이 거짓은 아니었나 보네요."

"엄마가 말했지. 우리한테 무슨 말을 들었는지 모르겠지만……."

현조가 피곤한 듯 이마를 쓸었다.

"우리한테 들은 게 아니에요! 차라리 우리한테 들었으면 이보다는 덜 미안했을지도 모르겠어요. 그동안 단 한 번도 제 곁에서 그 어떤 이야기도 하지 않았어요, 우리."

"……."

"왜 그러셨어요, 대체. 제가 뭐라고! 그 어린애한테 왜 그렇게 모질게 하셨어요?"

현조의 어머니는 양손으로 얇은 카디건을 여미며 큰 숨을 내쉬었다.

"어울리지 않는 그림이니까."

"뭐라고요?"

현조는 제 어머니 입에서 흘러나온 말에 믿을 수 없다는 듯 다시 되물었다.

"내 아들이라서가 아니라 우리는 네 상대가 아니야. 5년 전? 그래. 우리가 널 좋아하는 걸 알았고, 놀란 마음에 실수로 **뺨**을 친 건 사실이야. 하지만 그 일은 몇 년에 걸쳐 생각날 때마다 우리에게 사과했었다. 이미 우리도 네게 마음을 접었고."

현조는 이렇듯 **뻔뻔**한 모습을 한 어머니를 처음 보았다. 세게 주먹 쥔 그의 손이 부들거리며 떨려 왔다. 그의 표정엔 분노가 가득했다.

"우리 예뻐하셨잖아요."

"예뻐해. 우경이도 우리도. 너무 예쁘고 착한 애들이라는 거 내가 왜 모르겠니. 하지만 너와 엮인다면 문제는 달라져."

"우경이, 우리. 저보다 부족한 것 하나도 없는 애들이에요. 아니요. 오히려 저보다 넘치죠. 저 같은 놈 때문에 상처받을 정도로 하찮지 않아요."

"이 이야기는 그만하자꾸나. 이미 다 끝난 이야기니까."

그녀는 이 상황을 어서 벗어나고 싶은 모양이었다. 자신을 막아선 아들을 다시 지나쳐 거실로 걸어 나왔지만, 이어진 현조의 이야기에 다시 발걸음을 멈추어야 했다.

"끝나지 않았어요. 이제는 제가 우리를 좋아하니까."

놀란 눈을 한 어머니가 고개를 돌렸다. 현조는 당당한 눈으로 그녀의 시선을 마주했다.

"저는 어떻게 막으실래요? 아니면 이번에도 우리를 막으실 거예요?"

현조의 말은 곧고 흔들림이 없었다.

"내가 허락 못 하겠다면?"

"어머니 허락은 원치 않습니다."

"현조야!"

"우리를 많이 좋아해요. 제가 조금 더 제 마음을 일찍 알았으면 좋았을 텐데. 조금만 일찍 제 마음을, 우리 마음을 알았으면 이런 일도 없었겠죠."

"너 정말 엄마한테 왜 이러니? 내 아들 맞아?"

굳이 이래라저래라 요구하지 않아도 늘 반듯하게 자라 주었던 아들이었다. 단 한 번도 눈 밖에 난 적이 없었던.

하지만 상처받은 어머니의 눈을 들여다보면서도 현조는 조금도 흔들리지 않았다.

"네. 맞아요. 어머니 아들 주현조."

"……."

"그런데 지금 이 순간 그게 미치도록 창피해요. 갈게요."

어머니를 지나쳐 나가는 현조에게서 냉기가 흘렀다.

'어울리지 않는 그림이니까.'

정말로 제 어머니의 입에서 저런 말이 나올 줄은 생각도 못했었다. 집으로 오는 내내, 현실성이 없다는 건 알지만 제발 우경이 잘못 들은 것이기를 얼마나 바랐는지 모르겠다. 만약 진실이라고 하더라도 그때의 일을 사죄하고, 지금은 그렇지 않다고 이야기해 주기를 바랐었다.

충격을 받은 듯 잔뜩 굳은 어머니를 홀로 두고 현조는 집을 나섰다. 쾅. 정원을 지나 대문을 닫고는 우뚝 자리에 멈추어 섰다. 어머니만큼이나 그도 충격이 가득한 얼굴이었다. 집 안에서는 당당했던 그 눈빛이 조금씩 흔들리기 시작했다. 머리가 아프고 가슴이 울렁거렸다. 어머니의 표정이, 우리의 표정이, 우경의 표정이. 꼭 칼날처럼 그의 마음을 후벼 파고 있었다.

우리가 보고 싶었다. 이 와중에도 그녀의 맑은 눈동자가, 웃는 얼굴이, 그리고 울던 얼굴이 끊임없이 머릿속을 맴돌았다. 그리워졌다.

우리의 이름을 입안에서 오물거리자 하얀 입김이 밤하늘에 흩렸다.

괴로운 얼굴을 한 그는 한참 동안 집 앞에서 움직이지 못했다. 우리가 보고 싶은 이 마음조차 죄가 되는 것 같아서. 갈 길을 잃은 그의 발걸음은 앞으로 나아가질 못했다.

폭풍은 한차례로 끝나지 않았다. 다음 날엔 우경이 현조의 어머니를 찾아 집으로 왔다. 사실을 확인하기 위함이었다. 우리는 지금 이 상황을 모르고 있으며, 우연히 다른 이에게서 들었다는 말까지.

우경은 자신이 들은 이야기를 그녀에게 낱낱이 전했다. 물론 그녀에게 돌아온 대답은 변함이 없었다. 사실이 아니라거나, 들은게 전부가 아니라는 이야기도 없었다. 그녀는 현조에게 했듯이 똑같은 이야기를 우경에게 해 주었다.

우경은 실망감에 바들바들 떨고 있었다. 실망감. 분노. 그리고 좌절감.

그를 보는 어머니도, 아닌 척했지만 조금은 떨고 있었다.

"어머니셨어요. 저랑 우리에게는."

"아들과 딸이란다. 너희도 내겐."

"그전까진 저도 그런 줄 알았는데⋯⋯."

말을 다 잇지 못한 우경이 입술을 꾹 깨물었다.

"우경아. 그 일로만 엄마한테 이러는 거 너무하잖아. 엄만 너희 열심히 키웠어. 입시 때도 현조와 다름없이 네 뒷바라지를 했고, 우리도 하고 싶은 일을 할 수 있도록 내 힘껏 도와주었어."

"⋯⋯."

"5년 전 우리를 때린 일은 다시 사과하마. 정말 어떤 말을 해도 그 미안함을 표현할 길이 없어. 하지만, 우경아."

"⋯⋯."

"아무리 생각해도⋯⋯ 현조와 우리는 아니잖아."

우경이 마른침을 삼켰다. 무어라고 답을 해야 할지 아무것도 생각이 나지 않았다. 참 쓸모없는 오빠라는 자괴감만이 온몸을 감쌌다.

'현조와 우리는 아니잖아.'

무엇이 아니냐고 따지지도 못하고 가만히 있어야만 하는 이 현실. 동생의 사랑도 지켜 주지 못하는 못난 오빠.

"저희 부모님이 살아계셨어도 이러셨을까요?"

"⋯⋯."

"우리가⋯⋯ 저희가 그렇게 현조에게 모자랍니까?"

갈라진 우경의 목소리가 가느다랗게 떨렸다.

"이 이야기는 그만하고 싶구나. 어제 현조도 와서 한바탕 난리를 부리고 갔으니 충분하잖니."

현조가 다녀왔다는 사실은 듣지 못한 모양이었다. 우경은 더 이상 아무 말도 잇지 못했다. 그저 가만히 자리에서 일어나 무뚝뚝한 얼굴로 목례를 하곤 그녀를 두고 집을 나섰을 뿐이었다. 상처받았을 것이다, 아마도. 아니, 분명히 상처받았다.

* * *

연이어진 두 아들과의 전쟁에 많이 지친 듯 현조의 어머니는 피곤한 얼굴을 쓸어내렸다. 어쩌다가 상황이 여기까지 왔는지. 그렇다고 있었던 일을 없었다고 변명하고 싶지는 않았다. 우리를 반대하는 이유가 저것이 전부는 아니었지만, 또 잘난 제 아들에 대한 자부심도 있었으니 틀린 소리를 한 것은 아니었다.

힘없는 발걸음을 내디디며 2층에 올라선 현조의 어머니가 작게 한숨을 내쉬었다. 서재에 들어선 그녀가 낡은 책 한 권을 꺼내 들었고, 좌라락, 하고 펼쳤다. 그 속에서 팔랑이며 두 장의 빛바랜 사진이 떨어져 내렸다. 한 장의 사진엔 세 사람이 있었고, 다른 한 장의 사진엔 두 사람이 있었다. 사진 뒷장엔 글자가 쓰여 있었다. 현조 아버지의 필체였다.

현오. 우진. 인경.

그리고 다른 한 장에 적혀 있는 글귀는 나의 인경과 함께.

환하게 웃고 있는 현 남편과 우리의 엄마인 인경의 모습이 담긴 사진을 바라보며 그녀가 쓸쓸한 미소를 머금었다.

"결국 내가 당신의 아이들에게 상처를 주네요."

현조의 엄마가 아닌, 선애라는 이름으로 불리던 시절이 그녀에게도 있었다. 현오와 선애의 만남은 비슷한 집안이었던 그들의 부모님에 의한 주선이었지만, 선애는 진심으로 그를 사랑해서 선택한 결혼이었다.

우진과 인경은 현오의 대학 동기였다. 현오와 우진은 함께 치대를 다녔고, 인경은 같은 대학의 조경학과를 다녔다. 세 사람은 동아리를 함께해 친분을 쌓게 되었다.

처음 선애가 그들을 소개받은 것은 현오와 결혼하기 몇 달 전이었다. 선남선녀인 두 사람은 이미 결혼을 한 지 반년 정도 지났고, 남들이 보기에도 매우 사랑한다는 것이 느껴지는 커플이었다.

처음부터 선애가 인경에게 열등감을 느꼈던 것은 아니었다. 그저 동경 같기도, 시기심 같기도 한 야릇한 감정이 있었을 뿐이었다.

인경은 아름다웠으며, 똑똑했고, 자신의 분야에서 누구보다 자부심이 대단한 여자였다. 또한 상냥했고, 선애에게 누구보다도 잘해 주었다. 집안이 대단하지는 않았지만, 그녀의 자신감과 능력으로 그런 것쯤은 느껴지지도 않게 만들었다. 꽃을 꽂고 있는 그녀를 볼 때면 여자인 자신조차도 그녀가 아름답다 느꼈다.

반면 선애는 부유한 집안에서 태어났지만 딱히 이렇다 할 재능도 재주도 없었다. 자존심은 높았지만 자존감은 낮았다. 함께 어울리는 시간이 늘어날수록 선애는 조금씩 인경의 빛에 움츠러들고 있었다.

인경이 현오의 첫사랑이었다는 것은 결혼 후 서재에서 알았다. 우연히 오래된 책 속에서 빛바랜 사진을 발견한 것이었다. 나의 인경과 함께. 그리고 그녀에게 보내지 못한 것 같은 편지도 함께 보았다.

선애는 한 번도 과거를 들추어낸 적은 없었다. 말 그대로 과거였을 뿐이니까. 어찌 됐든 현오는 자신과 결혼을 했고, 인경은 다른 이와 결혼을 해 행복하게 살고 있었으니까.

인경이 미웠지만, 좋았다. 이상한 감정이었다. 열등감이 가득했지만, 그녀가 좋았고 그녀와 이야기하는 시간이 즐겁기도 했다. 하지만 어느 순간엔 또 죽도록 증오스러웠다.

"모든 이들이 다 당신을 사랑하더니…… 내 아들들도 모두 우리를 이렇게나 사랑하는군요."

환하게 웃는 인경의 모습을 한참 동안 들여다보던 현조의 어머니가 이내 다시 사진을 책 속에 끼워 넣었다.

"그래도 어떡해. 나는 당신이 미운데. 그리고 내 아들은 아픔 없이 밝은 아이와 살았으면 좋겠는데."

이러지도 저러지도 못한 남편의 추억을 다시 곱게 그 자리에 놓아둔 그녀가 한기를 느꼈는지 양팔을 교차시켰다.

'엄마……'

'흐윽……흑.'

우진과 인경 부부의 장례식이 끝난 뒤. 남겨진 아이들을 바라보며 현오는 큰 수심에 잠겨 있었다.

절친한 친구 둘이 갑작스레 세상을 떠 버린 것도 가슴이 아픈데, 세상에 둘만 남겨진 이 아이들이 너무도 가여워 마음이 아팠다.

선애가 그 모습을 멀리서 지켜보고 있었다. 두 눈이 벌게져서 서 있는 우경과 여전히 엉엉 울고 있는 우리. 그리고 그 모습을 지켜보고 있는 남편.

'우리야.'

선애가 아직은 작은, 열두 살의 우리에게 다가갔다. 아이와 시선을 맞추며 그녀가 무릎을 굽혔다. 맑은 아이의 얼굴에서 인경의 모습이 너무도 선명히 보였다.

'이제 아줌마랑 살자.'

엉엉 울던 우리가 잠시 울음을 그치는 듯하더니, 다시 으앙, 소리를 내며 울었다. 자신에게 바싹 안기는 우리에게 한참을 손대지 못했던 선애가, 이내 길고 얇은 팔을 들어 아이를 품 안에 가득 끌어안았다.

우리를 많이 사랑했다. 엄마로서. 하지만 드문드문 인경이 생각나고, 과거가 생각나 제 자식처럼 온전히 사랑하지는 못했다. 인경을 보았을 때 느꼈던 감정처럼. 그녀를 좋아했지만, 미워한 것처럼.

* * *

"나쁜 계집애."

다음 날.

'플라워 테이블'에 출근하자마자 우리는 욕과 포옹을 한번에 받는 이상한 일을 경험해야 했다.

오늘따라 일찍 나온 해나가 우리가 안에 들어서자마자 성큼성큼 다가가 그녀를 끌어안았다. 해나에게 안긴 그녀는 영문을 모르는 얼굴이었다.

"해나야?"

"왜 불러, 이 나쁜 것아."

"뭐야 이건? 욕 주고, 안아 주고."

해나의 손이 토닥토닥 우리의 등을 두들겼다. 갑작스러운 그녀의 행동에 어리둥절했지만, 우리 역시도 손을 들어 토닥토닥 제 친구의 등을 함께 두들겨 주었다.

"많이 힘들었지."

나머지 한 손을 들어 해나는 저도 모르게 떨어져 내린 눈물을 훔쳐 내고 있었다. 그제야 우리는 심상치 않은 일이 있었음을 느꼈다.

"왜 나한테도 말을 안 했어. 그동안 얼마나 힘들었어, 혼자서."

"……."

"우경 오빠한테 이야기할까 봐 나 못 믿어서 그랬어? 그래도
그렇지. 이 계집애야. 나는 네 친구잖아. 우경 오빤 네 오빠잖아."

해나의 등을 토닥이던 우리의 손이 멈추었다. 자신이 혼자서
힘들었을 일이라면 그 일밖엔 없는데.

딸랑.

맑은 종소리와 함께 가게 문이 열렸다. 잠시 해나에게서 벗어
난 우리가 시선을 돌렸다. 그곳엔 우경이 서 있었고, 우리는 반사
적으로 출근 시간이 한참 지난 시계를 바라보았다. 자신을 보자마
자 훌쩍이는 해나와 무거운 얼굴을 한 우경의 등장.

우리의 눈이 불안하게 흔들리기 시작했다. 피곤한 얼굴을 한
우경이 그들을 향해 성큼성큼 다가오고 있었다.

9

Closed.

이야기가 길어질 것임을 감지한 해나가 다급히 뛰어나가 가게 밖에 팻말을 걸었다. 오늘은 플라워 레슨도 오후에 잡혀 있었으니, 오전 중엔 손님을 받지 않더라도 별문제가 되지 않을 것이다.

우리와 우경이 서로 마주 본 채 앉아 있었다. 그들의 눈치를 보던 해나가 이내 따뜻한 차를 내어 주기 위해 카운터 뒤로 발걸음을 옮겼다.

우리는 우경의 눈치를 살폈다. 현조와의 다툼 이후로 내내 기분이 안 좋아 보이긴 했는데, 이유를 말해 주지 않아 답답했었다.

"오빠 백수야."

뜬금없는 백수 선언에 놀란 우리가 눈을 둥그렇게 떴다. 둥그런
눈이 깜빡깜빡.

우경이 힘없이 웃으며 말을 이었다.

"아버지 자리에 사직서 올려 두고 왔으니, 이제 백수지 뭐."

"갑자기 왜?"

"거기 있을 자신이 없어서."

"무슨 소리야, 그게?"

그는 바로 대답하지 못했다. 잠시 뜸을 들이는 사이, 해나가 조
심스레 차 두 잔을 두 사람의 앞에 놓아 주곤 다시 카운터 뒤로
사라졌다.

김이 모락모락 나는 찻잔을 내려다보던 우경이 다시 시선을 들
어 제 동생을 바라보았다.

"현조 때문이었지, 모든 게. 스무 살에 둘이 나가서 살자고 너
답지 않게 떼를 쓴 것도, 재유와 헤어지고 덤덤했던 것도."

"……"

"왜 모두를 쓸모없는 사람처럼 만들어, 넌? 어머니가 너한테
무슨 짓을 했는지도 모르고, 난……!"

주먹 쥔 우경의 손이 테이블 위에서 떨리고 있었다. 그제야 오
빠를 바라보는 우리의 둥그런 눈에 스멀스멀 물기가 차오르기 시
작했다. 드디어 모든 상황이 납득이 되고 있었다.

얼마 전 갑자기 죽일 듯이 현조를 노려보던 우경의 눈빛. 우경
에게 이야기를 들으라며 어두운 표정으로 서 있던 현조의 모습.

우리가 시선을 내려 제 운동화를 바라보았다. 현조의 손끝으로 단단하게 매어진 흰 운동화 끈이 눈앞에서 아른거렸다.

"어떻게 알았어?"

"재유."

"재유가? 어떻게?"

"어머니랑 너랑 만났던 날, 그 녀석이 우연히 듣고 봤대. 너 그 착한 자식한테 상처 준 건 어떡할래?"

현조를 좋아하고 있던 제 마음을 누구보다도 확신했던 재유의 말도 이제야 이해가 갔다.

"현조 오빠도 알겠네."

"이미 집에 가서 한바탕 난리 쳤대."

하아. 갑작스레 일어난 사건이 감당이 안 되는지 우경이 한숨을 쉰 채 양손으로 마른세수를 했다. 우리 역시 멍한 얼굴로 아무 말도 잇지 못한 채 한참을 미동도 없이 앉아 있었다.

스무 살. 그랬다. 뺨을 맞았지. 현조에게 고백하려고 마음먹었던 그날. 생일에. 어머니는 사과하셨고, 덤덤히 서 있던 우리보다 더 당황하셨다. 그 후로도 몇 차례나 미안하다고도 말했었다. 물론 현조의 짝으로는 여전히 인정해 주시지 않으셨지만.

어머니가 미워서 집을 나갔던 건 아니었다. 현조를 마음에서 밀어내려고 했던 선택이었다. 그 뺨 한 대에 그동안 사랑하며 키워 주신 어머니를 부정하고 싶지는 않았다. 다른 문제라고 생각했으니까.

재유가 본 것도 왜곡된 것이 있을 거라고 생각했다. 어머니는 우리가 보고 싶어 찾아왔었고, 그녀에게 안부를 전했고, 또다시 5년 전의 일을 사과했고, 조심스레 현조에 대한 마음을 물어 왔었다.

우리는 가족이라는 끈을 제 손으로 끊고 싶지 않았다. 자신만 참으면, 자신만 현조를 좋아하지 않으면, 그 일을 꺼내지 않으면. 모두가 행복할 거라고 생각했다.

"현조가 좋아하는 여자. 너야?"

우경의 물음이 이어졌다. 우리의 눈에서는 저도 모르게 눈물 한 방울이 똑 떨어져 내렸다. 그녀가 조심스레 고개를 끄덕였다.

"나까지 반대하게 생겼네, 이제."

"……."

"어떡할래, 너."

슥 눈물을 닦아 낸 우리는 그저 고개를 젓기만 했다.

"미안해, 오빠."

"뭐가."

"그냥. 모든 게 다."

"고개 들어, 이우리."

우경의 말에 우리가 숙이고 있던 얼굴을 들었다. 눈물이 글썽한 커다란 눈이 그를 향했다.

"나한텐 주현조보다 네가 훨씬 아까워. 혹시라도 여태껏 현조보다 네가 모자라다는 생각 하고 살았다면, 너 그거 틀렸어."

이어지는 우경의 목소리는 매우 단단했다.

"그러니까 고개 숙이지 마, 앞으로. 언제 어디서든."

움츠러든 우리의 모습이 안쓰러웠던 모양이었다. 우경의 말에 우리는 힘없이 고개를 끄덕거렸다.

채칵채칵. 조용한 가게 안에 시계 초침 소리만이 가득 울렸다. 잠시 생각을 정리하는 듯 손끝만 매만지고 있던 우경이 곧 혀로 메마른 입술을 적셨다.

"영국 가."

"……오빠."

"프랑스도 좋고. 꽃 공부 더 하고 싶어 했잖아."

"이렇게 갑자기 가란 법이 어디 있어."

"어디든 일단 가서 공부도 더 하고, 생각 좀 정리하고 와."

영국이든 프랑스든, 조금 더 깊은 공부를 위해 언젠가는 가고 싶다고 생각은 했었다. 하지만 이런 식으로 쫓기듯 가고 싶었던 것은 아니었다. 가게 일도, 레슨도 아직은 이곳에서 하고 싶은 게 더 많았다.

"나한테도 고민할 시간을 줘."

"뭘 더 고민할 건데? 현조 정리하려고 집 나온 거였잖아. 그런데도 잘 안 되는 거잖아."

"……."

"더 멀리 가 있어. 그러면 되겠지."

우리의 입술에서 작은 한숨이 흘러나왔다. 지쳐 있는 눈빛이

우경을 향했다.

"오빠. 부탁이야."

"뭘."

"오빠까지 날 멀리 보내려고 하지 마."

이제 더는 누군가가 내게서 멀어지는 게 싫어.

좌절감이 섞인 그녀의 말투에 우경은 아무런 대답도 하지 못했다.

앞으로의 일은 조금 더 생각해 보겠다며 우경은 그렇게 가게를 나섰다. 사라진 오빠의 뒷모습을 한참이고 바라보고 있던 우리가 제 곁에 다가온 해나를 올려다보았다. 해나는 더 이상 아무 말도 건네지 않고 그대로 앉아 있는 우리의 작은 머리를 쓰다듬어 주었다. 이미 너무도 힘들어 보이는 친구에게 저마저 다른 말을 보태고 싶지는 않았다.

[미안해.]

라는 우리의 메시지에 재유는

[행복해.]

라며 답장을 보내 왔다.

전화를 걸까, 만나자고 할까. 많은 생각을 했었지만 더 이상 재유와는 어떤 인연을 이어서도 안 된다고 생각했다. 이것이 우리가 재유에게 할 수 있는 최대한의 배려였다.

* * *

일을 마치고 집으로 돌아가는 길. '오랜만에 오빠가 저녁 준비 중이니 어서 들어오라'라는 우경의 연락이 왔다. 간식거리를 사기 위해 빵집에 들른 우리가 달콤해 보이는 케이크 한 개를 들고 계산대에 섰다. 그러자 또다시 현조의 생각이 났다. 늘 제 곁에 있었던, 초콜릿보다도 달콤한 그가 머릿속에서 잠시도 떠나지를 않았다.

캄캄해진 밤하늘을 잠시 올려다보다, 갓길에 세워 둔 차에 얼른 탔다. 날씨가 점점 추워지고 있는지 온몸에 한기가 돌았다.

집 앞 주차장으로 차를 몰고 들어서려는데, 어둠 속에서 익숙한 실루엣이 그녀의 눈에 띄었다. 차에서 내린 그녀가 조심스레 그 실루엣을 향해 다가섰다. 언제부터 이곳에 서 있었던 걸까. 미동도 없던 현조가 천천히 고개를 들었다.

"왜 그렇게 서 있어? 꼭 벌 서는 사람처럼."

현조와 눈을 마주치자마자 코끝이 찡해졌다. 꼭 벌을 받는 아이처럼 서 있던 그의 모습에.

"잘못했잖아."

대답을 잇는 현조의 목소리가 매우 거칠었다.

"오빠가 뭘."

"전부 다."

마음속에서 무언가가 울컥 치밀어 올랐다. 도대체 오빠가 무엇을 잘못했느냐고 따지고 싶었다. 하지만 우리는 입술을 앙다물었다.

"목걸이 안 할 거야?"

"안 해."

"목걸이가 무슨 죄야."

"……."

"그거 되게 비싼 건데."

옅은 웃음이 흘러나왔다. 이 무겁고 무거운 분위기를 깨고 싶은 현조의 마음이 충분히 느껴져 우리는 더 웃을 수밖에 없었다. 이내 따라 웃은 현조가 손을 들어 우리의 이마를 만지작거렸다.

"네가 웃는 거 보니까 좀 살겠다."

그제야 우리의 눈에 메마른 그의 입술이 눈에 띄었다.

"어디 아팠어?"

"아프긴. 나 강철체력이야."

"목소리도 안 좋고. 얼굴도 안 좋고."

"음. 그럼 상사병인가 보다."

"……바보."

"그러게 넌 왜 이런 바보 같은 놈을 좋아해서 사서 고생해."

울고 싶지 않았는데 저도 모르게 눈가에 눈물이 고였다. 두 사람 모두 그랬다. 어머니는 우리가 현조에 대한 마음을 접었다고 말했지만, 현조는 알 수 있었다. 굳이 우경과 재유가 그것을 알려주었기 때문이 아니었다. 이 눈동자. 현조를 바라보고 있는 우리의 눈동자 안에서 그는 아직도 사랑이 지속되고 있음을 읽었다.

이마 끝을 맴돌던 현조의 손이 우리의 하얀 뺨을 향했다. 보드라운 그녀의 뺨에 거칠지만 따뜻한 그의 손이 닿았다.

"오빠가 몰랐어서 미안해. 혼자만 엄청나게 해맑고."

"......."

"나 따위가 뭔데. 널 아프게 하고. 숨게 하고."

"그러지 마."

현조는 진심으로 미안해하고 있었다. 자신이 잘못한 게 하나도 없음에도 불구하고. 어머니의 일을, 그리고 조금 더 빨리 알지 못했음을.

"나 아프지 않았어. 숨지도 않았어. 그냥 내가 한 선택이었어, 오빠."

"......."

"어머니를 사랑해. 그리고 오빠를 사랑해. 내 가족처럼. 마음 아프게 하고 싶지 않았어. 나보다는 다른 여자가 오빠에게 어울린다고 생각했고, 그래서 물러난 것뿐이었어. 내가 오빠에게 모자라서였단 말은 굳이 하지 않을 거야. 그건 우경 오빠한테 너무나 미안한 말이니까."

"아니, 그런 말 할 필요 없어. 넌 나한테 예전도 지금도 앞으로도 너무나 과분한 여자야."

뺨을 쥔 현조의 손이 가느다랗게 떨리고 있었다. 눈물이 그렁한 우리의 눈을 내려다보며 현조는 더 이상 참지 못하겠음을 느

껐다. 한계였다. 우리의 작은 어깨를 끌어당긴 현조가 그녀를 품 안에 안았다. 아주 꼭 안았다. 숨이 막힐 정도로 아주 꼭.

"오빠 늘 널 지켜 주고 싶었어. 누구도 너에게 상처 주지 못하 게 하고 싶었어. 네가 우는 게 너무 싫었고, 웃게 해 주고 싶었 어."

"알아."

"근데 결국 너한테 제일 큰 상처를 준 게 나야. 아마 울게도 만 들었겠지. 난 지금 내가 미치도록 싫다."

우리는 현조가 지금 얼마나 괴로워하는지 알 수 있을 것 같았 다. 그의 품 안에서도 지금 이 순간 얼마나 그가 떨고 있는지 느 껴졌다. 직접 만든 꽃다발을 들고 와 멋지게 고백하던 모습이 그 녀의 눈 속에서 너울거렸다.

어떻게 해야 좋을지 모르겠다. 도저히. 머릿속의 계산대로라면 이대로 그를 밀어내고 집으로 올라가야 하는데. 그의 품이 너무 따뜻해서, 체취가 너무나 좋아서 도저히 밀어낼 수가 없었다.

"오빠가 너무 좋았어."

자신도 모르게 현조의 허리를 꼭 끌어안은 우리가 조금 더 그 에게 밀착했다.

짧은 순간 현조와의 추억들이 밀물처럼 머릿속에 흘러갔다.

함께 교복을 입고 등교했던 그때. 마주 앉아 밥을 먹으며 깔깔 대던 어릴 적. 과일을 가져다주러 간 방에서 열심히 공부하고 있 던 옆모습. 양쪽에 앉아 우리가 제일 힘들어했던 수학을 가르쳐 주던 오빠들. 첫 여자친구를 사귀었던 현조에게 심술 냈던 우리. 그 후 헤어지고 돌아와 아무렇지도 않게 게임을 하며 '내 여자는 어디에!'를 외치던 장난스러운 모습. 늠름하게 군의관 군복을 입고 있던 현조. 우리를 위해 사 주었던 수많은 초콜릿과 과자들. 우경과 우리가 집을 나갔을 때 아이처럼 서운해하던 표정.

"곁에 있고 싶었어. 그냥 곁에서 보고만 있어도 행복했어."

우리의 눈에서 주르륵 눈물이 흘러나왔다.

"내가 지금 또다시 오빠를 욕심내면…… 그거 안 되는 일일까?"

"……."

"정말…… 안 되는 걸까, 오빠?"

어느덧 울음이 터져 버렸다. 현조의 품 안에서 우리는 세차게 눈물을 쏟아 냈다. 그녀의 작은 머리를 꼭 끌어안은 그가 너무도 괴로운 얼굴로 서 있었다. 너무도 깊은 사랑이었다. 감히 자신이 가져도 될까, 받아도 될까 의문을 품게 될 정도로 깊은 마음.

하지만 현조에겐 대답할 기회가 없었다. 오래도록 오지 않는 우리를 마중하러 나온 우경이 그들을 발견했고, 곧 손을 뻗은 그가 우리를 현조의 품 안에서 끄집어냈다. 갑작스러운 우경의 등장에 두 사람 모두 깜짝 놀란 얼굴이었다.

"주현조. 내가 뻔한 소리 하나 할 거야, 지금부터."

"오빠!"

반강제로 우경의 옆에 선 우리가 큰 소리로 외쳤지만 그는 들지 않았다.

"찾아오지 마. 우리 만나지 마. 그리고 내 눈앞에 보이지도 마."

"우경아."

"못 알아들어? 맞아야 알아듣겠냐?"

"때리고 싶으면 때려도 돼. 얼마든지. 근데 우경아."

"……."

"나 우리 포기 못 하겠어."

"……미친 자식."

"미쳤다고 해도 어쩔 수가 없어."

"……."

"우리 쟤를, 우경이 너를……."

현조는 잔뜩 격양돼 있었다.

"너희를 내가 대체 어떻게 안 만날 수가 있는데?"

"……."

"내가 너희 둘을 어떻게 포기하냐?"

퍽.

결국 우경의 주먹이 참지 못하고 현조의 얼굴로 날아왔다. 잠시 비틀거린 현조가 피가 맺힌 입술을 엄지손가락으로 만지작거렸다.

"그래. 차라리 분이 풀릴 때까지 때려."

퍽.

다시금 현조의 얼굴로 주먹이 날아들었다. 우경은 알고 있었다.

현조의 잘못이 아님을. 이렇게 그를 때릴 일이 아님을. 그럼에도 불구하고 어머니께 다녀온 그 충격이 그를 너무도 아프게 해서, 이런 식으로 분출할 수밖에 없었다.

퍽. 퍽.

멱살을 잡은 채 주먹 몇 대를 연속으로 날리던 우경이 자신을 제지하는 가녀린 손길에 멈추어 섰다. 우리였다. 더는 안 된다며 고개를 내젓는 동생의 모습에 겨우 제정신을 차린 우경이 제 손에 잡혀 피투성이가 된 현조를 내려다보았다. 그렇게 많이 맞았는데도 현조는 아무런 목소리도 내지 않고 있었다.

"독한 새끼."

우경의 중얼거림에 현조가 피투성이가 된 입술로 옅은 웃음을 터뜨렸다.

"그거 우리 고등학교 때 별명인데. 기억나?"

"……."

"신나게 놀다가도 공부할 때만 되면 미친 듯이 집중한다고. 우리보고 독한 새끼들이라고."

"시끄러워."

"나 아프다, 우경아."

"……하. 진짜 이 꼴통 같은 자식."

멱살을 놓아주자 현조가 콜록이며 그 자리에서 조금 비틀댔다.

"얼굴도 아프고. 마음도 아프고."

"……."

"난 정말 너희 잃기 싫어."

비틀비틀. 여러 차례 얻어맞았으니 정신이 없기도 할 터였다. 우리가 오빠의 눈치를 보다 결국 온전치 못하게 서 있는 그를 향해 달려가 부축했다.

"오빠. 괜찮아?"

"괜찮아. 근데 오빠 못생겨졌지."

저렇게 잔뜩 쥐어 터져 놓고도 또 저런 실없는 소리다.

"원래 못생겼어."

"그럴 리가 없는데."

"말하지 마. 피 계속 나와."

"지금 말 안 하면 언제 말해. 우경이가 너 못 만나게 할 텐데."

둘의 대화를 듣던 우경이 기가 차 헛웃음을 지었다. 심각해야 할 상황에서 저런 대화를 하고 있다니, 답도 없다 싶었다. 우경의 입에서 긴 한숨이 흘러나왔다. 하얀 입김이 밤하늘을 끝도 없이 흘렀다.

10

우경은 잔뜩 부어 있는 현조의 얼굴을, 눈물이 그렁그렁한 제 동생 우리의 눈빛을 그냥 지나치지 못했다.

"치료까지만이야."

결국 현조를 집 안에 들인 우리가 약품 상자를 꺼내와 그의 엉망이 된 얼굴을 치료하기 시작했다. 현조와 이야기를 나누다 바닥에 떨어진 케이크가 거실 한 켠을 차지하고 있었다.

부엌으로 들어선 우경은 이미 식어 버린 밥상을 내려다보다가, 속에서 천불이 났는지 냉수를 벌컥벌컥 들이켜며 갈증을 해결하려 애썼다.

"아파?"

"아니."

조용한 집 안에 들려오는 두 사람의 대화에 우경이 시선을 돌렸다. 두 사람을 지켜보는 그의 입에서 헛웃음이 흘러나왔다.

　감정이 없는 줄로만 알았다, 우리가. 제 동생이지만 무섭도록 무덤덤하다 여겼던 적이 한두 번이 아니었다. 그런데 지금 현조를 보는 눈빛은 그동안 자신이 알았던 동생과는 달랐다. 지켜보는 사람조차도 애틋하고 애틋한 저 마음이 다 느껴졌다.

　그동안 왜 몰랐을까. 아니, 몰랐던 게 아닐지도 모르겠다. 우리는 내보이지 않기 위해 저 마음을 숨기고 숨겼던 것이다.

　"독한 계집애."

　이번엔 현조 쪽을 돌아보았다. 엉망진창인 얼굴을 하고서도 입가에 도는 미소를 어쩌지 못하고 있는 게 보였다. 우리가 예뻐서 어쩔 줄 모르겠다는 눈빛이었다. 한숨이 나왔다. 어쩌면 이쪽도 마찬가지일 거라는 생각이 들었다. 그저 늦게 깨달았을 뿐이지, 우리를 마음속에 두기 시작한 것은 아주 오래전의 일일 것이다.

　"따갑지?"

　"응. 아니."

　"대답이 왜 그래?"

　"따가워도 좋아서."

　말을 마친 현조가 저도 모르게 흘러내린 우리의 머리카락 쪽으로 손을 뻗고 있었다.

　쾅.

　"주현조. 손 치워."

우경이 식탁 위에 유리컵을 신경질적으로 내려놓으며 말했다. 그 소리에 놀란 두 사람이 그의 눈치를 보며 입술을 앙다물었다.

약 상자를 닫는 우리의 행동을 끝까지 지켜보던 현조가 아쉬운 얼굴로 자리에서 일어섰다. 팔짱을 낀 채 벽에 기대어 서 있던 우경이 그와 시선을 마주했다. 잔뜩 망가진 얼굴에 밴드까지 붙였더니 의사가 아니라 꼭 깡패처럼 보였다.

"고맙다, 우경아."

"죽도록 팼는데 뭐가."

"너는 병 주고 우리는 약 주고. 뭐, 나쁘지 않았어."

"……."

"갈게."

현조가 현관 쪽으로 느린 발걸음을 뗐다. 뒤에 선 우리는 아무 말도 없이 그저 넓은 그의 등짝만 바라보고 있었다.

잠시 고민하듯 이마를 매만지던 우경이 한숨처럼 말을 꺼냈다.

"야."

"……."

"저녁은 먹었어?"

돌아나가던 현조가 고개를 돌렸다. 그리고 작게 웃었다.

"안 먹었으면. 밥 줄 거냐?"

"……웬수 같은 자식."

"간만에 먹겠네. 이우경이 차린 저녁 식사."

"대신 넌 거기서 먹어."

확 몸을 돌린 우경이 다시 부엌으로 들어섰다. 탁. 가스레인지를 켜는 소리와 함께 순식간에 따뜻함이 집 안을 채웠다.

우경은 아직도 화가 많이 나 있었다. 분명히 그랬다. 현조가 뭐라고 제 동생인 우리가 수모를 당해야 하는지, 생각만 해도 아직도 가슴속에 불이 나듯 뜨거웠다.

그런데…….

현조의 마음도 헤아려졌다. 너희를 어떻게 안 만날 수 있느냐던 그의 목소리가 계속해서 귓가를 맴돌아 마음이 아팠다. 오랜 친구였다. 처음으로 우정을 나눈 상대였고, 좋은 경쟁자이기도 했던 친구.

현조는 좋은 사람이었다. 좋은 남자임에도 분명했다. 그리고 현조가 좋은 녀석이라는 것을 누구보다도 잘 알고 있다고 자신할 수 있는 단 한 사람이 바로 우경, 그였다.

우경은 직접 끓인 소고기 무국을 넓은 볼에 담았다. 모락모락 피어오르는 밥 한 공기를 산처럼 쌓은 우리가 소파 앞 탁자에 현조의 상을 차려 주었다.

꼭 신분이 다른 사람들이 함께하는 저녁식사 같았다. 우경과 우리는 식탁에서, 현조는 밑에 테이블에 앉아서.

"나 꼭 돌쇠 된 기분이다."

"……."

"근데 맛있네."

철없는 소리처럼 들렸지만 우경과 우리는 알고 있었다. 현조가 이 무거움을 풀고 싶어 하는 것을.

상을 따로 차린 이 저녁식사에 우리도 왠지 웃음이 자꾸 튀어 나오려 했다. 그녀는 오빠에게 들키지 않으려 고개를 푹 숙이고 국을 떠먹었다.

그렇게 하면 안 보일 줄 알고?

탕탕.

우경이 숟가락을 들어 우리의 앞을 살짝 두드렸다. 동그란 눈을 든 우리가 제 오빠와 시선을 마주했다.

"언제부터 좋아했어?"

"모르겠어."

우경의 물음에 우리는 헤아려 보려는 생각도 하지 않고 대답했다. 모르겠다는 말이 정말이었으니까. 어느 순간부터 그녀의 마음속에 자리를 잡은 현조는 그대로 돌처럼 굳어 단단히 자리를 지키고 있었다.

"뭐가 그렇게 좋은데?"

"음."

이번엔 생각이 조금 필요한 질문이었나 보다. 우리가 잠시 뜸을 들였다.

"그것도 모르겠어, 잘."

"……."

"그냥 현조 오빠니까."

달리 대답할 다른 이유가 없었다. 주현조니까. 미남. 수재. 의

사. 부자. 그에게 수식어처럼 따라붙는 그것들이 애초에 우리에게는 중요하지 않았다. 그녀는 그저 있는 그대로의 현조가 좋았다. 오빠의 친구. 그리고 그녀에게 진짜 오빠만큼이나 오빠 같았던 그를.

우경이 피곤한 듯 눈가를 매만졌다.

"유학 가는 건 생각해 봤어?"

"응."

"결론은."

"지금은 아닌 것 같아, 오빠."

우경은 그럴 줄 알았다는 눈빛이었다.

"어떻게 두고 가. 저대로."

"열녀 났네, 아주."

작은 한숨이 터져 나왔다.

"차라리 아무도 몰랐을 때 갈 걸 그랬나 봐."

"……."

"지금은 못 가겠어."

우리가 수저를 들어 다시 국을 떴다. 맑은 국이 입안으로 쑥 넘어가자 그녀가 엷게 웃었다.

"맛있어, 오빠."

"웃지 마."

"웃음이 나오는데 어떡해."

그녀조차도 이 상황에서 자꾸 웃음이 터지는 자신을 이해할 수 없었다.

"정말. 왜 이렇게 꼴 보기 싫은지 모르겠어."

"누구? 나?"

"너랑 쟤 둘 다."

우경이 턱 끝으로 열심히 식사 중인 현조를 가리켰다. 두 사람이 무슨 대화를 하는지도 모르고, 열심히 밥을 먹는 그의 모습에 우리가 다시금 미소 지었다. 우리의 얼굴엔 사랑이 묻어 있었다.

"거짓말."

그녀가 조용히 속삭이듯 말했다.

"엄청나게 사랑하잖아. 우리 둘."

나지막한 그 목소리에 우경은 끝내 반박하지 못했다.

* * *

고단한 하루를 보낸 우리가 지쳤는지 소파에 엎드려 잠이 들어 있었다. 우경은 전화를 받으러 잠시 밖으로 나갔고, 현조는 자신이 자초해서 한 설거지를 끝마쳤다.

조용한 집 안. 그는 새근거리는 우리의 숨소리에만 집중하고 있었다. 물이 묻은 손을 수건에 닦아 낸 그가 조용한 발걸음으로 우리의 곁에 다가섰다.

새근새근. 분홍빛 입술 안에서 터져 나오는 숨소리가 마치 아이의 것 같았다. 그녀의 옆에 가만히 앉은 그가 커다란 손을 뻗었다.

"토끼."

그녀의 하얗고 보드라운 볼을 살짝 쓰다듬었다. 항상 차분하고 조용한 느낌과는 다르게, 생김새는 귀여운 토끼처럼 사랑스러웠다.

현조의 입가에 웃음이 번졌다. 아마도 사람들은 이런 걸 보고 아빠 미소라고 하나 보다. 늘 우리만 보면 이렇게 웃었지만 요즘은 더 애틋하고 애틋했다.

"욕심은 우리 네가 아니라 내가 내는 거 같다, 아무래도."

현조는 아까의 일을 생각하고 있었다. 울던 우리의 모습과 함께 아직도 현조를 좋아하고 있음을 알게 해 주었던 그녀의 목소리가 생생했다.

"어리지, 예쁘지, 착하지, 사랑스럽지. 현명하고, 자기 일도 열심히 하고, 카레도 잘 만들고. 거기다 지조까지 있어. 공부만 잘했지 머저리 같은 나를 그렇게 오랜 시간 사랑한 거 보면."

부모가 없다는 것은 그녀에게 작은 흠조차 내지 못할 것이다. 다른 사람은 몰라도 적어도 현조에겐 그랬다. 어릴 적 그대로 이렇게 착하고 예쁘게 잘 자라 주었으니까. 현조를 좋아하는 것조차 허락하지 못하던 어머니를, 그래도 사랑한다고 말할 정도로 착하디착한 여자였다.

달칵. 쾅.

통화를 마친 우경이 집 안으로 들어오는 소리가 들렸다. 그 소리에 가만히 자리에서 일어선 현조가 우경과 시선을 마주했다. 다시 집 안엔 침묵이 감돌았다.

잠시 뒤 그 침묵을 깬 것은 현조였다.

"나 우리 많이 좋아해."

우경이 헛웃음을 뱉었다.

"모를까 봐 얘기해 주는 거야?"

"아니. 정식으로 우경이 너한테 얘기하고 싶었어."

"……."

"그러니까 나한테 우리 만나지 말란 말…… 제발 하지 마. 부탁이다."

우경이 입술을 깨무는 모습이 보였다. 갈등하고 있는 것이 보였다.

"너는 나를 가장 잘 알아, 이우경."

"그래."

우경은 쉽게 수긍했다.

"그러니까 이것도 알 거야. 내가 지금 얼마나 진지한지. 얼마나 우리를 지키고 싶은지. 너를 지키고 싶은지."

"……."

"나도 우리에게 사랑을 줄 수 있는 기회를 줘. 걔가 나한테 준 그 큰마음에 답할 기회."

현조의 목소리는 단단했고, 진지했다.

"나도 어머니처럼 계속 반대하면 어쩔 거야?"

우경의 질문에 현조는 잠시 대답을 잇지 못했다. 우경조차도 싸워야 할 대상이 된다면 어떻게 해야 할지. 아무리 생각해도 난 감했다. 하지만 상황이 어찌 되어도 대답은 하나뿐이었다.

"그래도 포기 안 해, 우리."

"……."

"너를…… 포기해야 된다고 해도."

현조는 조심스레 말했지만 우경은 그 대답이 싫지는 않은 모양 이었다.

다시 둘 사이에 어색한 기운이 감돌았다. 여기저기 쥐어 터져 흉해진 현조의 얼굴을 한참 동안 들여다보던 우경이 다시 입술을 열었다.

"아버지한테 계속 연락 왔었어."

조금 전에 통화를 한 상대도 현조의 아버지였다.

"알아. 나한테도 계속 물어보셨으니까. 생각할 시간이 필요하 다고 했다면서."

"어. 너는 아무 말 안 했어?"

"응. 너랑 우리랑 이야기하는 게 먼저라고 생각했어."

"당분간 병원엔 나가고 싶지 않다, 나."

우경의 마음을 이해했다. 현조는 가만히 고개를 끄덕였다.

"아버지껜 내가 말씀 드릴게."

"……."

"우리가 나에 대한 마음을 접지 않았다는 걸 알았으니까. 나도 이제 뭐든 할 수 있어."

우리를 안았던 손끝에 아직도 느낌이 남아 있는 것 같았다.

성큼성큼 걸음을 내디딘 우경이 곤히 잠들어 있는 우리를 내려다보았다. 그리고 현조도 곧바로 그 시선을 따랐다.

"벌써 어머니한테 가서 난리 피웠다며?"

"난리까지야. 나름 진정한 상태에서 간 거야."

"……."

"우경아."

"왜."

현조가 나지막이 우경을 불렀다.

"네 눈에도 우리가 엄청나게 예쁘냐?"

우경이 눈살을 찌푸리며 현조를 바라보았다.

"미쳤어? 징그럽게."

"네가 해나 씨를 아무리 봐도 예쁘다고 했던 게 이런 마음이었나 보다."

"……."

"파이어볼은 안 쏴도 되겠어, 나."

현조는 우리에게 준 시선을 떼지 못하고 있었다. 우경이 어떤 표정을 짓는지 무슨 생각을 하는지 지금은 중요하지 않았다. 오빠들이 어떤 이야기를 나누는 줄도 모르고 어린아이처럼 잠들어 있는 우리가 그저 예뻐서, 그는 잔뜩 깨진 얼굴로도 웃음을 멈출 줄 몰랐다.

사랑이었다.

어느 순간부터 시작되었는지도 모르게 그의 가슴 안에 성큼 사랑이 들어와 있었다.

한동안 현조는 매우 바빴다. 우경이 비운 자리를 메우느라, 눈코 뜰 새 없이 바쁘고 또 바빴다. 하지만 힘들다고 느껴지지도 않았다. 곁에 우리가 있었으니까.

"보고 싶다."

—…….

"우리 넌?"

—닭살스러워서 말이 잘 안 나와, 오빠.

"그래도 얘기해 줘."

—…….

"빨리, 이우리."

—나도 보고 싶어, 오빠.

바쁜 와중에도 중간중간 짬을 내서 우리에게 전화를 걸었다. 목소리만 들어도 행복했고, 힘이 났다.

＊＊＊

현조는 우리의 집에 다녀온 뒤로 우경이 병원에 나오지 않는 이유를 아버지에게 사실대로 전달했다. 가감 없이 모두 다. 이유를 들은 현조의 아버지는 매우 놀란 눈치였다. 당연했을 것이다.

그에게 있어 현조의 어머니는 언제나 선하고 다정한 여자였을 테니.

현조와 우리가 서로 좋아하게 된 것에는 아무런 반감도 없었다. 오히려 두 사람에겐 자연스러운 일이라는 생각까지 들었다.

이태리풍의 수입 가구들이 방 안을 가득 차지하고 있었다. 선애는 화장대 앞에 앉아 스킨로션을 바르는 중이었다. 침대 위에서 현오는 신문을 들고 있었지만, 그의 시선은 신문이 아닌 부인의 뒷모습을 향해 있었다.

잠시 이런저런 생각을 하던 현오가 조심스레 입을 열었다.

"여보."

"네?"

기초화장을 모두 마친 그녀가 뒤를 돌아 남편을 응시했다. 이내 신문을 접은 그가 완전히 그녀에게로 몸을 틀었다.

"당신 우리한테 왜 그랬어?"

이어진 현오의 이야기에 선애가 체념하듯 한숨을 내쉬었다.

"또 그 얘기인가요? 누가 그러든가요? 현조? 우경이?"

"현조가 얘기하더군. 우경이는 병원에 안 나온 지 꽤 됐어. 사직서를 내고 나갔는데 처리는 안 했고."

"그랬군요."

"나랑 현조까지 전부 다 보기가 싫었나 봐, 그 녀석."

선애는 눈을 내리깔았다. 어쩌다 이렇게 일이 커져 버린 건지 자신조차 감당이 안 되는 눈치였다.

"당신이 정말로 못된 마음에 우리를 때렸을 거란 생각은 안 해."

"……."

"현조가 우리를 많이 좋아하는 모양이야. 지금도 우리를 반대하는 마음에 변함이 없어?"

여전히 시선을 피한 채로 아무 말 없던 그녀가 잠시 뒤 고개를 들어 남편과 시선을 마주했다.

"네, 여보. 변함이 없어요."

"……."

"우리를 때린 건…… 정말 고의는 아니었어요. 너무 놀랐거든요. 그 아이가 현조를 남자로서 느끼고 있다는 것에."

"그래도 우리, 그 어린것 마음속엔 큰 상처로 남았을 텐데……."

현오가 한숨을 내쉬며 이마를 만지작거렸다.

"알아요. 그래서 너무 미안해요. 정말 미안해요, 우리에겐."

"……."

"하지만 현조는 안 돼요, 여보. 당신도 알잖아요. 우리 현조 충분히 더 좋은 집안에서 자란 아가씨와 만날 수 있다는 거. 내 아들한테 그 정도의 욕심도 못 내나요? 내가…… 내가 그렇게 나빠요?"

선하고 똘망똘망한 우리의 눈동자가 현오의 눈앞에 아른거렸다. 마치 딸처럼 키웠었다. 딸이 없던 그에게 우리란 존재는 너무도 곱고 예쁘고, 신기한 존재였다. 자라는 내내 그랬다. 커 갈수록 제 엄마인 인경을 쏙 빼닮은 모습이 좋아 더욱더 예뻐하기도 했었다.

"일단 천천히 생각해 보도록 하지."

"아니요."

"……."

"몇 번을 생각해도 내 대답은 같아요, 여보."

선애는 절대 물러설 생각이 없는 듯했다. 원래 이토록 고집이 센 성격은 아니었는데, 현조의 일이라서 그런지 유독 더 끈질기게 구는 것 같았다.

선애가 남편의 옆자리에 누워 이불을 턱 끝까지 끌어당겼다. 그녀의 잠자리를 확인한 현오가 노란 조명을 뿜어내는 스탠드의 전원을 껐다. 바스락. 그도 그녀의 곁에 눕는 소리가 들렸다.

"나는 우리가 예쁘고 좋아."

"그렇겠죠."

"힘든 상황에서도 바르게 착하게 잘 커 줬고. 딸처럼 키웠으니, 딸 같은 며느리로 두는 것도 좋을 것 같고."

선애가 몸을 돌려 그를 등지고 누웠다. 아무런 대답도 없었다.

"당신이 다시 생각해 주었으면 좋겠어."

"미안해요."

"일단 잡시다."

못난 마음을 들키지 않으려는 듯 선애가 눈을 꼭 감았다. 며칠
째 전화도 받지 않는 아들도, 우리도, 이렇듯 저를 설득하려 하는
남편도 모두 다 꼴 보기 싫어지려 했다.

* * *

현조가 '플라워 테이블'의 전등을 갈고 있었다. 요즘에 백수인
우경도 있었고, 만능 일꾼인 정준도 있었는데 굳이 자신이 하겠다
며 나서더니 우리에게 또다시 소원이 있다고 했다.

그는 며칠 전부터 우리에게 소원 타령 중이었다. 마카롱 장인
의 마카롱을 선물해 주며, 백화점에서 초콜릿을 사다 주며, 우리
의 목에 선물했던 목걸이를 걸어 주며, 화장품을 선물해 주며, 책
을 사 주며, 계속 얼마 후에 소원을 얘기할 테니 꼭 들어 달라고
했다.

능숙하게 전구를 갈아 끼운 그가 바닥에 내려와 우리와 시선을
마주했다. '플라워 테이블'엔 현재 두 사람뿐이었다. 손님이 붐비
는 시간대가 지나 정준은 퇴근을 했고, 눈치 빠른 해나는 우경을
끌고 나갔다.

"다했다."

"이런 거 굳이 안 해 줘도 되는데."

"말했잖아. 소원을 이루기 위한 밑거름이야."

현조가 유쾌하게 웃으며 말했다.

"얼마나 큰 소원인데 계속 이러는 거야?"

"엄청 큰 거야. 지금 얘기해도 돼?"

"에이. 엄청 큰 거면 이런 걸로 부족한 거 아냐?"

우리가 뾰족 입술을 내밀며 심통을 부렸다. 그런 그녀의 모습이 귀여웠는지 현조가 손가락으로 그녀의 입술을 가볍게 톡 때렸다.

"입술 내밀지 마."

"왜?"

"뽀뽀하고 싶으니까."

"……."

"아. 그럼 뽀뽀해 주면 소원 들어줄래?"

"그게 뭐야?"

불한당 같은 현조의 말에 우리가 발끈했다. 그가 웃는 얼굴로 손을 들어 그녀의 머리를 헝클어뜨렸다.

"너무 싫어해 주시네."

"뽀뽀도 해 주고, 소원도 들어 주고. 오빠 좋은 일밖에 없잖아."

"왜 나 좋은 일밖에 없어? 이 섹시한 입술로 입 맞춰 주겠다는데."

현조가 장난스레 입술을 내밀며 말했다.

"아휴. 말을 말아야지."

가끔 나오는 저 대책 없는 장난끼. 졌다는 듯 고개를 도리도리

저은 우리가 그를 가만히 흘겨보았다. 이내 생글생글 웃던 현조가 마음을 다잡은 듯 우리의 손을 잡아 자리에 앉혔다. 그리고 자신도 맞은편에 앉았다.

현조는 얼마 전 일을 떠올렸다. 아버지가 그와 우경을 불러 더 정확한 전후 사정을 물어보셨다. 술 먹고 넘어져서 얼굴이 엉망진창이 된 거라고 거짓말을 했었는데, 그날 우경의 이실직고로 그에게 현조가 신나게 언어터졌음이 밝혀졌다.

아버지는 어머니를 함께 설득해 주겠다고 했다. 그리고 우리에게 어머니가 준 상처를 자신이 대신 사과하겠다고 했다. 사실 얼마 전 우리를 보러 '플라워 테이블'에 왔었지만 차마 입이 떨어지지 않아 차만 마시고 왔으니, 집으로 그녀를 데리고 와 달라고 했다.

"대체 뭔데 이렇게 뜸을 들여?"

"나 어머니랑 연락 안 하는 거 알지."

우리는 바로 대답을 잇지 못했다. 모르는 척하고 있었지만 우경에게 들어 알고 있었다. 그 일로 어머니에게 찾아가 많이 다퉜고, 집에 연락도 잘 드리지 않는다는 것을. 계속 걱정은 하고 있었는데 어떻게 해야 할지 몰라 말을 꺼내지 못했었다.

우리가 가만히 고개를 끄덕였다.

"나랑 같이 우리 집에 가자."

"……."

"그게 내 소원이야."

"그걸 여태 말 못 하고 있었어?"

"응. 네가 싫어할 것 같아서."

이번엔 그녀가 고개를 세차게 저었다.

"아니야. 내가 왜 싫어. 안 그래도 나 혼자라도 어머니 만나 뵈어야 하나, 그런 생각 하고 있었어."

현조가 놀란 듯 눈을 크게 떴다.

"혼자 왜. 또 어머니한테 설득당해서 나 버리려고?"

어린애 같은 현조의 투정에 우리가 저도 모르게 웃어 버렸다. 가만히 손을 뻗은 우리가 아까 전등을 가느라 헝클어진 그의 머리카락을 정돈해 주었다.

"아니. 열 대 맞아도 포기 안 한다고 말씀드리려고."

현조는 아무 말이 없었다.

"감동했어?"

"응. 그런가 봐."

"쉽다. 주현조 감동시키기."

그가 제 머리 위에 있는 우리의 하얗고 긴 손을 붙잡았다. 그리고 가만히 제 입술을 가져다 댔다. 꽃을 만져서 그런지 손에서까지 꽃향기가 나는 것 같았다. 그저 손에 그의 입술이 닿았을 뿐인데도 우리는 왠지 부끄러워 얼굴이 빨개졌다.

"향기 난다."

"응. 스톡 만졌어. 저기 저 하얀 꽃."

"그냥 네가 꽃이라서 그래."

"으. 닭살."

닭살스러웠지만 그가 해 주는 말들이 싫지는 않았다.

촉. 그가 우리의 손등에 가볍게 입을 맞추었다.

"내일 갈 거야. 공식적으론 아버지가 초대하는 거고."

"얼마 전에 찾아오셨는데, 가게에."

"응. 너 보니까 말문이 막혀서 아무 말도 못 하셨대. 미안하단 말 하시고 싶었던 것 같은데."

"아버지가 뭐가."

오히려 우리는 자신이 죄송스러운 마음이 들었다. 또 현조에게도 미안한 마음이 들었다. 겨우 이 이야기를 하고 싶어서 그렇게 뜸을 들였다고 생각하니 마음도 아팠다. 그녀에게 어머니에게 가자는 말 한마디를 꺼내기까지 얼마나 많은 고민을 했을지 눈앞에 뻔히 보였다.

촉. 이번엔 우리가 현조의 손을 끌어당겨 그의 손에 입을 맞췄다.

"고마워, 오빠."

우리가 환하게 웃었다.

"뭐가."

"나를 좋아해 줘서."

그녀의 웃음에 그는 잠시 멍한 얼굴이었다. 현조는 왜 내가 하고 싶은 말을 네가 하냐고 따지고 싶었지만 더 이상 아무런 말도 잇지 않았다.

드르륵. 의자를 밀어 자리에서 일어선 그가 우리의 손을 잡은 채로 그녀를 향해 고개를 숙였다.

"오빠?"

갑작스러운 행동에 당황한 우리가 현조를 불렀지만 그는 대답하지 않았다. 그는 그대로 잡은 손을 당겨, 우리의 분홍빛 입술에 입을 맞추었다. 얼마나 말랑거릴지, 얼마나 촉촉할지 상상만 했던 그 입술이 현조의 입술 안에 가득 담겼고, 우리는 잠시 놀란 듯 눈을 둥글게 떴지만 이내 편안한 얼굴이 되어 그의 입술을 받아들였다. 마치 첫 키스처럼 아주 신중하고 가슴 떨리는 입맞춤이었다.

11

　태연하게 함께 집으로 가겠다고 대답했지만, 시간이 다가오자 우리는 점점 긴장 상태에 접어들었다. 리스를 만들면서 꽃줄기를 몇 번이나 꺾었는지 모르겠다. 그런 그녀를 지켜보고 있던 해나가 아무래도 안 되겠다는 듯 성큼성큼 다가섰다.

　"이우리. 오늘 레슨 없지? 너 집에 가."

　갑자기 집에 가라는 해나의 말에 우리가 동그란 두 눈을 깜빡였다.

　"도저히 뭘 할 정신이 아니잖아, 너."

　"……."

　"집에 가서 쉬다가 긴장 좀 풀고 가. 우경 오빠 곧 온다고 했으니까 가게 걱정 말고. 그러다가 주 선생이 데리러 올 때 다크 서

클로 줄넘기하겠어."

"그 정도야?"

깜짝 놀란 그녀가 두 손을 들어 눈 밑에 가져다 댔다. 불안감에
잠을 설치긴 했지만 그 정도일 줄은 몰랐다.

넋 놓고 서 있는 우리를 보다 못한 해나가 직접 나서 그녀의
작업대를 정리했다. 은근히 고집불통인 그녀가 계속 일을 하겠다
고 버틸 것 같았다.

딸랑.

결국 해나의 손에 떠밀린 우리가 가게 밖으로 쫓겨났다. 손수
가방과 재킷을 우리의 양쪽 어깨에 던지다시피 걸쳐 주더니 그대
로 내쫓아 버린 것이다.

가게 유리창 너머에서 해나가 웃는 얼굴로 바이바이 손을 흔들
었다. 못 말리겠다는 듯 함께 웃어 버린 우리도 똑같이 그녀를 향
해 손을 흔들어 주었다.

[오빠 나 지금 강제퇴근했어. 집에 있을게.]

현조에게 전화를 걸까 하다가 바쁜 시간일 것 같아 메시지를
남겼다. 처음엔 데리러 올 필요 없다고 이야기했지만, 아무래도
함께 가는 게 좋을 것 같다는 현조의 말에 수긍하며 굳이 거절하
지 않았다.

당연히 함께 가겠다던 우경을 겨우 말려 이번엔 현조와 둘만
가기로 했다. 사실 어떤 상황이 벌어질지 자신이 없었고, 그 대책
없는 상황 속에 우경까지 함께 있길 바라지 않았다. 오지 말라는

동생의 강한 말투에 그도 어쩔 수 없이 그러마, 하고 수긍했지만 걱정되는 눈빛을 감추진 못했다.

잠시 후.

꽁지 빠지게 퇴근한 현조가 우리의 집 앞으로 찾아왔고, 미리 집 밖에서 기다리고 있던 그녀가 그를 맞았다. 매끈한 차 안에서 환하게 웃고 있는 현조와 눈을 마주치는 순간 긴장감이 스르르 녹아내렸다.

"왜 나와 있어. 오빠가 전화하면 내려오라니까."

"그냥."

차에서 빠르게 내린 현조가 우리의 앞으로 달려가 그녀의 두 손을 잡았다. 부쩍 추워진 날씨에 한기가 서려 있는 그녀의 손을 따뜻하게 덮었다.

"이것 봐. 손 차갑잖아."

"괜찮아."

"나는 안 괜찮아."

호오.

우리의 작고 하얀 손에 현조가 입김을 불어 넣었다. 간질간질한 느낌에 우리가 샐쭉 웃었다.

"예쁘다, 오늘."

현조의 눈엔 늘 예쁜 우리였지만 오늘은 유독 더 신경을 쓴 모양이었다. 단정한 원피스에 도톰한 재킷을 입고 스카프를 둘렀다. 화장도 더 신경 쓴 듯 얼굴이 반짝반짝 빛났다.

"아까 해나가 다크 서클 내려왔다던데. 그래서 강제퇴근당했어."

"안 내려왔어. 뭐 내려와도 상관없고. 예쁘니까."

"아휴. 요즘 진짜 오빠 때문에 닭살 돋아 못 살겠어."

"나 거짓말 못 하잖아."

넉살좋게 대꾸한 현조가 조수석 문을 열어 주자 우리가 배시시 웃으며 차에 탔다.

"손."

안전벨트를 매고 앉아 차를 출발시킨 현조가 한 손을 내밀었다. 자연스레 우리의 손이 그의 손안에 쥐어졌다. 따뜻한 체온보다도 꽉 잡은 손안에서 사랑이 느껴져 더 행복했다. 손을 잡은 것만으로도 두근두근 주책없이 가슴이 방망이질을 쳤다.

한 손으로 핸들을 잡고 운전 중인 그의 옆모습을 바라보며 우리는 잠시 동안 모든 생각을 잊었다. 사랑하는 그의 얼굴이 눈앞에 있었다.

짙은 눈썹, 남자다운 눈매와 쭉 뻗은 콧날, 스스로 섹시한 입술이라 칭했지만 다른 이가 보아도 섹시한 느낌의 입술이 알맞은 위치에 자리했다. 또한 날카로운 턱 선도 입술과 함께 섹시함에 한몫했다.

이 오빠가 원래 옆모습까지 이렇게 잘생겼었던가. 거기까지 생각이 머물자 저도 모르게 볼이 붉게 달아올랐다.

"훔쳐보지 말고 대놓고 봐도 돼. 네 건데."

"안 훔쳐봤어."

태연하게 시선을 돌린 우리가 짐짓 아닌 체를 했다.

"본 거 다 알아. 옆모습도 조각 같지?"

이 오빠는 어쩜 저렇게 태연하게 자기 자랑을 할까.

우리가 입술을 삐죽였다.

"뻔뻔해."

"그럼 뭐 하냐. 네 스타일도 아닌데."

뜬금없는 현조의 말에 우리의 눈이 둥그레졌다. 저게 무슨 소리야? 그러다가 예전 일이 생각에 미치자 그녀가 아아, 하는 소리를 냈다. 오랜만에 현조에게 카레를 해 주던 그날의 대화가 떠올랐다.

'오빠 잘생겼지. 응. 잘생겼어. 뭐 내 스타일은 아니지만.'

여태껏 마음에 담아 두고 있었나 보다. 우리가 쿡쿡 작게 웃었다.

"바보. 오빠 내 스타일이야. 완벽하게."

"진짜?"

하얀 치아가 빛나도록 웃어 젖힌 현조가 되물었다.

"응, 진짜."

"그럼 그땐 왜 그렇게 말했어?"

"그거야……."

그땐 내 마음을 들키고 싶지 않았으니까.

마침 신호등 앞에서 차가 멈추었다. 괜히 쓸모없는 질문을 던졌나 보다.

촉.

우리가 말끝을 흐리자 현조는 그녀의 대답을 눈치챈 듯 고개를
돌려 우리의 입술에 입을 맞췄다. 그리고 슥슥 그녀의 머리를 쓰
다듬어 주었다. 마치 말하지 않아도 돼, 라는 무언의 속삭임 같았
다.

* * *

집 앞에 도착하자마자 잠시 잊고 있던 긴장감이 다시 되살아나
온몸을 타고 올라왔다. 열두 살부터 십 년 가까이 살아온 집 앞에
서 이렇게 긴장할 수 있을까 싶을 만큼 가슴이 떨려 왔다. 스무
살에 독립을 한 뒤로 한 번도 찾지 않은 것은 아니었지만, 명절,
기념일 몇 차례와 가끔 초대받아서 간 식사 때 정도였다. 하물며
그때와 지금은 집을 방문하는 목적의 차원이 달랐다.

집을 찾을 때마다 의아했던 것은 우리가 혼자 쓰던 2층의 작은
방이 아직도 독립했을 때 그대로라는 것이었다.

지금도 그대로 있을까. 우리는 집을 찾을 때마다 그것을 궁금
해했고, 궁금증에 올라가 본 방은 언제나 제자리에 있었다. 그리
고 현재도 긴장감과 함께 그에 대한 궁금증이 솟아났다.

"긴장했나 보다."

겉으로도 확연히 표시가 났나 보다.

현조의 말에 우리가 고개를 저었다가, 이내 다시 고개를 끄덕거렸다.

"어머니가 화내시면 어떡하지."

긴장. 두려움. 현조는 우리의 맑은 눈 안에서 이러한 감정들을 읽었다.

"나 부탁 하나만 하자."

"응?"

우리의 시선이 정확히 현조를 향했다.

"많이 힘들겠지만…… 혹여나 어머니가 화내셔도, 싫어하셔도 조금만 견뎌 줘."

"……."

"이런 상황이 아니었으면 좋았겠지만. 허락이 안 된다면 통보만 하고 나올 거야, 난."

"……."

"그러니까 네가 흔들리지 않아 주면 좋겠어. 난 무슨 일이 있어도 절대 너 포기하지 않을 거니까."

현조의 목소리는 단단했다. 하지만 지금 이 말은 그조차도 어머니의 반응을 확신할 수 없다는 이야기이기도 했다.

조금 울적해진 우리가 입술을 앙다물었고, 현조는 대답 않는 그녀를 가슴에 가득 안았다. 그 안에 원망은 없었다.

"미안하다. 이딴 것도 부탁이라고."

"부딪쳐 볼게."

"그 정도면 충분해. 고마워."

따뜻한 현조의 품 안에서 우리는 잠시 눈을 감았다. 이렇게 따뜻한 시간만 지속되면 좋을 텐데. 하릴없이 욕심만 자꾸 늘어났다.

두 사람이 나란히 집 안으로 들어서자 어머니는 조금 놀란 기색으로 두 사람을 맞았다. 하지만 곧 다시 태연한 얼굴이 되었다. 아무래도 우리가 온다는 이야기는 듣지 못한 모양이었다.

우리가 중간에 차를 멈춰 사 온 케이크와 와인을 어머니께 건넸다. 뒤늦게 서재에서 내려온 아버지는 인자한 얼굴로 두 사람을 맞아 주셨다.

"우경이는?"

"저희만 왔어요."

무뚝뚝한 현조의 대답에 어머니가 시선을 보냈다. 그러다 쭈뼛쭈뼛 서 있는 우리를 바라보았다.

"내 생일에 보고 오랜만이네. 우리 잘 지냈니?"

"네. 전 잘 지냈어요."

"다행이구나. 저녁부터 먹자."

태연한 척하려 했지만 어머니의 기분이 좋지 않다는 것은 충분히 느낄 수 있었다. 뒤돌아서 부엌으로 들어서는 어머니의 등을 바라보며 우리가 작게 한숨을 내쉬었다. 이렇게 긴장된 분위기 속에서 밥을 먹어야 된다니, 생각만 해도 속이 더부룩했다.

"두 사람 내가 초대했어."

"그런 것 같네요. 저는 현조만 오는 줄 알았어요."

따뜻한 국을 그릇에 담으며 선애가 대답했다.

이 여자가 원래 이렇게 차가운 사람이었던가. 현오가 그 등을 바라보다 자리에 앉았다.

"당신. 애들 불편하게 왜 그래?"

"제가 뭘요."

"일단 식사부터 하지."

네 사람이 네모난 식탁에 둘러앉았다. 아버지와 어머니, 현조와 우리가 나란히 앉아 서로를 마주 본 채 식사를 시작했다.

이렇게 차가운 식사를 해 본 일이 있었던가.

우리는 어릴 적 늘 시끌벅적했던 식사시간을 떠올렸다. 우경과 현조가 이런저런 이야기를 던지고, 어머니는 재미있어 하시고, 아버지는 인자하게 웃으셨다. 우리 역시 이야기를 보태기도 하고, 즐거움에 까르르 웃기도 했었다.

그때를 회상하자 이상하게 눈물이 나올 것 같았다.

과연 내가, 계속해서 어머니가 싫어하는 일을 할 수 있을까.

"역시 당신이 끓인 해물 된장국이 제일 맛있어."

어색한 분위기를 쇄신하려는 듯 아버지가 말을 꺼냈다.

"애들이 전부 좋아하니까요."

자신은 아이들이 좋아하는 음식을 가장 잘한다는 대답이었다.

"오랜만에 먹으니까 맛있어요, 어머니."

"저도요."

차례대로 현조와 우리가 말했다. 어머니는 알 수 없는 얼굴로 조금 웃으셨다.

길고 길게 느껴졌던 저녁식사가 끝나고 이번엔 조용한 거실로 자리를 옮겼다. 삭삭. 부엌에서 사과를 깎은 우리가 거실 테이블로 포크와 사과 접시를 챙겨 나갔다. 이전엔 자연스럽게 자주 있던 일이었다. 어머니가 과일을 깎는 모습을 보고 옆에서 따라 하기도 했고, 어머니는 잘했다며 머리를 쓰다듬어 주기도 하셨다.

"네 엄마를 닮아서 손끝이 참 야무져. 그래서 과일도 잘 깎고, 꽃도 잘 만지나 보다."

우리가 깎은 과일을 내려다보며 어머니가 말했다. 별것도 아닌 것에 대한 칭찬에 우리가 부끄러운 듯 조금 웃었다.

사각사각. 포크를 들어 사과를 한입 베어 문 어머니는 계속 우리에게 시선을 보내고 있었다. 그리고 금방이라도 무슨 말을 던질 것 같은 느낌은 착각이 아니었다.

"오늘은 내 딸로서 온 게 아니구나, 우리야."

어머니의 말에 우리가 조금 멈칫했다.

"……네."

작은 목소리였지만 단단한 대답이 이어졌다. 곁에 있던 현조가 무릎에 모아진 우리의 손을 꼭 잡았다.

그때가 타이밍이라고 생각했는지 아버지가 입을 열었다.

"여보. 우리는 그냥 애들이 어떻게 하는지 지켜봅시다. 우리 현조 이놈이 여자한테 눈곱만큼도 관심 없는 줄 알고 걱정했잖아.

근데 그게 아니어서 얼마나 다행이야."

애초에 이러기 위한 자리였다는 걸 알고 있었다. 어머니는 아무런 대답도 잇지 않았다.

"어머니. 전에 그렇게 화내고 집 나간 건 죄송해요. 하지만 아직도 우리한테 손댄 어머니를 이해하는 건 아니에요."

"오빠."

다시 그 이야기를 꺼내는 현조에게 놀란 우리가 그를 저지하려 했다. 하지만 우리를 잡은 손에 꼭 힘을 주며 그는 계속해서 말을 이었다.

"우리 예뻐하시는 거 알아요. 그래서 우리가 쓰던 방도 그대로 두셨죠. 우리가 어머니께 선물한 꽃들도 전부 다 예쁘게 말려서 그 방에 두셨고요. 그래서 처음엔 믿고 싶지 않았어요. 어머니가 우리를 때렸다는 것. 저를 좋아하지 못하도록 했다는 것."

"……."

"조금만 물러나 주세요, 어머니."

사실 우리도 어머니의 저 마음을 알고 있었다. 그래서 더 어머니가 원치 않은 일은 하고 싶지 않았던 거다. 그녀를 때렸던 것은 스무 살, 현조에게 고백하기 전, 딱 그때뿐. 그마저도 우발적인 것이었다. 성격상 아주 살갑게 굴지 못하는 우리에게 이 부부가 많은 사랑을 주었다는 것은 우리도 잘 알고 있었다.

순식간에 어머니의 눈 안에 짙은 차가움이 차올랐다. 오해한 것은 아닐까 싶을 정도로 처음 보는 차가운 눈빛이었다.

"우리 네가 결국 이렇게 만드는구나."

"어머니. 우리 탓이 아니에요."

"이런 식으로 긴 시간 동안 구워삶았던 거니? 모두가 네 편이 되도록."

"어머니."

현조가 외쳤다.

"우리한테 그러지 마시고 절 보고 말씀하세요."

차가운 눈동자를 한 어머니를 보며 우리는 저도 모르게 몸을 부르르 떨었다. 현조가 격분하며 성을 냈지만 어머니의 눈동자는 오로지 우리만 바라보고 있었다.

"여보."

현오가 나지막이 선애를 불렀다.

"아니요, 여보. 내가 먼저 이야기할게요. 나 당신한테 할 말이 있어요."

말을 가로챈 선애가 결심한 듯 자리에서 벌떡 일어났다. 그러곤 재빠르게 2층 서재 위로 올라갔다가 양손에 무언가를 쥔 채 내려왔다. 책이었다. 아주 오래되고 낡은 책.

선애가 다시 그들 앞에 섰고, 그녀가 현오를 응시한 채로 한 손으로 책을 들어 흔들었다. 사라락. 사진 두 장이 떨어져 내렸고, 나머지 한 손에서는 빛바랜 편지지가 현오의 앞에 떨어졌다. 그것이 무엇인지 눈치챈 현오의 눈가에 피로감이 일었다.

일어선 현조가 어머니가 떨어뜨린 사진과 편지를 손에 쥐었다.

그리고 그 안을 보았다.

"우리가 왜 안 되는지 말해 줄까요?"

선애의 차가운 눈이 현오를 향했다.

"첫 번째. 내 아들은 그늘 없이 밝은 여자와 살게 하고 싶었어요. 우리가 예쁘고 사랑스러운 거 알아요. 하지만 아픔이 많고 어둡죠. 이전에도 말했지만 내 배 아파 낳은 내 아들이에요. 그래서 욕심내고 싶었어요."

"……"

"그리고 두 번째는 그 사진과 편지 안에 있어요. 우리 엄마가 당신의 첫사랑이었던 거, 내내 인경 씨를 바라보던 당신 눈이 흔들렸다는 거. 나 알고 있어요."

우리는 갑작스러운 말에 벼락이라도 얻어맞은 듯 온몸이 저릿거림을 느꼈다. 멍한 그녀의 눈동자가 현조가 든 사진과 편지로 향했다.

나의 인경과 함께.

사진 뒷장에 보이는 작은 글씨에 우리의 입술이 저도 모르게 벌어졌다. 편지를 읽어 내려간 현조의 표정도 처참하게 구겨졌다.

그 편지의 내용은 현오가 인경에게 비록 우리가 함께할 수는 없지만 평생 동안 당신을 사랑하겠다는 말을 하고 있었다.

"우리야."

"……"

"한때 네 엄마와 현조 아빠가 좋아하던 사이었다면 믿겠니? 결혼도 하려고 했던 사이였는데, 반대에 부딪쳐서 그만두었던 사이라면 믿겠니?"

"……."

"나도 이 모든 걸 결혼 후에 알았어. 서재에서 우연히 보게 됐지. 함께할 수 없어도 너희 엄마만을 사랑하겠다는 그 편지가 결혼 전에 쓰인 건지, 결혼 후에 쓰인 건지는 나도 잘 모르겠구나. 지금 물어보면 되겠지. 당신이 대답해 볼래요?"

"당신 애들 앞에서 이게 무슨 짓이야?"

현오도 적잖이 충격을 받은 듯했다. 한 번도 이런 일에 대해서 내색하지 않았던 선애가 아이들 문제로 폭주하고 있었다. 선애가 반대하는 이유가 자신과 관련이 있을 것이라는 건 생각도 하지 못했었다.

"왜요. 창피하세요?"

"여보!"

"대체 나는 무슨 죄로 당신의 첫사랑의 아이들을 거둔 걸로도 모자라, 내 아들이 그 여자의, 그 여자를 닮은 딸과 사랑하는 걸 지켜봐야 하나요?"

선애는 말을 하면서도 전혀 울지 않았다. 오히려 눈빛은 더욱더 독해져 갔다.

우리는 바들바들 떨고 있었다. 이 모든 이야기가 사실일까? 아닐까? 이미 돌아가신 부모님이 이런 식으로 입에 오르내리리라고는 생각지 못했다.

머릿속이 복잡해서 미칠 것 같았다. 자신은 그저 현조를 좋아했던 것뿐이었다. 현조를 마음에 담고 사랑하고 싶었던 것뿐인데.

"우리가 당신 아이는 아닐까 생각해 본 적도 있어요. 그런데 이렇게 애들 사이를 찬성한 걸 보면 그건 아닌 모양이에요."

선애의 원망 어린 시선이 우리를 향했다.

"대체 내가 너희를 왜 데려다 키웠을까? 애초에 이런 일을 만들지 말았어야 했는데. 후회스럽고 또 후회스러워."

"……."

"이제 시원하니? 이렇게 이야기를 듣고 나니까 좀 나아? 포기가 되겠어? 네가 애초에 현조를 포기만 했었어도 난……!"

짝!

우리에게 상처 주는 모진 말들을 내뱉던 선애는 말을 끝내지 못했다. 그녀의 고개가 반대편으로 돌아갔다. 보다 못한 현오가 그녀의 뺨을 내리쳤고, 우리는 놀란 듯 두 손으로 입술을 막았다. 그녀의 눈에 넘실거리며 눈물이 차올랐다. 어쩌다가 이런 일까지 일어나게 된 것일까. 내가 포기했다면, 나만 마음을 숨겼다면 이런 상황까지는 오지 않았을까?

손에 든 사진과 편지를 그대로 바닥에 떨어뜨린 현조가 우리의 손을 잡고 자리에서 일으켰다.

"가자."

"……오빠."

"더 듣지 말고 가자."

굳은 얼굴을 한 현조에게 이끌려 우리가 집 밖으로 끌려 나갔다. 싸늘한 바람이 두 사람을 감쌌다.

한참을 현조의 손에 끌려 걷던 우리가 자리에서 멈추어 섰다. 그리고 탁. 그의 손을 놓았다. 그가 다시 우리의 손을 붙잡았지만 그녀는 이번엔 더 매몰차게 손을 뿌리쳤다.

현조의 눈빛이 흔들렸다. 내 우리가 또다시 상처를 받았다. 내 어머니가 오랫동안 받아 온 상처에.

"견뎌 줘, 우리야."

"……."

"부탁이야."

상처받은 건 우리뿐만이 아니었다. 현조도 마찬가지였다. 아버지의 절절한 편지 내용에 상처받았을 어머니, 또 그것에 이어져 상처받은 우리 때문에 가슴이 타들어 갈 정도로 아팠다.

흔들리는 현조의 목소리를 듣던 우리가 두 손에 얼굴을 묻었다.

"흑…… 흐으윽……."

손 사이로 흐느끼는 그녀의 목소리가 흘러나왔다. 우리는 울고 있었다. 또다시.

"어떡……해."

"……."

"……어떡해…… 오빠……."

우리가 우는 소리에 현조의 눈가에도 눈물이 차올랐다. 더 이상 아무 말도 잇지 못한 현조가 피가 나도록 입술을 깨문 채 그대로 우리를 끌어안아 자신의 품 안에 넣었다.

12

넋이 나간 우리를 집까지 바래다주고 현조는 본가로 돌아왔다. 다시 안으로 들어서기까지 많은 용기가 필요했지만 이대로 모른 척하고 돌아설 수는 없었다.

천천히 들어선 집 안은 아주 고요했다. 마치 무슨 일이 있었느냐는 듯이 정갈하고 조용했다.

거실엔 우리가 깎아 놓고 간 사과가 테이블 위 접시에 그대로 담겨 있었다. 시간이 흐른 것을 말해 주듯, 사과는 제 색을 잃고 퍼석퍼석하게 갈변된 상태였다.

아무리 그래도 이런 일까지 일어나리라는 예상은 하지 못했다. 어머니가 우리를 반대하는 이유는 그저 자신에 대한 욕심일 거라고만 생각했으니까.

현조가 손을 들어 지끈거리는 관자놀이를 꾹 눌렀다. 어디서부터 무엇을 수습해 나가야 하는지 아무것도 생각이 나지 않았다. 그저 상처받은 얼굴을 하고 있던 어머니와 우리, 두 여자의 얼굴만이 가슴속에 박혀 속이 울렁거렸다.

"아버지."

2층에 올라가 서재 문을 열자 아버지가 등받이 의자에 앉아 계셨다. 안색이 좋지 않았다. 그는 사진이 담겨 있던 책을 손에 쥔 채 눈을 감고 있었다.

조금 전에 있었던 일을 생각하고 있는 듯했다. 휘몰아치며 숨도 쉬지 않고 자신과 그리고 자식들에게 쏟아붓던 아내의 모습을.

"집으로 가지 않고."

현조의 등장에 감은 눈을 천천히 뜬 그가 말했다.

"어떻게 그래요. 어머니는요."

"방으로 들어갔는데…… 문을 열어 주질 않는구나."

한숨처럼 얘기한 그가 다시 의자에 머리를 기대었다. 갑자기 집에서 일어난 사건에 그 자신도 감당이 안 되는 것처럼 보였다.

"아까 그 이야기. 일부는 사실이 아니란 거 알아요, 아버지."

우두커니 서 있던 현조가 그를 향해 말했다.

"그래도 때리시면 안 됐어요. 어머니 상처 많이 받으셨을 거예요."

"그래. 다 내 탓인데. 순간적으로 아닌 걸 알면서 너와 우리한테 못할 말을 퍼붓는 너희 엄마가 무서웠다."

"……."

"너무 놀랐어, 나도. 너희 엄마가 그런 일을 마음에 두고 살았다는 것도 여태 난 몰랐고. 이 사진과 편지는…… 변명처럼 들리겠지만 나도 보고서 아차 싶었다."

현조는 입술을 꾹 다문 채 그의 이야기를 듣기만 했다.

"우리 사이에 해결했어야 할 일을, 너희한테까지 상처로 남게 해서 미안하다. 차라리 애초에 너희 엄마가 말해 주었다면…… 일이 이렇게까지는 안 되지 않았을까. 아니, 내가 처신을 제대로 잘 했어야 했겠지."

"……."

"정말 미안하구나, 현조야."

"……."

"하지만 나는 맹세코 사는 내내 너희 엄마뿐이었다."

한숨처럼 흘러나오는 아버지의 사과에도 현조는 아무 말도 이을 수가 없었다. 딱 잡아 누구의 잘못이라고 할 수 있을까. 과연 자신이 아버지의 사과를 받을 자격은 있는 걸까.

한참 동안 그 자리에서 아무 말도 잇지 못하던 현조가 아버지에게 쉬란 말을 남기고 서재에서 돌아섰다.

찰싹. 어머니의 뺨을 치던 소리가 귓가를 생생하게 울려 머리가 아팠다. 내내 혼자 안고 살아왔을 어머니의 상처가 짐작도 안 돼서 체한 듯 속이 답답했다. 이 일을 입으로 내뱉기까지 어머니는 혼자서 얼마나 많은 생각을 하셨을까.

부부의 방 앞에 멈춰 선 현조가 가만히 손을 뻗어 문고리를 잡
았다. 찰칵. 문이 잠겨 열리지 않는 문고리를 좌우로 돌려 보다
이내 멈추었다. 똑똑. 문을 두드렸지만 안에서는 아무런 기척이
없었다. 우는 소리도 어떤 소리도 들려오지 않았다.

"어머니."

결국 문 밖에서 현조가 조용히 그녀를 불렀다. 어차피 안에서
다 듣고 계실 거라고 생각했다.

"뺨…… 아프지 않으세요? 상처 난 곳은 없으시고요?"

말을 건넨 그가 다시 문고리를 잡아 보았다. 하지만 문은 여전
히 잠긴 그대로였다.

"제가 봐 드리고 싶은데. 문 안 여실 거죠."

역시나 상대편에선 아무런 대답도 없었다. 짧게 한숨을 내쉰
현조가 선 채로 이마를 만지작거렸다. 어디서부터 어떻게 말을 시
작해야 할지 모르겠는 얼굴이었다.

그는 잠시 아무 말도 잇지 않은 채 방 주변을 서성거렸다. 고요
함 속에 그의 걱정이 담긴 숨소리만이 들리고 있었다.

"어머니."

"……."

"저 그냥 여기서 이야기할게요."

다시 문 앞에 멈춰 선 그가 입술을 열었다. 하지만 이야기하겠
다 말을 해 놓고선 다시 한참을 침묵 속에 서 있었다.

잠시 생각을 가다듬던 그가 다시 방 안에 있는 어머니를 향해 말을 꺼냈다.

"아버지랑 우리 어머니 이야기는…… 저도 너무 놀랐어요. 모르던 일이었고요. 저는 전혀 느끼지 못했었거든요. 아마 우경이, 우리도 그랬겠죠."

조용한 집 안에 현조의 목소리가 계속해 이어졌다.

"그저 어렸던 저희 눈엔 아버지와 어머니가, 그리고 우리 아버지와 우리 어머니가 서로를 너무도 아끼고 사랑한다는 것밖에 보이지 않았어요. 그리고 네 분은 정말 사이좋고 다정했고 행복해 보였고요. 어머니가 우리 어머니를 그런 눈으로 보고 계셨을 줄은…… 그런 상처를 담고 살아오셨을 줄은 꿈에도 몰랐어요."

"……."

"아버지의 사랑을 의심하면서, 그렇게 살아오면서 어머니는 얼마나 고통스러우셨을지. 저는 짐작도 잘 안 돼요. 왜 그렇게 사셨어야만 했는지 자꾸 그런 의문만 들고요."

말을 이어갈수록 그의 입술은 바짝 메말라 갔다.

"아까 우리 데리고 그냥 나가 버린 거 죄송해요. 그런데 그럴 수밖에 없었어요. 아시잖아요."

현조는 편지의 내용을 똑똑히 기억하고 있었다.

'인경에게. 당신의 현오가. 우리는 지금 이렇게 헤어지지만, 나는 영원히 당신만을 사랑할 겁니다.'

그 편지는 누가 봐도 아버지가 우리 어머니에게 보내지 못한 절절한 사랑의 편지임을 의심치 못할 것이다. 하지만.

"어머니는 알고 계셨어요. 그 편지가 아버지와 어머니가 결혼하기 수년 전에 쓰였다는 거. 어떤 해에 쓰였는지, 몇 월에 쓰였는지. 아버지 손으로 그 안에 모든 걸 다 쓰셨으니까요."

"……."

"우리 앞에서 어머니를 최악으로 몰아가고 싶지는 않았어요. 그럼 정말 돌이킬 수 없게 될 것 같아서. 아버지도 그래서 순간 아무 말씀 하지 않으셨겠죠."

현조의 말처럼 어머니는 그 편지가 자신과 결혼하기 수년 전에 쓰였다는 걸 알고 있었다. 순간적으로 극에 달해 폭주해 버린 그녀가 사실을 망각한 채 그렇게 입에 담지 못할 말을 꺼내 버린 것이다.

"어머니가 우경이 우리를 사랑하셨던 건 제가 알아요. 그리고 우리에게 상처주고 싶으셨던 마음도…… 조금은 알 것 같고요. 그렇지만 어머니의 모든 것을 이해한다고, 건방지게 그런 말은 하고 싶지 않아요."

문득 현조는 옛날 일을 떠올리고 있었다. 우경과 우리와 함께 살던 시절. 똑같이 세 아이의 아침을 만들며, 책가방을 챙기며 분주하게 움직이셨던 어머니를. 세 아이의 머리를 똑같이 쓰다듬어 주며 행복한 듯 웃고 계셨던 어머니를. 우경이가 1등을 했을 때도, 현조가 1등을 했을 때도 똑같이 기뻐하셨던 어머니를. 그림을 잘 그렸던 우리가 상을 받았을 때에도, 원예학과에 들어간다고 했을 때에도 밝게 응원해 주셨던 어머니를.

절대로 우경과 우리를 향한 모든 것이 거짓일 거라는 생각은
들지 않았다.

"어머니."

현조의 목소리엔 점점 힘이 사라지고 있었다. 제대로 시작도
못한 사랑이 힘겹고 또 애가 탔다.

잠시 입술을 다문 그가 깊은 한숨을 내쉬며 미끄러지듯 자리에
주저앉았다. 지금 자신이 무슨 말을 내뱉고 있는지도 잘 모르겠는
얼굴이었다. 너무 복잡하고 힘겨워서 머릿속이 멍했다.

"전 이제 제가 어떻게 해야 할지 잘 모르겠어요. 어머니에게도,
우리에게도 제가 뭘 어떻게 해야 하는 건지 잘 모르겠어요."

그가 괴로운 얼굴로 머리를 문가에 기댔다.

"제가 우리를 포기하면 그걸로 어머니가 행복하신 건지. 제가
놓아주면 우리도 더 울지 않고 행복할 수 있는 건지."

"……."

"저만 그렇게 우리를 놓으면 모든 게 다 끝이 나는 건지."

말을 하고 나자 가슴이 답답해졌다. 울컥 눈물이 날 것 같기도
했다.

현조는 저도 모르게 가슴께 셔츠를 꼭 움켜쥐었다. 그의 고개
가 점점 아래로 숙여졌다. 주절주절 대답이 돌아오지 않는 말을
건네면서도 마음이 너무 아파서 자꾸만 기운을 잃었다.

"가슴이 아파요."

"……."

"아무것도 잃고 싶지 않은데. 제가 무언가를 잃어야만 모든 게 끝날 것 같아서."

"……."

"정말 어떡해야 하죠. 전 어머니도, 아버지도, 우리도, 우경이도. 누구도 놓고 싶지가 않은데."

말을 마친 그가 괴로움에 입술을 꾹 깨물었다. 태어나 처음 느껴 보는 괴로움이었다. 누군가를 잃게 될까 봐 두려워지는 이 마음.

현조는 한참 동안 자리에서 움직이지 못했다. 적실 생각조차도 못한 메마른 그의 입술이 얼마나 그가 힘들어하는지 보여 주고 있었다. 답이 보이지 않는 질문을 던져 놓고, 누구도 답을 주지 않자 너무나 마음이 불안해졌다.

방 너머에서 아들의 목소리를 들으며 선애는 눈물을 삼키고 있었다. 어쩌다가 이 지경까지 오게 된 건지 자신조차 모르겠다는 생각이 들었다.

현조의 이야기가 맞았다. 자신은 알고 있었다. 그 편지는 현오와 자신이 결혼하기 훨씬 전에 쓰였다는 것을. 그저 누구에게나 있었을 절절히 사랑한 기억이 자신의 남편에게도 있었던 것을.

태연하려고 애썼다. 모두에게. 애초에 괜찮지 않았음을 표현했다면 지금까지 이렇게 많은 감정들이 쌓이진 않았을까.

선애는 동그란 우리의 눈을 떠올렸다. 그 옆에 함께 있던 제 아들의 눈동자도 떠올렸다. 현오에게 맞은 뺨보다도 상처받은 아이들의 눈동자가 떠오르자 그게 더 가슴이 아팠다.

* * *

"오빠."

"어."

현조의 집에 다녀온 우리는 이틀 동안 아무런 이야기도 하지 않았다. 집에서 어떤 일이 있었는지, 현조의 어머니가 무슨 말을 했는지. 궁금해하는 우경에게 아무 이야기도 해 주지 않았다. 그렇다고 울지도 않았다. 현조의 집에 다녀온 날 밤에 눈이 퉁퉁 부어 들어오긴 했지만, 그게 전부였다. 슬픈 표정을 짓지도 않았고, 적당히 웃기도 했다.

새삼 엄마 아빠가 보고 싶다며 앨범을 꺼내 보기도 했다.

"나 아무래도 현조 오빠랑 안 될 것 같아."

가게에 앉아 판매할 꽃을 만들며 우리가 아무렇지도 않은 듯 덤덤하게 말했다. 가만히 앉아 그것을 지켜보고 있던 우경의 눈이 짙어졌다.

"안 놀라네, 울 오빠."

"네 행동 보고 몰랐을까 봐?"

"오빠 말대로 그때 떠났어야 했어."

"무슨 일인지 말 안 해 줄 거야?"

"무슨 일은 무슨 일. 그냥 허락 못 받은 거지."

우리는 우경에게까지 그 일을 이야기하고 싶지 않았다. 괜한 일로 우경에게까지 상처 주고 싶지는 않았다.

우리는 그날 어머니가 했던 이야기를 믿을 수 없었다. 결혼 후에 현조 아버지와 자신의 어머니가 어떠한 사이였을 리가 없다고 확신했다.

얼마나 사랑했는데. 우리 엄마랑 아빠가. 결혼 전에 어머니와 아버지가 누군가를 사랑했고, 추억이 있고 그런 것 따윈 우리에게 중요하지 않았다.

갑자기 피로감이 몰려들었는지 꽃을 꽂던 우리의 손이 잠시 멈칫했다.

"유학 갈래?"

"응."

우리는 가차 없이 대답했다.

"오빠도 같이 갈까?"

"아니."

그녀가 고개를 절레절레 저으며 우경을 바라보았다.

"오빠는 여기서 돈 벌어서 나 유학자금 대 줘야지."

"뭐래. 기러기 오빠도 아니고."

장난스러운 대화에 우리가 옅게 웃었다.

"해나도 여기 있잖아."

두 사람이 커피를 만들고 있는 해나의 뒷모습을 물끄러미 바라보았다.

"해나도 데려가지 뭐."

"유학 가는데 무슨 온 가족이 다 가."

우리가 못 말린다는 듯 다시 한 번 고개를 내저었다.

포장까지 마친 화기에는 화이트와 핑크 계열의 꽃들이 돔을 그리며 꽂혀 있었다. 전화로 여자친구에게 줄 선물을 주문한 남자의 것이었다. 투명한 포장지 속에서 하늘거리는 리시안셔스를 내려다보며 우리가 예전 일을 떠올렸다.

'선생님. 이 꽃 이름이 뭐죠?'

'리시안셔스예요.'

'그럼 선생님 혹시 꽃말 같은 것도 있습니까?'

'그럼요. 변치 않는 사랑. 이게 이 꽃의 꽃말이에요.'

꽃을 꽂으러 왔던 현조를 생각하자마자 가슴속이 묵직해졌다.

딸랑.

양반은 못 되는 모양인지 종소리와 함께 수척해진 현조가 가게 안으로 들어섰다. 일을 마치고 온 모양이었다. 옹기종기 모여 있던 여전히 손님들이 수려한 그를 흘깃흘깃 쳐다봤다. 우경이 때린 상처는 이제 거의 다 아물어 있었다.

눈짓으로 인사한 우경이 둘 사이를 피해 주듯 자리에서 일어섰다.

"왔어?"

"응."

현조가 제 앞에 서자 우리가 아무렇지 않게 그의 눈을 들여다보며 말했다. 마지막으로 포장지에 '플라워 테이블' 스티커를 붙인 우리가 한쪽으로 화기를 밀어 놓았다.

"살 빠졌네, 오빠."

"응."

"밥은 잘 챙겨 먹고 다녀?"

"응."

"그런데 왜 이렇게 수척해."

"네가 아무 연락도 안 하니까."

어쩐지 내내 휴대폰만 붙잡고 있었을 그가 상상이 됐다. 이런 그의 모습을 한참 전에 봤더라면 얼마나 좋았을까, 하는 생각이 들었다.

두 사람은 잠시 서로를 응시한 채 서 있었다. 아무런 말도 없이. 그 긴 시선을 참지 못하고 우리가 먼저 시선을 돌렸다. 허리에 두르고 있던 앞치마를 벗어 테이블에 놓자, 현조가 손을 뻗어 그녀의 손목을 잡아당겼다. 우경이 그 모습을 지켜보다 나서려 했지만 해나가 바로 저지했다.

현조의 힘에 끌려 가게 밖으로 나온 우리가 무작정 차로 걸어가는 그의 모습에 손을 뿌리쳤다. 하지만 다시 우리를 잡은 그가 조수석 문을 열고 그녀를 태우려 했고, 우리는 버텼다. 그렇게 잠시 실랑이가 벌어졌다.

"오빠 왜 이래! 어디 가려고!"

참지 못한 우리가 성내듯 그에게 물었다.

"몰라."

"……."

"나도 몰라. 그냥 어디든 가자. 둘이."

"난 안 가."

우리가 뒤돌아서 다시 걸음을 내디뎠지만 이내 현조에게 다시
잡혔다.

"놔, 오빠."

"싫어."

"좀 놔줘."

"……."

"오빠."

"못 놔, 이우리. 내가 어떻게 널 놔!"

눈을 부릅뜬 현조가 우리를 잡은 손에 더욱더 세게 힘을 주었
다. 그러곤 제 시선 안에 그녀를 두었다. 타오르는 현조의 눈빛을
보며 우리가 입술을 살짝 깨물었다.

"이틀 내내 밤새도록 생각했어. 너를 보내 줘야 하나, 놔줘야
하나, 이제 더 이상 나 같은 놈 좋아하지 말라고 말해 줘야 하나.
정말 백번이고 천 번이고 만 번이고 생각했어."

현조는 잔뜩 흐트러진 모습이었다. 많이 지치고 힘들어 보였다.

"근데 우리야. 난 도저히 포기가 안 돼. 네가 상처받은 것도 알고, 널 항상 울리는 게 나인 것도 아는데. 그런데도 나는 네가 계속 견뎌 줬으면 좋겠어. 이기적이고 나쁜 놈이라고 욕해도 좋으니까, 그렇게라도 그냥 내 옆에 있어 줬으면 좋겠어."

"……."

"미치겠어, 나도. 지금 너한테 뭐라고 하는지도 모르겠어. 그냥 너무 보고 싶었어. 손잡고 싶고, 안고 싶고, 네 웃는 얼굴 보고 싶고, 너랑 같이 이야기하고 싶고."

우리를 품 안에 넣은 현조가 눈을 감은 채 그녀의 머리를 감싸 안았다.

"아직 너랑 나 제대로 시작도 못 해 봤는데. 나는 너한테 해 주고 싶은 게 정말 너무나도 많은데."

"……."

"너까지 그렇게 나한테 널 놓으라고 해 버리면, 나는 널 놓고 어디로 가야 되는지 정말 모르겠어."

현조는 우리를 놓치기 싫은 듯 그녀의 어깨와 머리를 더욱더 꼭 감싸 안았다. 자신을 안은 그의 손에 더욱더 단단해지자 우리도 그 안에서 스르르 몸에 힘을 풀었다. 애원하는 듯한 그의 마음이 너무도 강하게 느껴져서 더 이상 움직일 수가 없었다.

늘 좋아하는 건 내 몫이라고만 생각했는데.

우리는 코끝이 찡해졌다. 눈물이 날 것 같았지만 찬바람 속에서, 그녀는 가까스로 눈물을 참아 냈다. 울어서는 안 됐다. 그에게 더 큰 상처를 주어야 했으니까. 차라리 그가 자신을 좋아하지 않았더라면 상황이 더 나았을지도 몰랐다.

"오빠."

"……."

"오빠. 나는 이제 못 하겠어."

못 하겠다는 우리의 말에도 현조는 그녀를 놓아줄 생각이 없어 보였다. 진한 향기가 풍겨 오는 그녀의 까만 머리카락에 입술을 가져다 댄 현조가 들리지 않는다는 듯 아무런 반응도 보이지 않았다.

"오빠의 바람처럼 난 이 상황을 견딜 수 없을 것 같아."

"……."

"난 내 모든 걸 버려 가면서까지, 우리 엄마가 그렇게 모욕당하는 이야길 들으면서까지 오빠를 사랑하고 싶은 마음은 없어. 그리고 어머니도 용서하고 싶지 않아. 말도 안 되는 이야길 하셨을 정도로, 그 정도로 내가 싫으신 분에게 나도 더 이상 어떤 이야기도 하고 싶지 않아."

"……."

"현조 오빠. 나 너무 불행해. 어머니 때문에. 오빠 때문에."

불행하다는 우리의 목소리에 떨림이 있었다.

'나 너무 불행해.'

그 이야기에 미동 않던 현조가 잠시 멈칫했다.

"그러니까 이제 나 놔줘, 오빠."

"……."

"난 이제 더는 오빠 안 봤으면 좋겠어."

더 보지 않았으면 좋겠다는 우리의 말에 현조의 눈에 충격이 내려앉았다. 잠을 제대로 못 자 벌게진 그의 눈이 피로감으로 더욱더 물들어 갔다.

어릴 적부터 늘 함께 있었다. 우경, 우리와 현조는 어느 순간에서든 늘 셋이 함께였다. 우리를 더 보지 않는다는 게 무엇을 의미하는지 현조는 감조차 잡을 수가 없었다.

스르르. 힘이 풀린 현조의 팔 안에서 우리가 빠져나왔다. 충격으로 일렁이는 그의 눈을 보며 우리는 다시 흔들리려는 마음을 다잡았다. 더 이상 아무 말도 잇지 못하는 현조를 그대로 두고 우리는 돌아섰다.

타박타박. 무겁고 무거운 발걸음을 내디디며 현조에게서 멀어진 우리가 그제야 조금씩 얼굴을 일그러뜨렸다.

"이우리. 잘 했어."

부릅뜬 눈에서 눈물 한 줄기가 흘러나왔지만 그녀는 곧바로 그것을 손등으로 닦아 냈다.

* * *

문화센터 일과 레슨들을 모두 정리하고, 우리는 떠날 채비를 하고 있었다. 플라워스쿨은 이전부터 봐 두었던 곳이 있어서 준비

하는 데는 그리 오랜 시간이 걸리지 않았다. 가게는 해나와 우경, 정준에게 맡기고 당분간은 카페로서만 운영하기로 했다. 출국일은 지금으로부터 삼 일 뒤였다.

저녁. 집으로 돌아온 우경이 왠지 모를 싸늘한 느낌에 집 안을 둘러보았다. 늘 그대로 온기가 느껴지는 집에 왜 갑자기 싸늘함이 감돌았을까.

"우리야."

벌컥. 후다닥 우리의 방문을 열어젖힌 그가 휑한 그녀의 방 안을 돌아보았다. 깔끔하고 조용한 방 안엔 모든 것이 다 그대로였다. 늘 있던 가구도 그대로였고, 비행기 표도, 여권도 그대로 그녀의 책상에 놓여 있었다.

그런데.

"이우리⋯⋯."

곧 있으면 영국으로 가지고 떠나야 할 우리의 작은 캐리어가 없었다. 그녀의 책상 위에 놓인 곱게 접힌 종이를 가만히 내려다보던 우경이 이내 손을 뻗어 그것을 펴 보았다. 정갈한 우리의 글씨가 쪽지 안에 가득했다.

우경 오빠.

오빠. 나 없어서 많이 놀랐지? 정말 미안해. 나는 잠시 다른 곳으로 떠나려고 해. 아무래도 당장은 영국에 갈 수 없을 것 같아서. 내가 가겠다고 우겨서 오빠가 준비도 다 도와주고, 노력해 줬는데 이제 와서 정말 미안해. 그냥 난 당분간 아무도 닿지 않는 곳에 가고 싶었어.

아직 한국을 완전히 떠날 자신은 없는 것 같아. 마음이 정리가 되면, 그때 다시 유학 준비하러 돌아올게.

오빠 사랑해, 미안해. 그리고 현조 오빠 잘 챙겨 줘.

오빠를 사랑하는 우리가.

13

한 달 뒤.

우리는 거제도 남부에 위치한 작은 마을에서 지내고 있었다. 엄마의 고향이었다. 어릴 적 겨우 두어 번 방문해 본 곳이라 낯설기 그지없었지만, 그래도 엄마의 고향이라는 이유만으로 마음이 편안해지는 곳이었다.

우리는 어디를 가야 하나, 고민할 새도 없이 그냥 이곳으로 와버렸다. 어릴 적, 부모님을 따라서 이곳에 온 기억이 꼭 현실이 아닌 것처럼 흐릿했다.

한 달이 지났을 뿐인데 벌써 겨울이 다가와 있었다. 남쪽지방이라 서울보다는 훨씬 따뜻했고, 추위를 많이 타던 우리는 이곳에서 서울보다 훨씬 더 수월하게 겨울을 보내고 있었다. 눈도 잘 오지 않는 모양이었다.

벌써 마을에 온 지도 꽤 시간이 흘렀다. 처음엔 민박집 단칸방에서 생활을 하다가, 생각보다 길어지는 일정에 주변에 도움을 얻어 허름하지만 튼튼한 독채를 얻었다.

이곳에서도 아주머니들을 모셔 놓고 꽃꽂이를 했다. 다양한 종류의 싱싱한 꽃을 얻기는 힘들었지만, 언제나처럼 꽃과 함께하는 생활은 즐겁고 재미있었다.

"저기, 달구 씨."

식당에서 테이블을 닦고 있던 달구가 저를 부르는 소리에 뒤돌았다. 까만 얼굴에 짧은 머리를 한 전형적인 느낌의 시골 총각. 달구 씨는 우리가 살고 있는 독채의 주인집 아들이었다. 서울에서 대학을 다니다가 휴학을 하고 쉴 겸, 장사를 배울 겸해서 잠시 가게를 돕고 있다고 했다.

우리는 자신의 양팔 안에 든 전기난로를 힘겹게 바닥에 내려놓았다. 그리고 뒤돌아선 달구와 시선을 마주했다.

삼 주 전부터 며칠에 한 번씩 건너에서 횟집을 하시는 달구 씨네서 자꾸만 보급품이 쏟아져 나왔다. 처음엔 아무리 서울보다는 따뜻해도 바닷바람이 춥다며 단열 문풍지를 붙여 주시기에 집주인으로서의 호의라고 생각했다. 그런데 갈수록 전달되는 살림살이가 종류를 불문하고 불어났다. 전기장판, 이불, 잠바, 목도리, 장갑, 담요, 핫팩, 밥통, 그릇들, 수건 한 박스 등. 어떨 땐 시내에서 얻으셨다며 책 몇 권과 작은 스탠드, 또 과자와 초콜릿을 몇 봉지씩 들고 오기도 했다.

"우리 씨! 무겁게 이걸 들고 여기까지 왔어요?"

"차에 싣고 왔는데요, 뭘. 아까 집 앞에 이거 두고 가셨죠?"

한눈에도 값이 나가 보이는 전기난로를 내려다보며 달구가 머리를 긁적였다. 이것을 우리의 집 앞에 두고 간 것이 자신이 맞긴 했다.

"항상 신경 써 주셔서 너무 감사해요. 그런데 지금까지도 너무 많이 받았어요."

"새로 산 거 아니에요. 그냥 굴러다니는 거 우리 씨 추울 것 같아서 가져다 놓은 건데……."

"포장 일부러 뜯은 거 아니고요? 딱 봐도 완전 새 거예요, 이거."

달구네는 늘 무언가를 가져다주면서 꼭 그것을 주변에서 굴러다니는 헌것처럼 얘기했다. 하지만 아무리 살펴도 모든 것은 반짝반짝한 새 것처럼 보였다.

우리가 빙긋 웃으며 이야기하자 달구총각의 까만 얼굴이 빨갛게 달아올랐다.

"은근히 집 안이 더 추워요. 이 동네는."

다시 걱정하듯 달구가 말했다.

"괜찮아요. 보일러도 잘 나오고, 달구 씨가 문풍지도 붙여 줬고, 전기장판도 있잖아요. 서울에 비하면 여긴 정말 따뜻해요."

"고집이 엄청 센가 봐요."

달구가 전기난로를 내려다보며 머리를 긁적거렸다. 처치곤란하다는 표정이었다.

"아니요. 폐 끼치는 걸 싫어해요."

우리가 말을 이었다.

"그런데 아주머니는 안 계세요?"

그녀는 계속되는 거절에 스스로 민망했는지 괜스레 가게 안을 휘휘 돌아보며 물었다.

"잠깐 시내에 볼일 있어서 나가셨어요. 근데 우리 씨, 이거는 정말 쓰셔야 해요."

다시 달구와 시선을 마주한 그녀가 고개를 저었다. 우리한테 고집이 세다더니. 오히려 이 총각의 고집이 더 쇠심줄이라고 생각했다.

"아니요. 달구 씨 쓰세요. 달구 씨네 건데. 식당에서 쓰셔도 괜찮을 것 같아서 이리로 가져왔어요."

"우리 씨가 쓰셔야 되는데……. 추위 많이 타지 않아요?"

"지금까지 주신 걸로도 충분해요. 웬만하면 다 돌려 드리려고 아주머니께도 몇 번 왔었는데 저번에 쫓겨났어요. 쓰라면 써!"

우리의 흉내에 달구가 하하 웃었다.

"괄괄하시죠."

"네. 그런데 정은 많으시고요."

"근데 우리 씨 전 정말 이거 쓰셨으면 좋겠는데……."

아휴. 정말.

우리가 입술을 앙다물었다 뗐다.

"아니에요. 이제 더는 안 받을게요."

씩씩하게 말하는 우리의 고집을 더 꺾지 못하겠는지 달구가 가만히 있었다.

"그럼 저는 화원에 가 봐야 돼서요. 가 볼게요, 달구 씨."

"저, 우리 씨."

돌아서려는 우리를 달구가 가만히 불러 세웠다. 쑥스러움이 깃든 그의 얼굴이 그녀의 눈 안에 들어왔다.

"네?"

"그럼…… 밥은 드셨어요?"

뜬금없이 건넨 달구의 말에 우리가 작게 웃으며 대답했다.

"네."

"아. 드셨군요. 예. 네."

"……."

"그럼 잘 가요, 우리 씨."

계속되는 거절의 거절. 하지만 어쩔 수 없었다. 우리가 웃는 얼굴로 예의 바르게 목례를 하곤 빙글 돌아섰다. 가게를 나서는 우리의 뒷모습과 전기난로를 번갈아 내려다보며 달구는 고민스러운 얼굴을 하고 있었다.

"내가 산 것도 아닌데."

톡톡.

신발 끝으로 난로를 톡톡 건드리며 달구가 중얼거렸다. 그는

216

이 귀찮은 전기난로를 가져온 누군가를 떠올리며 저도 모르게 심술궂은 얼굴을 하고 있었다.

* * *

난로를 달구네 식당에 전달한 우리가 차를 몰아 화원을 찾았다. 점점 추워지는 겨울. 라넌큘러스가 나오는 시즌이었다. 몽글몽글한 다양한 색감의 라넌큘러스가 우리의 눈을 사로잡았다.

"서울아가씨. 또 왔능교!"

"네. 안녕하세요."

반갑게 맞아 주시는 정 넘치는 화원 아주머니와 인사를 나누었다.

"함 잔뜩 골라 봐요. 싸게 줄게."

"네, 그럴게요."

라넌큘러스를 포함해 여러 꽃들을 고른 우리가 마지막으로 겨울에는 보기 힘든 리시안셔스를 골라 들었다.

이 꽃만 내려다보면 자동적으로 현조의 생각이 났다. 보고 싶고 그리운 얼굴. 한 달 동안 그에게서 몇 번의 전화가 왔었다. 하지만 우리는 받지 않았다.

"리시안셔스는 이제 값이 많이 뛰었죠?"

"아무래도 이제 질 시기니까. 깎아 줘도 한 대에 값이 좀 든다! 그래도 살래?"

"네에. 여기 핑크랑 라벤더 컬러로 주세요."

"알았다. 내 많이 깎아 주께."

넉살 좋은 아주머니가 꽃을 신문지에 말아 주며 빙그레 웃자 우리도 함께 따라 웃었다.

오늘은 경로당에서 어르신들과 수업이 있는 날이었다. 마을 이 장님이 부탁하신 일이었다. 늘 새로운 일이 없으신 경로당의 할머니, 할아버지께 재미있는 일을 만들어 주고 싶으셨던 모양이었다.

"자, 이 꽃은 겨울에만 볼 수 있는 꽃이에요. 라넌큘러스라고 합니다."

"라…… 라너…… 뭐라캤노, 서울처녀가."

"봐라. 라넌쿠라스! 할맨 것도 모르나."

"하이고. 니 잘났다."

정겹게 대화를 나누는 어르신들 모습에 우리는 저도 모르게 쿡 웃음이 나왔다.

어르신들은 생각보다 잘 따라와 주셨다. 비용도 많이 받지 못하고 하는 일이라 사정상 좋은 화기도, 꽃도 많이 구입하지 못했는데, 각자의 개성이 넘치게 꽃을 꽂아 주셨다.

"우와. 너무너무 잘하셨어요."

짝짝짝.

자신의 작품을 내려놓고 어린아이들처럼 박수를 치는 걸 보며 우리도 물개박수를 쳤다. 진심으로 즐겁고, 정말 잘해서 나오는 박수였다.

"참 곱다. 꽃도, 우리 선상님도."

"그르이. 서울선상님은 애인 없나? 서울에 두고 온 애인 있제?"

"그럼, 있겠지! 저리 곱디고운데 없을 리가 있나?"

꽃가지를 정리하며 우리가 고개를 절레절레 흔들었다. 서울에 두고 온 애인. 다시금 현조 생각이 번뜩 났지만 금세 또 지워 버리려 애썼다.

"맞나! 없나!"

"네에. 없어요, 할머님."

"이 예쁜 얼굴은 뭐한다고 달고 있는데! 폼이가!"

쿡쿡.

우리가 작게 웃음을 터뜨렸다. 어르신들은 그런 우리를 향해 말도 안 된다는 듯한 시선을 보냈다.

"그럼 서울선상님. 우리 손주 한번 만나 봐. 우리 손주 놈이 그 그 으대! 으대 나와 가지고 지금 으사라 안 카나."

왜 하필, 또 이 할머니의 손주는 의사인가.

우리는 또다시 머릿속에 현조의 얼굴이 떠올랐다. 의사 가운을 입고 있는 그의 모습이 선명하게 아른거렸다.

"아니 이 할매는 지금 무신 소리를 해 쌌노. 할매네 손주 지난해에 장가 안 갔나! 손주 매느리가 자주 온다고 자랑질 해 대드만."

의사 손주를 자랑하던 할머니가 한참 생각에 잠겼다가 그제야 맞다는 듯 손뼉을 쳤다. 할머니의 귀여운 실수에 주변 사람들이 깔깔거리기 시작했다.

"아이고. 서울 선상님. 내가 정신이 나갔는갑다."

"아니에요, 할머님. 마음만으로도 너~무 감사해요, 정말로. 그리고요."

"응?"

"저 지금 남자친구 필요 없어요. 얼마 전에 실연당했거든요."

우리 샐쭉 웃으며 진담 반, 농담 반으로 이야기했다.

"아니, 누가 이 예쁜 선상님을 마다해? 눈깔이 삐지 않고서야!"

"하하하. 아니에요."

"안 돼! 그깟 놈팡이 때문에 혼자 있으면 쓰나! 내가 꼭 다른 손주들도 알아보께. 으사로!"

할머니는 실연을 당했다는 당사자보다 더욱더 목소리를 높이셨다. 정말로 화가 나신 모양이었다. 이내 걱정하지 말라며, 다 지나갈 거라며, 조글조글 주름진 손으로 우리의 손을 꼭 잡으며 할머니가 함박웃음을 지으셨다. 그리고 그 손길이 너무 따뜻해서 우리도 한참 동안 할머니의 손을 놓지 못했다.

왁자지껄함 속에서 오래 있었던 탓일까. 집으로 돌아오자 왠지 모를 한기가 그녀를 반기는 것 같았다. 보일러를 약하게 켜 두고 나와서 실내 온도가 그리 낮지도 않을 텐데. 이상하게 추웠다.

전기난로를 쓸 걸 그랬나. 순간적으로 후회가 들었지만 우리는 고개를 휘휘 저었다. 손으로 열이 나도록 양팔을 부비며 들어와 우두커니 멈춰 서 썰렁한 방 안을 돌아보았다. 이 한기의 근원은 추위가 아니라는 것을 이미 몸은 알고 있었다.

"너 뭐하는 거야, 우리야."

조용한 방 안에 울려 퍼져 귓가로 돌아오는 제 목소리를 들으며 우리는 다시 울적해졌다. 매일 있는 일이었다. 밖으로 나갔다가 혼자 있는 이곳으로 돌아오면 코끝이 찡해지는 날들.

터벅터벅.

집 안으로 들어서는 작은 우리의 발걸음 소리가 집 안을 울렸다.

이래서 완전히 한국이 아닌 곳으로 떠날 수가 없었다. 우경 오빠가 보고 싶을 것 같았고, 해나가 보고 싶을 것 같았고. 현조를 다 털어 내지 못하고 괴로워만 하다 돌아올 것 같아서.

그녀의 유학비나, 생활비에는 우리가 모은 돈도 일부 포함되어 있었지만, 우경이 많은 비용을 내야 하는 상황이었다. 짐을 싸면서도, 스쿨을 등록하면서도 마음이 찜찜했다. 이렇게 대책 없이 도망가듯이 가서 우경이 힘들게 번 돈을 쓰는 건 아니라고 생각했다. 그래서 모두 취소했다. 완전히 다 털어 내고 가고 싶어서.

"가능할까."

하지만 이제는 이것이 의문이었다. 완전히 털어 낼 수는 있는 걸까. 현조의 부모님, 현조. 그리고 너무 오래전부터 앓아 온 이 사랑까지, 전부.

선물 받은 따뜻한 유자차를 머그잔 가득 탄 우리가 소파 위에 담요를 두르고 앉았다. 그리고 한 손엔 휴대폰을 들고, 이미 확인한 메시지들을 다시 한 번 훑었다. 전화를 받지 않는 그녀에게 주변인들이 남긴 메시지였다.

[휴대폰 위치추적, 네 차 추적⋯⋯. 너 찾을 방법은 여러 가지야. 근데 우리야. 오빠 너 안 찾아. 그러니까 생각 정리되는 대로 얼른 돌아와. 기다린다.]

우경의 메시지였다.

[보고 싶을까 봐.]

이번엔 해나의 메시지였다. 웃는 것도, 우는 것도 아닌 표정으로 나란히 사진을 찍은 우경과 해나가 사진 속에 있었다. 그리고 다른 한 장의 사전에는 해나가 몰래 찍은 듯한 현조의 옆모습 사진이 있었다. '플라워 테이블' 밖에서 우두커니 서 있는 그의 모습이 유리창 너머에서 담겼다.

[보고싶다. 우리 너한테 하고 싶은 말이 많아, 나.]

[미안해. 모든 게 다. 왜 나는 자꾸 너한테 미안한 짓만 할까.]

현조의 메시지였다.

[문득 생각했는데 나 하나도 안 슬프다. 안 힘들어, 이우리. 네가 어디에 있든 나는 너를 찾을 거고, 절대로 다시 안 보는 일 같은 건 없을 거야.]

[매일매일. 네가 그립다, 우리야.]

달칵.

우리가 힘없이 손에 쥔 머그잔을 테이블에 올려놓았다.

"오빠."

······.

"현조 오빠."

입으로 그리운 그 이름을 불러 내자 다시 코끝이 찡해졌다.

분명히 오늘 하루도 활기차고 재미있게 보냈다고 생각했는데. 그래서 오늘은 집에 들어가도 울지 않을 거라고 생각했다.

"······현조 오빠."

다시 현조의 사진을 보자마자 눈물이 났다. 그러다가 또다시 매섭게 몰아치던 어머니의 목소리가 귓가를 맴돌았다. 자신의 돌아가신 부모님을 모욕하던 이야기를 떠올리자 다시금 목이 턱 메었다. 그러다가, 그러다가. 이번엔 다시 또 과거로 돌아가 현조의 집에서 함께 살던 시절이 떠올랐다.

우경과 우리를 버리지 않으셨던 현조의 아버지, 어머니. 함께하던 따뜻했던 시절.

생각하면 할수록 복잡해져서 자꾸만 생각을 포기하게 된다. 함께 해 온 세월이 너무 길어서, 어떤 것에서부터 어긋난 퍼즐을 맞춰 가야 하는지 감을 잡을 수가 없었다.

"······엄마. 아빠."

무릎을 모아 그 사이에 얼굴을 묻었다. 그리움에 사무친 목소리가 그녀의 입술을 타고 흘러나왔다.

"오빠. 해나야."

    …….

"……보고 싶다."

가느다란 목소리를 통해 흘러나오는 애틋함이 집 안 곳곳에 퍼졌다. 차라리 현조의 아버지 어머니가 우리 남매를 키우지 않았으면 어땠을까. 해 봤자 소용도 없는 생각을 수백 번도 더 했었다. 그랬다면 어땠을까. 지금보다 상황이 더 나았을까. 하지만. 그랬다고 해도 완전히 인연을 끊지 못하고 가끔 찾아와 주었을 현조를 사랑하지 않았을까.

이미 시간은 여기까지 흘러왔고, 더는 돌이킬 수 없었다. 자신이 정리해야만 했다. 현조를 잊고, 씩씩하게 우경에게 돌아가 다시 유학 준비를 해야만 했다.

여전히 무릎에 얼굴을 묻은 채로 우리가 이마 밑으로 길게 흘러내린 머리카락을 손으로 쓸어 줬었다. 하루 종일 멀쩡하게 잘 지냈는데 집에 와서 떠나온 집 생각을 하노라면 머리가 지끈지끈 아파 왔다.

＊＊＊

"그러게 여긴 따뜻해서 이런 거까지는 필요 없다니까 그러네, 총각."

"우리가 추위를 많이 타거든요."

달구네 집, 이라는 간판이 걸린 식당에서 현조는 한 자리를 차지하고 있었다. 회 한 접시와 술병이 그의 테이블에 놓여 있었고, 그의 앞엔 주인아주머니, 즉 달구의 어머니가 혀를 차며 앉아 있었다.

한 달 사이 현조는 많이 수척해진 얼굴이었다. 피부도 거칠해졌고, 살도 많이 빠졌다. 덕분에 턱선과 콧날이 더 살아 보이긴 했지만, 이전처럼 활기찬 기운은 느낄 수가 없었다.

그 뒤에서 달구는 심술이 난 얼굴로 서울에서 온 총각을 바라보고 있었다. 처음 주었던 명함을 보니 저 얼굴에 무려 치과의사였다. 감히 도전조차 못 해 보겠는 비주얼에 스펙까지 저지경이라니.

"무슨 사연인지는 모르겠지만, 우리도 이렇게 전해 주는 거 이제 그만해야 될 것 같아. 아가씨가 도통 받으려 하질 않아, 이제."

"죄송합니다. 제가 괜한 부탁을 드려서요."

현조가 정중히 사과했다.

"뭐 우리야 매상도 올려주고, 서울 아가씨 잘 부탁한다고 우리한테도 이것저것 사다 주고 해서 싫을 건 없지만……. 아가씨가 더 이상 받으려고 하질 않잖아."

"……."

"그냥 얼른 데리고 가! 대체 무슨 잘못을 그리 했길래 여자친구가 여기까지 도망을 와?"

잔을 들어 고개를 옆으로 돌린 현조가 찰랑이는 소주를 한 입에 털어냈다. 그러곤 손을 들어 입술을 닦았다.

"제가 못나서 그래요."

"이 얼굴에 이 키에. 의사양반이라며? 뭐가 못나, 못나긴. 아주
넘치는구만."

"하하. 곧 데리고 갈 거예요. 데리고 갈 건데. 근데 좀 더 혼자
있을 시간을 주고 싶어요. 혼자 있고 싶어서 내려온 걸 테니까."

쓸쓸한 현조의 얼굴을 보며 달구 엄마가 다시금 혀를 찼다.

"안 돼. 여자는 그렇게 생각할 시간을 주면 도망가는 법이야."

"도망가면 또 이렇게 계속 쫓아가면 되죠."

"아휴. 무슨 총각이 이렇게 얼굴값을 못 해?"

달구 엄마가 이내 도리질을 쳤다.

"스토커는 아니죠?"

가만히 그들을 지켜보고 있던 달구가 음침한 목소리로 현조를
향해 말했다. 현조의 시선이 그에게로 돌아갔다.

우리를 따라 이곳으로 온 지 벌써 이 주째.

사실 현조는 이곳으로 온 우리를 일주일 만에 찾아냈다. 그리
고 아버지께 사정을 설명해 드리고 일주일에 사 일만 출근을 하
고 나머지는 이곳에서 지냈다. 살이 빠지고 수척해질 수밖에 없었
다. 현조는 그렇게 우리와 최대한 마주치지 않는 곳에서 벌써 이
주째 지내고 있는 것이었다.

이글거리는 눈빛을 한 달구를 현조가 지지 않고 바라봤다. 두
사람의 신경전도 모르고 달구엄마는 손님이 찾는 소리에 자리에
서 뛰어나갔다.

"아닙니다. 그런 거."

"진짜 남자친구 맞아요?"

"사정이 있어서 헤어져 있지만 맞습니다."

"흠."

어쩐지 달구의 표정이 심상치 않았다. 이전부터 느끼긴 했었지만 현조는 자꾸만 드러나는 달구 총각의 감정들이 불편했다.

"달구 씨."

현조가 조용히 그를 불렀다.

"예."

"단도직입적으로 얘기할게요. 그리고 나보다 훨씬 어려 보이니까 말 놓을게."

달구를 바라보는 그의 눈빛에 경계가 있었다.

"예?"

"너 우리 좋아하지 마."

"……."

"이것저것 부탁하는 주제에 미안한데, 걔한테 다른 감정 갖지마."

갑자기 말을 놓는 것도 어이가 없어 죽겠는데, 현조는 무작정 명령조였다. 달구는 기가 찬 얼굴이 되었지만 이내 다시 회복되었다. 겉보기엔 대학생인 자신과 얼마 차이 나 보이지 않았지만, 최연소 치과의사 이런 게 아니라면 그는 정말로 자신보다 나이가 훨씬 많을 것이었다.

달구는 문득 밥 먹었느냐는, 식사나 한 끼 하자는 간접적인 자신의 제안을 거절했던 우리의 표정이 생각났다. 꼭 지금의 이 남자와 같아서. 단호하고 고집 있어 보이는 얼굴이 왠지 닮은 느낌이 들었다.

"쳇."

테이블에 놓인 잔에 쪼르르 소주를 따른 달구가 입안에 술을 털어 넣었다. 예쁜 우리를 보고 마음이 흔들릴 때도 많았지만, 애초에 저 남자를 넘지 못할 벽이라고 여기긴 했었다.

까까머리를 손으로 털어 내린 달구가 그의 앞에 앉았다.

"잘나서 좋겠어요. 잘나니 그런 예쁜 여자친구도 만나고."

"그래. 좋아."

"칫. 재수 없어."

"재수 없어도 별수 없어. 너한테 뺏기자고 여기까지 와서 이러고 있는 건 아니니까."

현조가 소주병을 들자 달구가 그것을 낚아채듯 빼앗아 그의 술잔에 따라 주었다.

쪼르르. 맑은 물이 넘치는 제 잔을 내려다보던 현조가 다시 한입에 술을 털어 넣었다.

"그니까 빨리 데려가요. 넘보기 전에."

"저 난로 너 갖고, 그 마음은 넣어 두면 좋겠다."

"나 참. 마음이 난로 한 대로 접어지나요?"

달구의 말에 현조는 잠시 아무 말도 잇지 못했다. 휴학생이라고 했으니 자신보다 훨씬 어릴 달구를 바라보던 그가 생각에 잠긴 듯 입술을 꾹 다물었다.

'마음이 난로 한 대로 접어지나요?'

그렇겠지. 나조차도 그 어떤 걸로도 우리를 향한 마음이 접어지질 않는데.

"콜록."

목구멍이 긁히듯 나온 갑작스러운 기침에 현조가 손등을 입에 가져다댔다.

"감기예요? 역시 서울샌님인가."

"아니거든."

"맞는데."

"콜록콜록."

다시 기침이 튀어나왔다. 요 몇 주 계속 서울과 거제도를 왔다 갔다 하느라 몸이 고되긴 했었다. 물론 다른 이유로 피곤한 것도 있었지만.

"맨날 오면 여기 와서 술 퍼마시고 기절하고. 그러니 몸이 성할까."

"그때 바로 진료 때문에 서울 가느라 인사 못 했는데. 달구 네가 나 집으로 옮겨 준 거 맞지? 고맙다."

"하이고. 빨리도 얘기하시네요."

팔짱을 낀 채 구시렁거리는 달구를 보며 현조가 저도 모르게 픽 웃음을 터뜨렸다.

"고마워. 그러니까 난로 너 가져."

그의 말에 달구가 빽 소리를 질렀다.

"줘도 안 갖는다니까 저딴 거!"

달구네 집에서 나와 캄캄한 길을 걸으며 현조는 생각에 잠겨 있었다. 술을 많이 마셨지만 이상하게도 정신은 매우 또렷했다. 계속해서 술을 마셔서 그런가. 이제 이 정도쯤엔 취하지도 않는 것 같았다.

'아옥. 술 냄새!'

예전 생각이 났다. 아마도 대학에 입학 후 우경과 함께 개강파티에 가서 거나하게 취한 후 돌아왔던 날이었을 거다. 스무 살의 두 사람, 그리고 열다섯 살의 우리. 집게손으로 코를 막은 그녀가 만취한 두 사람을 보며 눈살을 찌푸렸던 것이 갑자기 생각났다.

'야. 이우리. 어디야.'

'나 개강파티. 왜?'

'왜는 무슨. 너무 늦었잖아. 데리러 간다, 지금.'

우리의 스무 살 개강파티 날에는 눈썹이 휘날리도록 뛰어가 그녀를 차에 태워 모셔 왔던 기억도 났다. 아마도 그녀가 독립하기 몇 주 전이었을 거다.

그때를 생각하자 저도 모르게 입가에 웃음이 새어 나왔다. 너무도 추억이 깊어서, 떠올리고 떠올려도 아직도 다 떠올리지 못한 일들이 가득했다. 언제나 우리는 그의 삶 속에 있었다. 어느 곳에도 그녀의 흔적이 없는 곳이 없었다.

"하아."

밤하늘에 하얀 입김이 쏟아져 나왔다. 현조의 발걸음이 당도한 곳은 우리가 지내고 있는 달구네 독채였다. 우리는 아직 잠에 들지 않은 모양이었다. 그녀의 집 창문 틈으로 밝은 불빛이 새어 나왔다. 그는 한참을 그곳에서 서성거렸다. 이렇게 술 마시고, 우리의 집을 서성거리고. 몇 번 했다고 그새 익숙해져 버린 일이었다.

우리가 잠에 들려는지 집 안에 불빛이 모두 사라졌다. 그렇게 현조는 불이 꺼지는 집을 확인하고는 발걸음을 돌렸다.

우리에게도 생각할 시간이 필요했지만, 현조에게도 마찬가지였다. 그리고 생각의 끝은 마음과 같았다. 그 무엇 때문에라도 자신은 우리를 포기할 수 없다는 것. 그 이유가…… 부모님이라고 해도.

현조는 어머니를 잊고 싶었다. 설득하려는 마음조차도 포기하고 싶었다. 그저 우리만 있으면 된다고 생각했다. 우리가 제 곁에 있어 준다면, 정말 어떤 것도 다 포기할 준비가 이제는 되었다.

"콜록콜록."

아까부터 계속 나오는 기침을 목구멍 안으로 삼키며 그가 다시금 고개를 돌려 우리의 집을 바라보았다.

"잘 자, 우리야."

……

"……내일 보자, 우리야."

입 끝으로 흘러나오는 우리의 이름조차 애틋해서. 현조는 너무나 가슴이 시렸다.

14

일주일에 두 번, 우리는 머물고 있는 제 집에서 꽃꽂이 레슨을 했다. 재료비만 받고 진행되는, 정말 이윤이라고는 전혀 남지 않는 수업이었지만 그 시간만큼은 아무 생각 없이 즐겁게 일할 수 있었다.

지역 특성상 횟집이나, 해산물을 판매하는 등 대부분 장사를 하시는 아주머니들이 많았는데 예상과는 다르게 긴 시간 다져졌을 그 억척스러운 느낌 속에도 여전히 잃지 않은 여성다움이 있었다. 생선을 만져 투박해진 손끝 속에도, 오랜 삶의 고단함이 여실히 담겨 있는 눈빛 속에도 여자가 있었다.

"선생님 덕에 이게 무슨 호사인지. 매일 집에 들어가면 요 꽃 때문에 행복하다니까?"

"맞아요. 꽃이 한 열흘은 너끈히 가대요."

꽃을 열흘이나 본다는 말에 우리는 보람찬 얼굴이 되었다.

"꽃을 때도 잘 꽂아 주시고, 항상 아껴 주고, 물도 잘 주셔서 그래요. 잘못 관리하면 삼사 일도 못 가는 경우도 있어요."

"이래 잘하는 거 보면 생선 다듬는 거나, 꽃 다듬는 거나 손 기술은 비슷한가 봐!"

"그런가! 껄껄."

아주머니들의 껄껄껄 웃는 소리가 집 안에 울려 퍼졌고, 그 모습에 우리도 덩달아 미소를 지었다.

그렇게 수업이 거의 다 끝마칠 무렵, 집 안에 설치되어 있던 유선 전화기의 벨 소리가 울렸다. 뜻밖의 전화였다.

앞치마에 물 묻은 손을 닦은 그녀가 쪼르르 전화를 받으러 달려갔다.

"여보세요."

—우리 씨!

전화를 건 주인공은 달구였다.

"네, 달구 씨."

—우리 씨, 저기. 안녕하세요. 어…… 그게, 다름이 아니라 아무래도 여기 와 보셔야 될 것 같아서요.

달구는 왠지 다급한 목소리였다. 여기라니, 어딜 말하는 것인지. 우리는 고개를 조금 갸웃거렸다.

"무슨 일이세요?"

—여기 지금 환자가 한 명 있는데요. 차로 저희 식당 쪽 길로 한 10분 정도 오다 보면 민박집이 하나 있거든요.

달구는 주절주절 지금 자신이 있는 위치를 설명하고 있었다. 환자가 있는데 왜 의사가 아닌 자신에게 전화를 걸었단 말인가. 우리는 더욱더 알 수 없는 표정이 되었다.

—그러니까 우리 씨.

"네."

—주현조요, 주현조.

"네?"

전혀 그의 이름이 언급될 타이밍이 아니었다. 더군다나 달구의 입에서 흘러나올 이름도 아니었다. 우리는 자신이 잘못 들은 건 아닌지 되묻고 있었다.

—그 치과의사 지금 완전 앓고 있어요. 우리 씨가 빨리 와야 될 것 같아요.

* * *

양해를 구한 뒤 수업을 마치고 대충 겉옷을 껴입은 우리가 달구가 말한 위치로 부랴부랴 달려왔다. 작은 마당이 있는 깨끗한 민박집이었다.

마당엔 달구가 어색한 얼굴로 머리를 긁적이며 서 있었다. 그의 발밑에는 어제 우리에게 돌려받았던 난로가 있었다. 차에서 내리자마자 다급하게 달려와 머리가 헝클어진 우리를 바라보며 달구는 두 사람이 애인 사이임을 완전히 확신했다. 그의 이름을 듣자마자 이렇게 정신없이 온 걸 보면, 서울샌님이 거짓말을 한 것은 아닌 모양이었다.

"정말 현조 오빠가 여기 있어요?"

"네. 이쪽 방이에요."

현조와 달구, 그리고 이 난로의 관계가 무엇인지 묻는 것보다 우리는 현조를 먼저 확인해야 할 것 같았다. 달구가 안내하는 쪽으로 함께 간 우리가 열린 문 안으로 들어섰다. 작은 단칸방 안에 색색거리는 숨소리가 흐르고 있었다.

"오빠!"

정말 달구의 말대로 현조가 그곳에 있었다. 추운지 잔뜩 몸을 웅크린 그가 이불에 감싸져 있었다. 쿨럭쿨럭. 그가 기침을 내뱉었다. 열이 많이 나는지 얼굴이 달아올라 있었고, 이마에선 식은 땀이 줄줄 흘렀다. 달뜬 숨을 쉬다가 한 번씩 앓는 소리를 내기도 했다.

빠르게 그의 곁에 다가가 앉은 우리가 이마에 손을 올렸다.

"오빠 언제부터 이랬어요?"

"모르겠어요. 난 거래처 가는 길에 저 난로 돌려주려고 들른 건데, 와 보니까 문도 열려 있고 상태도 이렇더라고요."

"열이 너무 많아요."

"병원 가려고 일으키려고 하는데 계속 안 간다고, 자기가 의사라고 괜찮다고 바득바득 우기잖아요. 그래서 우리 씨한테 전화했어요. 자기가 치과의사지 내과의사야?"

말은 저렇게 했지만 몇 주 동안 본 현조에게 나름대로 정이 들어 있었는지 달구는 걱정하는 눈빛이었다.

손끝으로 옷소매를 쥔 우리가 속상한 얼굴로 그의 이마에 흐르는 땀을 닦았다.

"내가 정말 못 살겠어. 오빠 때문에."

"으......."

아까는 달구와 대화도 했던 것 같은데, 이제는 완전히 정신이 혼미한 모양이었다. 눈가에 눈물이 그렁그렁 맺힌 우리가 손등으로 눈물을 훔쳐 냈다.

"달구 씨. 저 좀 도와주세요."

우리는 우선 땀에 젖은 현조의 옷부터 갈아입힐 생각이었다. 방 안에 놓인 짐에서 현조의 속옷과 트레이닝복을 꺼내 든 그녀가 달구를 바라보았다. 아무래도 혼자서 남자 옷을 갈아입히는 건 무리였으니까. 달구 덕분에 수월하게 옷을 갈아입혔고, 그동안에도 현조는 정신을 차리지 못했다.

"우리 씨. 병원으로 갈 거죠?"

"네."

"병원 위치가 좀 복잡한데 제가 같이 갈까요?"

달구의 질문에 우리가 고개를 절레절레 저었다.

"아니요. 달구 씨 일해야 하잖아요."

"괜찮은데……."

"차까지만 부축해 주세요."

"아니에요. 병원까지 같이 가요."

이번엔 달구가 단단한 목소리로 말했고, 우리는 더 이상 거절하지 못했다.

"미안해요. 그리고 고맙고요."

"이웃끼리 뭐가요."

우리와 달구는 축 늘어진 현조를 일으켜 그녀의 차 안으로 힘겹게 밀어 넣었다. 추운지 몸을 달달 떠는 그에게 차에 비치해둔 담요를 덮어 주었다.

"콜록콜록."

그래도 한기가 느껴지는지 현조는 온몸을 잔뜩 웅크렸다. 대체 언제부터 여기에 와서 이러고 있었던 건지. 어쩌자고 혼자서 이러고 있던 건지. 그리운 얼굴이 앞에 있었지만, 그 맘을 떠올릴 틈도 없이 걱정부터 앞섰다. 땀으로 젖은 그의 머리카락을 손으로 매만지던 우리가 안전벨트를 매 주곤 차를 출발시켰다.

병원 응급실에 온 현조는 조금씩 안정을 찾아 가고 있었다. 달구는 일 때문에 병원까지만 길을 안내한 뒤 금세 돌아갔고, 우리는 조금씩 잔잔해지는 그의 숨소리를 들으며 곁에 있었다. 몸살에 피로까지 겹친 데다가, 식사도 제대로 안 한 것 같다는 의사의 말을 들으며 우리는 아무 말도 잇지 못했다.

천천히 수액이 떨어지는 것을 바라보던 우리가 그의 곁에 가만히 앉았다. 이제야 수척하고 마른 그의 얼굴이 한눈에 들어왔다.

"……."

손을 뻗은 우리가 그의 얼굴을 만지작거렸다. 너무 보고 싶었다. 버리고 떠나온 주제에, 다시는 보지 않았으면 좋겠다고 했지만, 사실 마음은 그렇지 못했다. 정말 이 얼굴을 하루에도 수백 번, 수천 번도 더 그렸다.

"어떻게 왔어."

"……."

"왜 왔어."

이렇게 다시 내 눈앞에 나타나 버리면 나는 어떻게 하라고, 오빠.

침대에 팔을 괸 우리가 고개를 숙여 깍지를 낀 양손에 이마를 가져다 댔다. 한산한 병원 안에 규칙적인 그의 숨소리가 그녀의 귓가를 울렸다.

몇 시간 동안 내내 잠만 자던 현조가 한결 가벼워진 눈꺼풀을 스르르 들어 올렸다. 하얀 천장과 파란 커튼이 잠에서 덜 깬 그의 눈 안에 가득 차 있었다.

여기가 어디지. 분명 마지막으로 달구를 본 것 같은데.

제대로 정신이 들지 않는지 그는 몇 차례 눈꺼풀을 깜빡거렸다. 어제 술을 마시고, 우리가 머무는 곳에 갔다가 집으로 돌아왔었다. 감기 기운이 있긴 했지만, 쉬면 괜찮겠지 싶어 약도 먹지 않았었다. 이렇게 본격적으로 몸살까지 앓을 줄은 몰랐다.

"콜록."

열은 내렸지만 기침은 그대로였다. 작게 한숨을 내쉰 현조가 갑자기 어디선가 느껴지는 시선에 고개를 천천히 돌렸다.

"뭐지."

그곳엔 우리의 얼굴이 있었다. 그녀의 맑고 둥그런 눈동자가 현조를 향해 있었다.

"이거 꿈인가."

"……."

"꿈인가 보다."

우리가 곁에 없는 동안 이런 꿈을 너무도 많이 꿨다.

다시는 보지 않았으면 좋겠다는 우리의 말에 충격도 입었고, 자신의 어머니가 저지른 일에 대한 미안함도 컸다. 그래서 순간 잡지 못한 우리가 그대로 사라져 버렸고, 그런 그녀를 잡지 못했다는 후회감과 죄책감에 내내 시달렸다.

우리를 보고 싶은 마음은 꿈에서까지 투영되었다. 늘 이렇게 곁에 있다가 손을 뻗으려 들면 사라졌다. 그리고 다시 눈을 떠 보면 어둠 속에 그는 혼자 있었다.

"갈려면 빨리 가, 이우리."

"……."

"안 속아."

현조의 긴 속눈썹이 아래로 내려앉았다. 눈을 감은 것이다. 그렇게 한참 동안 눈을 감은 채 누워 있던 그가 전혀 달라지지 않는 주변 느낌에 다시 눈꺼풀을 들어 올렸다. 그때 우리가 손을 뻗어 그의 손을 꼭 잡았고, 따뜻한 체온이 그에게 전달되었다.

"이제 좀 괜찮아?"

우리의 목소리에 다시 시선을 돌린 그가 그녀의 말간 얼굴을 눈 안에 담았다. 하얗고 보송보송한 얼굴. 정말 우리인가? 계속 멀리서만 지켜보던 우리가 정말 내 눈앞에 있는 게 맞는 건가?

"이우리."

"응."

"나 좀 꼬집어 봐."

엉뚱한 현조의 말에 우리가 저도 모르게 웃음이 터졌다.

"멍충이. 나 정말 꼬집는다."

"응. 꼬집어."

우리의 손이 현조의 팔을 살며시 꼬집었다. 살이 집히는 감각이 느껴지자 그제야 현조는 이 상황이 실제 상황임을 알았다.

천천히 몸을 일으킨 그가 자리에 앉았다. 그리고 제 곁에 있는 우리와 시선을 마주했다. 너무도 가까이, 보고 싶었던 이 얼굴이 정말로 옆에 있었다.

우리가 다시 몸은 어떠냐고 물으려는데, 말을 꺼내기도 전에 현조가 양팔을 뻗어 우리를 품에 안아 버렸다. 현조는 코끝으로 전달되는 향긋한 우리의 체취에 숨을 더욱더 크게 들이쉬었다. 그가 다시는 놓치기 싫은 듯 그녀의 긴 머리카락을 손 안에 그러쥐었다.

"미안해, 우리야."

현실감각을 찾은 뒤 제일 먼저 내뱉은 말이 또다시 저거다. 미안해.

우리의 마음에 찌르르 파문이 일었다.

"내가 먼저 너한테 찾아가려고 했었는데, 이렇게 네가 오게 해서 미안해."

"……"

"감기몸살은 계획에 전혀 없었던 건데."

먼저 우리를 찾아가 손을 내밀려고 했었다. 이렇게 쓰러져서 우리에게 이끌려 병원에 실려 오게 될 줄은 그도 몰랐다.

"우리야."

"응."

우리가 손을 들어 그의 어깨를 토닥이며 대답했다.

"보고 싶었어."

"……"

"생지옥이었어. 너 없는 매일매일이. 차라리 죽는 게 낫겠다 싶을 정도로."

그냥 하는 소리가 아니었다. 정말이지 우리를 만나지 않은 날 동안 그는 지옥 속에 있는 것처럼 괴로웠다.

토닥이던 우리의 손길이 멈추었고, 현조는 더욱더 세게 그녀를 끌어안았다.

"바보. 죽긴 왜 죽어? 무섭게."

"그러게. 안 죽으니까 너도 찾고, 이렇게 다시 안아 보기도 하고."

"몸은 괜찮아?"

"괜찮아. 이제 다 괜찮아."

벌써 다 괜찮아졌을 리가 없는데도, 현조는 정말이지 다 괜찮은 것처럼 느껴졌다. 이 순간만은 우리가 자신의 곁에 있었다. 품 안에, 제 안에 있었다.

"우리야. 나 제일 먼저 할 말이 있는데."

여전히 그녀를 끌어안은 채로 현조가 말했다.

"응. 말해."

"우리 아버지랑 너희 어머니 결혼 후엔 아무것도 없었어."

"……알아."

메시지로도 할 말이 너무 많다고 하더니, 그중 제일 먼저 하고 싶었던 말이 이 말이었나 보다. 우리는 코끝이 찡해지는 것을 느꼈다.

"네가 알아도 다시 얘기해 주고 싶었어. 너희 어머니 아버지는 정말 서로 많이 사랑하셨어. 그리고 우리 아버지도 어머니를 많이 사랑해."

"알아. 알아, 오빠."

"미안해. 꼭 다시 알려 주고, 말해 주고 싶었어. 어머니 이야기는……."

현조의 품 안에서 우리가 고개를 절레절레 저었다.

"나중에. 나중에, 오빠. 오빠 아직 몸 안 괜찮아. 그러니까 우리 이 이야기는 나중에 해. 응?"

우리가 다급하게 말을 잇는 현조의 말을 가로막았다. 아무래도 그 자신도 모르게 또다시 우리가 사라질까 봐 다급히 말을 꺼낸 모양이었다. 이내 우리를 품 안에서 놓아준 그가 가만히 그녀의 눈을 들여다보았다. 지금 우리의 눈빛엔 오로지 자신에 대한 걱정으로만 가득 차 있었다.

입가에 엷은 미소를 띤 그가 가만히 고개를 끄덕였다. 그리고 더 이상 다른 말을 잇지 않겠다는 듯 입을 다물었다. 현조도 지금만은 둘만 있는 이 상황에 집중하고 싶어졌다.

* * *

밤이 다 되어서야 두 사람은 저녁을 먹고 약을 지어 집으로 돌아왔다. 우리는 집 안에 들어서자마자 현조가 누울 자리부터 손봤다. 침대 위에 따뜻한 전기장판을 켠 그녀가 집 안을 둘러보는 그에게 손짓으로 침대를 가리켰다.

"오빠 오늘 여기서 자."

"나 자고 가?"

오히려 우리는 태연했고, 현조가 더 놀란 눈치였다.

자신은 소파에서 자려는지 우리가 두터운 담요를 소파 쪽으로 옮겨 갔다.

"응. 또 혼자 앓으면 어떡해. 여기 있어."

"무슨 여자애가 혼자 사는 집에 남자를 이렇게 함부로 들여?"

현조는 왠지 초조한 기색이었다. 어쩐지 병원에서 나와 차를 운전하는 우리는 현조가 머물렀던 민박집엔 전혀 들를 생각이 없어 보였다. 당연한 듯 제 집으로 데려와서는 이렇게 잠자리까지 봐 주다니.

현조는 어쩐지 병원에서 내린 열이 다시 오르는 느낌이 들었다. 우경과 우리가 함께 사는 집에 놀러갔을 때와는 차원이 다른 기분이었다.

"오빠 환자잖아."

"환자이자 남자야. 그것도 널 무지하게 좋아하는."

분주하게 집 안을 돌아다니던 우리가 그의 앞에 와 섰다. 그리고 턱, 여분의 칫솔과 플라스틱 컵을 그에게 내밀었다.

"이상한 소리 하지 말고 이거나 받아."

"조그만 게 겁도 없네 진짜."

"겁이 많아서 이러는 거잖아. 오빠가 또 혼자 아플까 봐."

우리의 마지막 말에 현조는 더 이상 말을 이을 수가 없었다. 아무래도 혼자 앓고 있던 그의 모습에 많이 속상하고 걱정이 됐던 모양이었다.

그녀에게 건네받은 칫솔과 컵을 든 현조가 이내 화장실로 들어섰다. 탁. 문을 닫고 들어와 거울 속에 비친 자신의 모습을 보며 그가 잠시 생각에 잠겼다. 정말 우리에게 조금 더 시간을 주고 싶었던 그였다. 그런데 어쩌다 갑자기 민폐형 캐릭터로 변신해 이렇게 그녀의 집까지 들어오게 된 건지.

우리는 얼마 전에 사다 둔 생강차를 끓이기 위해 부엌에 서 있었다. 현조와 한 잔씩 나눠 마실 생각이었다. 제 경험상 감기몸살에는 생강차만 한 게 없었다.

"우리야."

"응?"

화장실 안에서 현조가 그녀를 부르는 소리가 났다. 그녀가 가스레인지 불을 켜며 크게 대답했다. 칫솔을 입에 문 그가 화장실 밖으로 고개를 빼꼼 내밀었다.

"나 옷 원래 이거 아니었던 것 같은데."

그제야 너무도 뽀송한 제 옷에 의문이 들었나 보다.

"응. 옷이 땀에 너무 젖어 있어서, 병원 가기 전에 갈아입혔어."

"네가?"

"달구 씨랑 나랑."

우리의 대답에 현조가 작게 한숨을 내쉬며 다시 화장실 안으로 쏙 사라졌다.

"하아. 이런 식으로 알몸을 보이다니."

중얼거리는 그의 목소리를 들었는지 우리가 저도 모르게 풋 웃음을 터뜨렸다.

곧 두 사람은 나란히 소파에 앉아 생강차가 담긴 머그잔을 하나씩 들고 있었다. 따뜻한 집 안에 김이 모락모락 오르는 찻잔. 현조는 정말 한결 편해진 얼굴이었다. 아까 끙끙대며 앓던 시간이 꼭 현실이 아니었던 것처럼 느껴졌다.

호로록. 우리가 뜨거운 차를 호호 불며 한 모금 넘겼다. 그 모습을 바라보고 있던 현조가 이내 똑같이 그녀를 따라했다. 생강 특유의 알싸한 향이 코끝을 간질였다.

"꿈같다."

현조가 말했다.

"꿈?"

"응. 꿈."

되묻는 우리의 목소리에 그가 엷게 웃으며 대답했다.

"그냥 너랑 따뜻한 집에서, 둘이. 이렇게 편하게 차를 마시고 있다는 게."

"별게 다 꿈같다, 오빠."

다시 호로록. 우리가 입안에 차를 머금었다. 저렇게 멋없이 말을 했지만, 사실은 자신도 그랬다. 이 상황이 꼭 꿈처럼 느껴졌다. 깨지 않았으면 좋겠는 꿈.

"금요일인데, 병원은 어떻게 하고 왔어?"

그제야 우리는 궁금했던 질문들을 풀어 놓기 시작했다. 이내 뜨겁지도 않은 지 남자답게 차를 원샷한 현조가 머그잔을 테이블에 내려놓았다.

"아버지가 고생이 많으시지 뭐. 너 쫓아다닌다고 아버지께 말씀드리고 몇 주째 사 일만 출근했어. 나머지는 내내 여기에 있고."

"나 여기로 온 건 어떻게 알고."

"네 어머니 고향이잖아."

그가 기억하고 있었다. 소파에 머리를 기댄 그의 유려한 옆모습을 바라보며 우리는 입술을 앙다물었다.

"너 만나러 가도 우경이는 아무 이야기도 안 해 주지, 너는 없지. 답답해 미칠 것 같았는데 해나 씨가 병원에 와서 이야기해 줬어. 편지 한 장 놓고 사라졌다고."

"……"

"근데 그냥 그 순간 여기가 생각이 났어. 우리가 어디에 갔을까, 고민하고 그럴 새도 없이 그냥. 네가 여기에 있겠구나. 어서 가서 확인해야겠다."

현조는 계속해서 말을 이었다.

"그런데 정말로 여기에 있어서 나도 얼마나 놀랐는지 모르겠어. 너 한번에 찾았다, 나. 완전 대단하지."

그가 웃으며 우리와 눈을 마주했다.

우리는 언제인지 기억도 잘 안 날 어릴 적에, 현조에게 엄마의 고향 이야기를 했던 기억을 떠올리고 있었다. 예쁜 바닷가와 갈대

밭이 기억 속에 자리했던 엄마의 고향. 그땐 너무 어리고, 멀어서 가지 못해 그리기만 했던 곳.

변명이겠지만 스무 살이 넘어서는 공부를 하고 꽃을 배우고 사업을 시작하느라 정신이 없어서 한 번도 와 보질 못했었다. 우리 역시도 떠나고자 했을 때, 조금의 고민도 없이 이곳을 선택했다.

"혹시 달구 씨네 집에서 준 것들도 다 오빠가 준 거야?"

우리의 질문에 현조가 머리를 긁적였다.

"그냥 보기만 할 수는 없어서."

"그것도 모르고 난 엄청 거절했는데. 죄송스러워서."

"그렇잖아도 많이 곤란해하셔서 이제 그만둘 생각이었어."

현조가 손을 뻗어 우리의 머리카락을 만지작거렸다. 그녀는 여전히 따뜻한 머그잔을 양손에 쥔 채였다.

"바로 네 앞에 안 나타난 건 시간을 주고 싶었어."

"……."

"너에게도, 나에게도."

"……."

"그래도 네가 내 눈앞에 있는 상태여야 안심이 될 것 같아서 곁에 있었던 거고."

현조의 깊은 마음이 그의 말과 시선 안에서 그대로 전달되는 것 같았다. 머그잔을 쥔 우리의 손에 힘이 들어갔다. 그녀의 눈가가 조금씩 촉촉해지고 있었다.

"다시 보지 말자고 했잖아, 내가. 근데 왜……."

"불가능해 그건. 너도 알잖아."

"……."

"널 안 보고 사는 건 평생 생각해 본 적도 없어. 절대로 못 해, 나는."

현조가 이번엔 우리의 보드라운 볼에 손을 갖다 댔다. 그리고 촉촉해진 그녀의 눈가를 엄지손으로 쓸어 주었다. 우리의 애달픈 눈동자가 그를 향했다. 동글동글. 맑은 눈동자. 너무나 가까이에서 보고 싶었던 이 눈.

"지금 딱 키스 타임인 거 같은데."

몸이 많이 좋아지긴 했나 보다. 다시 능글맞아진 그의 목소리에 우리가 코를 훌쩍이며 그의 가슴팍을 쳤다.

"……변태."

"감기만 안 걸렸어도 했을 텐데. 참아야겠지."

"헤헤."

코끝을 손으로 문지른 우리가 저도 모르게 부끄러운 웃음을 지었다. 현조는 그런 그녀의 모습이 사랑스러워 입가에 미소를 떠나보낼 줄 몰랐다.

잠시 후 네가 침대에서 자라, 아니다 오빠가 침대에서 자라, 실랑이하던 둘은 더는 결판이 안 날 것 같아 한발씩 물러나 협상을 했다. 우리는 침대에서 잘 것. 대신 환자인 현조에게 전기장판을 양보할 것.

깊은 밤. 우리는 침대에 누워서, 현조는 그 밑에 따끈한 전기장판에 누워 천장을 바라보고 있었다. 두 사람 다 왠지 모를 낯선 환경에 잠이 오지 않는지 말똥말똥한 눈을 깜빡이고 있었다.

"우리야. 자?"

조용한 방 안에 현조의 목소리가 울렸다.

"아니."

"왜 안 자."

"그러는 오빠는."

그가 몸을 뒤척였다.

"그냥. 옛날 생각이 나서."

"무슨 생각?"

똑바로 누워 있던 우리가 침대 끝으로 몸을 틀었다. 현조와의 거리가 조금 더 가까워졌다.

"어릴 적 생각도 나고. 언제부터 우리가 내 마음속에 있었을까 생각하다 보니까."

"……."

"그리고 나 궁금한 거 있다."

"뭔데?"

"우리는 언제부터 나 좋아했는지."

현조의 질문에 우리는 잠시 생각에 빠진 듯 대답을 잇지 않았다. 저 질문은 이전에 우경에게서도 들었던 질문이었다.

"나도 모르겠어."

역시나 대답은 그때와 같았다. 정말이었으니까.

"나한테 오빠를 좋아하는 건 꼭 당연한 수순을 밟는 것처럼…… 그냥 그렇게 자연스러웠어."

"이유도 없이?"

"응. 이유도 없이."

어둠 속에서 현조의 눈동자가 일렁였다. 이유도 없이. 자신이 무엇이어서가 아니라, 그저 주현조이기 때문에.

그리고 현조 역시 자신도 그런 것이라고 생각했다. 당연한 수순. 자신과 우리가 사랑하게 된 것이 그저 자연스러운 수순이었다고.

"고마워, 우리야. 그렇게 이유도 없이 나를 예뻐해 줘서."

"……."

"나 역시도 너한테 지지 않을 만큼 널 예뻐하고 좋아하지만. 어쩐지 지금은 내 감동이 더 큰 것 같다."

감동했다는 현조의 이야기에 우리는 왠지 모르게 쑥스러워졌다. 우리는 다시 몸을 뒤척여 제자리로 돌아가 똑바로 누웠다. 깜빡깜빡. 맑은 그녀의 눈이 하얀 천장을 향해 깊게 일렁였다.

"이제 자자, 오빠."

"응. 자자."

"잘 자, 오빠."

"너도 잘 자, 우리야."

"……."

"내일 눈떴을 때 다시 사라지면 안 돼."

밝지만 두려움이 깃든 그의 마음이 목소리에 고스란히 느껴졌다. 알겠다는 우리의 대답을 마지막으로 두 사람은 비슷한 시기에 잠이 들었다. 힘들게 하루를 보낸 고단함이 그제야 두 사람에게 몰려든 모양이었다.

다음 날 아침.

온몸을 감싸 안은 포근하고 따뜻한 느낌에 우리가 천천히 눈꺼풀을 들어 올렸다. 커튼 사이를 비집고 들어오는 밝은 햇살이 벌써 날이 밝았음을 알려 주고 있었다.

한참을 졸린 눈을 깜빡이던 우리가 자리에서 일어나자 스르르 그녀의 몸을 덮고 있던 이불 여러 개가 떨어져 내렸다. 원래 자신이 덮고 자던 이불 위에는 어제 현조가 덮었던 이불이 있었다.

천천히 시선을 돌리자 회색빛의 전기장판만이 그녀의 눈 안에 들어왔다. 장판 위는 자리를 비운 지 오래인 듯 이미 열기가 다 식어 있었다.

"오빠."

시간을 보니 아침 8시.

침대 밑으로 내려온 우리가 졸린 눈을 비비며 주변을 두리번거리기 시작했다. 현조를 찾고 있는 것이었다. 어제까지만 해도 앓느라 정신없던 남자가 대체 아침부터 어디로 사라진 건지 집 안 곳곳을 둘러보아도 그의 모습이 보이지 않았다.

"오빠!"

화장실도 열어보고, 현관문을 열어 밖을 내다보았는데도 현조는 어디에도 보이지 않았다. 왠지 모르게 불안해진 마음에 치렁거리는 머리를 하나로 모아 묶은 우리가 현조가 주었을 잠바를 급하게 몸 위에 걸쳤다. 그가 머물렀던 민박집으로 그를 찾으러 가려는 모양이었다.

똑똑.

그런데 마침 그때, 현관문을 두드리는 소리가 들렸다. 후다닥 급하게 다시 현관문 앞으로 다가간 우리가 벌컥 문을 열었다.

"……오빠."

현관문 밖에는 어느새 제 거처로 가서 옷을 갈아입고 온 듯한 현조가 말간 얼굴로 서 있었다. 정말 완전히 회복되었는지 핏기 없던 얼굴에 생기가 돌고 있었다. 순간 그녀의 눈에 안도감이 일었다.

"잘 잤어?"

"……"

"이거 주려고."

우리의 시선이 이내 현조가 손끝으로 떨어져 내렸다. 그의 손에 가득한 꽃다발. 핑크색의 리시안셔스가 그의 손 안에 한 아름 들려 있었다. 그가 또 나머지 한 손도 흔들어 보였다. 멀리까지 나갔다 온 모양인지 베이커리 봉투 안에 초콜릿과 쿠키가 한 가득 들어 있었다.

선물들을 보자마자 우리가 저도 모르게 현조의 목에 매달려 그의 품 안에 안겨 들었다.

"우리야?"

"오빠."

"응. 왜 그래, 갑자기."

현조는 걱정스러운 눈빛이었다.

"나는."

"……."

"나는 오빠 없어진 줄 알고."

그제야 현관문을 열었을 때 당황해 있던 우리의 표정이 기억난 듯 현조가 작게 한숨을 내쉬었다. 그의 한 손이 우리의 등을 가만히 토닥였다. 아마도 자신을 찾아 나서려 급히 옷을 입었겠지. 그 생각까지 미치자 현조는 우리가 더욱더 사랑스러워졌다.

"오빠가 왜 없어져. 없어지기는 네가 전문인데."

"보고 싶었어."

"하루 사이에?"

"응. 하루 사이에."

현조는 어린아이처럼 칭얼거리는 우리가 전혀 싫지 않았다. 아니. 오히려 너무도 좋았다.

"민박집에도 갔다가, 꽃 사러 갔었어. 베이커리에도 들르고. 너한테 주고 싶어서."

천천히 현조의 품 안에서 떨어져 나온 우리가 그가 건네는 꽃다발과 봉투를 받아 들었다. 그것들을 한참 동안 바라보고 있던 우리의 눈가가 저도 모르게 촉촉하게 젖어들어 갔다.

다시 손을 뻗은 우리가 현조의 목에 매달렸다. 벌서 아침에 두 번씩이나 먼저 안겨 오는 우리가 너무 예뻐 그는 자신의 안으로 그녀의 머리를 꼭 끌어당겼다.

"나 어디 안 가."

"응."

현조의 품 안에서 우리가 고개를 가만히 끄덕였다.

"네가 가라고 해도 절대 안 가."

"응, 오빠."

동그란 그녀의 머리통을 매만지며 현조가 행복한 얼굴로 웃었다. 우리는 그의 이 따뜻한 품 안에 있는 이 시간이 제발 멈추기를, 그렇게 바라고 바랐다.

"이 꽃처럼 변치 않는 마음을 너에게 줄게."

그리고 쑥스러워서 한 번도 해 주지 못했던 말을 그제야 그녀에게 건넸다.

"사랑해."

"……."

"사랑해, 우리야."

15

그날 오후, 현조와 우리는 시내로 나와 데이트를 즐겼다. 오랜만에 가져 보는 둘만의 시간에 두 사람 모두 설렘이 가득한 얼굴이었다. 추운 날씨였지만 함께 있어 추운 줄도 몰랐다.

꼭 잡은 두 손을 단 한시도 놓고 싶지 않았다. 걷는 걸음걸음 훤칠한 현조와 청초한 우리를 바라보는 시선들이 있었지만, 서로에게만 집중하던 그들은 그 시선들도 몰랐다.

"맛있다."

"더 맛있는 거 사 주고 싶었는데."

"난 이게 맛있어, 오빠."

작은 분식집 안에서 떡볶이를 입에 넣으며 우리가 배시시 웃었다. 입술에 빨간 양념을 묻히고 말하는 그녀가 귀여워 현조는 그도 모르게 웃음을 터뜨렸다.

"나 봐 봐."

우리의 동그란 눈동자가 그를 향했고, 휴지를 뽑아 든 그가 슥 그녀의 입술을 닦아 줬다. 그러자 우리가 조금 민망한 듯 제 입술을 만지작거렸다.

"애도 아니고. 귀엽게."

"배고팠나 봐. 허겁지겁 먹었어."

"더 먹을래?"

"더 먹어도 돼?"

"당연한 소리를."

오랜만에 식욕이 돌았는지 모든 게 맛이 있었다. 고급스러운 레스토랑도 아니었고, 비싼 음식도 아니었지만 현조랑 함께 밥을 먹는 이 순간이 너무도 행복하고 좋았다. 그래서 더 맛있게 느껴지기도 했다.

현조는 턱을 괸 채 작은 입술을 오물대며 밥을 먹는 우리를 바라보았다. 제 연인을 향한 그의 눈빛엔 달콤함이 가득했다. 수척했던 현조의 모습은 어디에도 없었다. 겨우 이틀 사이에 우리가 곁에 있는 것만으로 그는 생기를 되찾았고, 반짝반짝 빛이 나 보였다.

"오빠 더 안 먹어?"

"응. 너 먹는 것만 봐도 배가 부르다. 이건 뭐지. 자식 챙기는 아빠 마음도 아니고."

포크를 내려놓은 우리가 가만히 그를 흘겼다.

"자식 챙기는 아빠 마음? 나 그런 거 싫어."

"왜? 딸은 없지만 꼭 딸 보는 것처럼 예쁘고 사랑스럽고 귀엽고 챙겨 주고 싶고 그런 마음인데."

"그런 마음 싫다니까. 여자인 게 좋아, 난."

식사를 마쳤는지 휴지를 뽑아 입을 슥슥 닦은 우리가 조금 뾰로통하게 일어섰다. 여자인 게 좋아. 심술 내듯 말하던 그녀의 모습에 현조가 더욱더 기분 좋은 웃음을 담았다.

"잘 먹었습니다."

딸랑.

계산을 하고 가게 밖을 나선 현조가 먼저 나간 우리를 뒤쫓아 갔다. 그리고 그녀의 작은 어깨에 팔을 걸쳤다.

"삐졌어?"

현조가 능글맞게 웃으며 묻자 우리가 입술을 삐죽였다.

"안 삐졌는데요."

"삐졌는데? 딸 같다고 한 게 기분이 상했나?"

"안 삐졌다니까."

차 보조석 문을 연 현조가 우리를 차에 태웠다. 뒤따라 운전석에 탄 그가 손을 뻗어 우리의 안전벨트부터 채워 주었다. 쪽. 그리고 우리가 방심하는 사이 하얗고 말간 그녀의 이마에 입을 맞췄다. 갑작스러운 그의 행동에 그녀가 조금 쑥스러운 듯 고개를 숙였다.

"아빠 마음 취소."

"왜?"

"이렇게 떨리는데 아빠 마음은 무슨."

"바보."

"맞다. 바보. 네 옆에만 있으면 얼빠진 놈이 되는 거 같아."

현조가 핸들을 돌려 차를 몰았고, 우리는 들키지 않으려는 듯 창밖으로 시선을 주며 엷게 웃었다. 아무 일도 일어나지 않은 것처럼, 늘 있어 왔던 것처럼 느껴지는 이 평화로운 일상이 너무나 좋았다.

외곽 지역으로 차를 몰자 인적이 드문 조용한 곳에 분위기 있는 커피숍이 있었다. 한 끼 식사값보다 찻값이 더 비싸다며 우리가 까르르 웃었고, 두 사람은 도로와 중간 중간 우뚝 선 작은 산들이 한눈에 내려다보이는 자리에 마주 보고 앉았다.

곧 따뜻한 커피가 두 사람 앞에 놓였다.

"정말 어디 아픈 데 없지?"

커피 잔을 손에 그러쥔 우리가 조금 걱정스러운 어투로 물었다. 겉보기엔 쌩쌩해 보이긴 했지만 얼마 전까지만 해도 앓아누웠을 정도로 아픈 사람이었다.

"만져 봐."

현조가 가만히 이마를 우리 쪽으로 내밀었다. 그리고 그녀의 손을 쥐어 제 이마에 가져다 댔다.

"완전 차갑지."

우리가 고개를 끄덕였다.

"그러게. 열은 완전히 다 내렸네."

"기침도 안 하잖아. 아팠던 것도 잊고 있었어."

"원래 오빠 감기 같은 거 잘 안 걸리잖아."

이번엔 우리가 그의 뺨에 가만히 손을 가져다 댔다. 살이 많이 빠져서인지 제 작은 손에도 그의 얼굴 전부가 쏙 들어올 것만 같았다.

"그냥 몸이 많이 지쳐 있었나 봐. 그래도 금방 회복했잖아."

"다시는 아프지 마. 나 너무 놀랐단 말이야."

"알겠어. 이제 절대 안 아플게."

계속해서 그의 상태를 체크하는 것을 보니 정말 아픈 현조의 모습에 많이 놀라긴 했었나 보다. 그는 여전히 걱정스러운 얼굴로 자신을 보는 우리가 사랑스러웠다. 가족 같기도, 아까는 취소했지만 마치 딸 같기도 한 그녀가 이런 때는 정말 든든한 연인 같았다.

호로록.

커피를 한 모금 넘긴 우리가 창밖을 바라보았다. 서울보다 훨씬 한산한 도로에 차 몇 대가 쌩쌩 달리고 있었다. 확 트인 광경을 내려다보며 그녀가 저도 모르게 입술을 앙다물었다.

평화로운 일상이었지만 가슴 한 켠에 느껴지는 무거움을 다시 인지했다. 서울에 있는 가족들 생각이 났다. 우경, 해나, 현조의 어머니, 아버지. 돌아가신 부모님까지.

갑자기 멍한 얼굴을 한 우리의 정갈한 옆모습을 바라보며 현조도 차를 한 모금 마셨다. 그리고 그도 그 순간 우리와 같은 생각들을 떠올렸다.

"이따 서울 올라가야 돼?"

창밖에 시선을 떼지 않은 채로 우리가 물었다.

"응. 올라가야지. 병원 나가 봐야 하니까."

현조가 대답을 마치자 그녀가 고개를 돌려 그와 눈을 맞추었다.

"그럼 나는 여기 조금 더 있을게."

"……."

"있어도 되지, 오빠?"

허락을 구하고 있었지만 사실은 함께 가지 않겠다는 말을 하는 거였다.

잠시 손을 들어 턱 끝을 매만지던 현조가 가만히 고개를 끄덕였다.

"이번 달 안에는 같이 올라가자. 그때까지 되도록 내가 상황 회복하고 있을게."

"응, 알겠어."

"그런 기운 없는 표정 하지 말고."

"기운 없는 표정?"

우리가 되묻자 현조가 손가락을 들어 그녀의 이마를 튕겼다.

"지금 네 표정. 내가 제일 싫어하는 표정이야. 두렵고 무서워서 도망가고 싶어 하는 그런 표정."

두렵고 무서워서 도망가고 싶은 마음. 그 마음이 제 표정 안에 드러나 있다는 게 참 신기했다.

우리가 머쓱한 듯 머리를 긁적였다.

"오빠, 나 이제 도망 안 갈 거야."

"그랬으면 좋겠어. 그런데 난 네가 도망가도 계속 잡으러 갈 거야. 잡힐 때까지."

그녀의 눈빛이 조금 애잔해졌다. 아무리 도망가도 잡으러 오겠다는 현조의 말에는 무게감이 있었다. 장난처럼 이야기했지만, 전혀 장난이 아니었다. 어디 모르는 곳으로 사라져 버리더라도 그는 그녀를 찾아낼 것 같았다.

"고마워, 오빠."

"뭐가?"

"그냥 나 잡으러 와 줘서."

"……"

"그리고 앞으로도 그렇게 곁에 있어 준다고 이야기해 줘서."

그녀가 배시시 웃으며 답했다.

사실 떠나와서도 내내 두렵고 무서웠다. 정말 이대로 현조가 없어도 괜찮을까 수없이 생각하고 또 생각했었다. 그리고 어쩌면 이렇게 그가 자신을 찾아와 주기를 내심 바랐는지도 모르겠다. 다시는 보지 않겠다고 말했지만, 그게 정말로 현실이 될까 봐 더 두려웠던 건 우리 자신이었다.

별다른 것 없이 그저 함께 있었을 뿐인데도 시간이 너무 빠르게 지나갔다. 밤이 빨리 찾아오는 겨울. 어느덧 창밖에 어두워지는 하늘을 바라보다 우리가 손목에 찬 시계로 시선을 돌렸다. 오후 5시 30분. 내일을 위해 얼른 현조를 보내 줘야 할 것 같은데 어서 가자는 말이 입 밖으로 나오지를 않았다.

"일어날까?"

어느덧 차게 식은 커피를 완전히 입에 털어 넣은 현조가 먼저 자리에서 일어섰다. 우리는 조금 서운한 듯했지만 아무런 말 없이 그를 따라 자리에서 일어섰다.

* * *

간단한 저녁식사를 하고 집에 가는 길에 완전히 해가 졌다. 집 앞에 다다른 현조가 아쉬운 표정으로 차를 세웠고, 차에서 나온 두 사람이 가로등 불 밑에 마주 보고 섰다.

하얀 입김이 쏟아져 나왔고, 우리는 추운 듯 제 코트 깃을 좀 더 여몄다.

"하루가 참 빨리 가네. 서울에 있을 땐 그렇게 안 가더니."

작은 한숨을 내뱉으며 현조가 말했다. 아쉬운 마음에 머뭇거리는 두 사람의 모습이 이제 막 연애를 시작하는 연인들처럼 달달했다.

서로 마주 보는 눈길에 설렘이 있었다. 콩닥콩닥. 하루 종일 함께 있었는데도 이렇게 마주 서서 보고 있자니 가슴이 뛰었다.

"보고 싶어서 어떻게 참지."

말을 마친 현조가 커다란 손을 들어 우리의 머리를 쓰다듬었다. 그리고 그 손에 우리도 제 손을 가져다 댔다.

"나도. 어떻게 참지."

"같이 가면 안 되겠지?"

조금 생각하던 우리가 천천히 고개를 저었다. 이곳에서의 일들도 정리해야 했으니 급작스럽게 떠날 수는 없었다.

"집에 잠깐만 들어갔다가 가, 오빠. 따뜻한 거 한 잔 마시고."

평소에 응석을 부리거나 보채는 일이 거의 없는 우리였는데, 아쉬운 마음에 저도 모르게 응석을 부렸다.

집에 들어가자는 우리의 말에 현조는 잠시 아무런 대답이 없었다. 솔직히 말하면 당장에라도 데리고 들어가고 싶은 마음이 가득했다. 그런데.

"이우리. 나 이제 환자 아니야."

"응?"

"저 집엔 우경이도 없고."

"……."

"너무 당연한 소리지만 너는 내 여동생도, 딸도 아니야."

갑자기 무슨 소리인가 싶어 의아한 얼굴이 된 우리가 가만히 눈을 깜빡거렸다.

"들어가면 나쁜 짓 할 거 같다. 그래서 못 들어가겠어, 저 집에."

"아……."

"오늘 새벽에도 내내 내가 무슨 생각을 했는지 알면 너 나 패고 싶을 거야."

현조의 손이 장난스레 그녀의 머리를 부비적거렸다. 그리고 가만히 그녀의 어깨를 끌어 현관문 앞으로 다가섰다. 어서 들어가라는 눈빛을 보내자 우리가 조금 머뭇거렸다. 정말 이대로 혼자 집에 들어가 버리면 후회할 것 같았다.

나쁜 짓을 할 거 같다는 그의 말이 우리는 무엇인지 잘 알았다. 경험은 없었지만 그렇게 어리지도 않았고, 알 것은 다 알았다. 하지만 이렇게 그를 보내고 싶지는 않았다. 이상하게 지금 이 순간 그러했다. 어렵게 자신을 찾아와 준 그를, 보고 있어도 계속 보고 싶은 그를 이대로 집에 돌려보내고 싶지는 않았다.

아무 말 없이 가만히 있던 우리가 손을 뻗었다. 그녀의 손이 현조의 코트 깃을 그러쥐었다.

"들어갔다가 가."

"……."

"응, 오빠?"

"내 말 뭐 들었어, 너."

찬 공기에 빨개진 우리의 코를 내려다보며 현조가 난감한 듯 웃었다. 우리는 조금 더 용기를 내기 위해 입술을 앙다물었다 뗐다.

"나 괜찮아."

"……."

"나 괜찮다고, 오빠. 그러니까 들어갔다가 가. 응?"

현조는 순간 머릿속이 어지러웠다. 우리가 지금 자신을 유혹하고 있는 것인가? 아니면 제 말을 제대로 못 알아들은 것인가? 이런저런 생각들이 그의 머릿속을 흘렀다.

어디서 그런 용기가 나온 건지 우리는 또렷한 눈으로 현조를 바라보고 있었다.

"너 진짜……."

현조가 더 말을 잇기도 전에 우리가 이번엔 코트 깃이 아닌 그의 허리를 끌어안았다. 여전히 시선은 응시한 채로.

"이우리."

"응."

"하."

제 허리에 매달린 우리를 보면서 끌어안지도 밀어내지도 못한 현조가 계속해서 고민스러운 듯 눈동자를 굴렸다.

뭐를 괜찮다고 말하고 있는 건지 본인은 알고는 있을까?

"지금 가면 며칠 동안 또 못 보잖아."

우리가 조그마한 목소리로 말을 이었다.

조금이라도 더 같이 있고 싶은 마음이야 우리보다 현조가 더하면 더했지 덜하지는 않았다. 하지만.

유독 더 아름다워 보이는 우리의 하얀 얼굴을 내려다보며 현조는 고민에 잠겼다. 스물여섯. 제 눈엔 아직은 어리기만 한 그녀가 걱정부터 됐다. 이런 일로 갈팡질팡하는 자신이 좀 우습기도 했지만, 그래도 자신보다 우리가 더 우선이었다.

현조의 허리를 잡은 우리의 손에 더욱더 힘이 들어갔다. 그렇게 한참을 아무 말 없이 촉촉한 그녀의 눈동자를 바라보던 그가 결심한 듯 흔들리던 눈빛을 고정시켰다.

흰 피부. 붉은 입술. 더 이상 그 순간을 절제할 수가 없었다. 현조는 옷 속에 가려진 우리의 모든 모습이 보고 싶었다.

"후회하지 마."

"……."

"시작을 안 하면 안 했지, 하다가는 절대 못 멈춰 나."

직접적인 그의 표현에 우리의 얼굴이 조금 붉어졌다. 하지만 그녀는 조용히 고개를 끄덕일 뿐이었다.

그렇게 그는 자석에 이끌리듯 재빠르게 그녀의 뒤통수를 끌어당겨 안았다. 늘 쑥스러움이 많던 우리조차 이번에는 당황하지 않고 그를 받아들였다.

* * *

씻으러 들어간 우리를 기다리며 현조는 가만히 앉아 있지도 서 있지도 못하고 집 안 이곳저곳을 돌아다녔다. 초조한 기색이 역력해 보였다.

아직 물기가 다 마르지 않은 머리를 털어 내며 현조가 다시 한

번 더 집 안을 한 바퀴 돌았다. 우리가 집 안을 정리하는 동안 먼저 씻고 나왔는데, 이렇게 기다리는 시간이 길게 느껴질 줄 알았다면 절대로 우리를 먼저 욕실로 들여보냈을 거다.

쏴아아아.

욕실 밖에서 듣는 물소리가 이렇게나 야했던가.

현조는 저도 모르게 우리의 전라를 머릿속에 상상하고 있었다. 물론 이 상상은 오늘뿐만이 아니라 여러 번 해 오던 상상이었다.

씻고 나온 우리는 얼굴이 달아올라 있었다. 뜨거운 김에 홍안이 된 그녀의 얼굴이 복숭앗빛처럼 발갰다.

수건으로 머리의 물기를 닦던 그녀를 바라보며 현조가 침을 삼켰다. 몸에 핏 되는 가벼운 롱 원피스를 입고 나온 그녀의 실루엣을 저도 모르게 훑었다.

"오빠."

"어?"

허공에서 부딪친 두 사람의 시선. 자신의 전신을 훑어 내린 현조의 시선을 느꼈는지 우리가 쑥스럽게 웃었다.

"뭘 보는 거야."

"안 봤는데."

"거짓말쟁이."

자신이 생각해도 구차한 거짓말이었다. 민망했는지 씩 웃음을 터뜨린 그가 천천히 우리를 향해 다가섰다. 아직도 욕실에 있는 것처럼 뜨거운 기운이 그녀의 몸을 감돌았고, 그것이 다 느껴졌다.

현조의 손이 젖은 그녀의 머리카락으로 향했다.

"오늘따라 더 예쁘다."

"……."

"원래도 예뻤지만 이상하게 더."

이번엔 그의 손끝이 그녀의 볼을 쓰다듬었다. 촉촉하게 자신을 바라보고 있는 그의 모습에 그녀도 같은 이야기를 해 주고 싶었다. 오늘따라 더 멋있다고. 원래도 멋있었지만 이상하게 오늘따라 더 멋져 보인다고.

다시 손을 옮긴 그가 우리의 부드러운 목덜미를 만지작거렸다.

"근데 오빠."

우리가 머뭇거리며 그를 불렀다.

"응."

"나 처음이야."

그럴 것이라고 예상은 했었지만 정말로 경험이 없다고 말하는 우리를 보자 현조의 마음에 더욱더 큰 책임감이 일었다.

이번엔 그의 손이 그녀의 입술에 닿았다. 분홍색의 말랑말랑한 입술. 초콜릿처럼 달 것 같은 그녀의 입술을 보며 현조는 더 이상의 인내심을 발휘하지 못할 것 같은 자신을 느꼈다.

두 사람의 긴 입맞춤이 지속되었다. 다급하게 엉긴 두 남녀의 숨소리가 점점 더 격렬하게 얽혀 들었다. 집 안에 가득한 어둠 속에 두 실루엣이 있었다. 처음엔 우리가 당황하지 않도록 천천히 입을 맞추던 현조가 자신도 모르게 점점 거친 키스를 퍼붓기 시작했다.

잠시 입술을 뗀 현조가 격한 숨을 몰아쉬며 어둠 속에서도 빛나는 그녀의 말간 눈을 들여다보았다.

갑작스러운 멈춤. 그녀의 부드러운 머리카락을 손에 쥔 채 그가 여전히 고민하듯 머뭇거렸다. 우리는 길게 이어진 키스에 숨이 찼는지 색색 빠른 숨을 내쉬었다.

"놀랐지."

"아니. 괜찮아, 오빠."

격렬해진 자신의 모습에 우리가 놀랐을까 봐 걱정했나 보다. 하지만 우리는 배시시 웃는 얼굴로 고개를 저었다. 가슴이 두근거렸다. 조용한 집 안 전체에 다 울려 퍼질 정도로 심장이 쿵쿵 방망이질을 했다.

어린 시절부터 함께해 온 우리를 이렇게 품에 안을 날이 올 거라고 생각이나 했었을까.

현조가 선 채로 그녀의 머리카락을 쓸어내렸다. 우리가 가만히 그의 가슴께에 귀를 가져다 댔다. 쿵쿵. 쿵쿵. 자신처럼 현조도 떨리는 심장을 어쩌지 못하고 있었다.

제게 기대 선 우리를 번쩍 안아 든 현조가 침대 쪽으로 걸어갔다. 침대 위에 그녀를 내려 둔 그가 다시 부드러운 입맞춤을 시작했다.

"으음."

우리가 작은 신음을 흘리자 현조는 아래쪽이 점점 더 뻐근해지는 것을 느꼈다. 우리의 원피스를 위쪽으로 밀어 올린 그가 점점 더 깊이 그녀의 입술을 삼켰다.

속옷 위로 만진 우리의 가슴은 현조의 생각보다 더 풍만했다. 한참을 속옷 언저리에서 겉돌던 그의 손이 거추장스럽다는 듯 속옷을 벗겨 버렸다. 조금 당황한 듯 우리의 몸이 움찔거렸지만, 이제 현조는 멈출 수가 없었다.

팬티 한 장만 남기고 우리의 모든 옷 조각이 침대 아래로 떨어져 내렸다. 우리의 하얀 몸은 어둠 속에서도 반짝이며 빛났다.

입술을 내려 우리의 목 언저리에 입을 맞추던 그가 천천히 고개를 들어 온전히 드러난 그녀의 가슴을 바라보았다. 탐스러운 살 위에 딱딱하게 솟아오른 과실이 그의 심장을 더욱더 두근거리게 했다.

"예쁘다."

"……."

"예쁘다, 우리야. 정말."

"하아. 오빠."

한쪽 가슴을 그러쥔 현조가 그녀의 정점을 입에 물었다. 처음 느껴 보는 생경한 느낌에 우리는 저도 모르게 가는 신음을 흘렸다.

사실 두려웠다. 처음 겪게 될 남자와의 관계에 대한 두려움. 하지만 그보다도 사랑이 더 깊었다. 자신의 처음을 가져갈 남자가 현조라는 사실이 기뻤고, 그것이 두려움을 이겼다.

　현조의 손길이 조금 더 분주해졌다. 말캉한 우리의 살 이곳저
곳을 탐험하듯 만지던 그의 손이 조금 더 아래쪽으로 내려왔다.

16

부드러운 우리의 허벅지를 쓰다듬으며 그가 탄식 같은 숨을 내뱉었다. 그의 입술은 여전히 우리의 가슴에 머물러 있었고, 우리는 저도 모르게 온몸이 뻣뻣하게 굳는 것을 느꼈다.

"괜찮아?"

입술을 뗀 현조가 다시 위로 올라와 속삭이듯 그녀의 귓가에 물었다. 두 사람의 눈동자가 부딪쳤다. 우리는 아무런 대답 없이 그저 고개만 끄덕였다. 괜찮을 것이다. 무엇이든. 현조를 마음껏 좋아할 수 없었을 때, 현조 곁을 떠났을 때의 그 괴로움보다 더한 것이 있을까.

온통 새하얘진 우리의 머릿속에는 현조밖에 없었다. 지금 이 순간만은 서울에 있을 가족들은 잊고 싶었다.

우리가 재차 고개를 끄덕였다. 그녀의 긴장을 풀어 주려는 듯 현조가 이번엔 그녀의 흘러내린 머리카락을 쓸어 올렸다. 커다란 그의 손길이 너무나 좋아 우리는 저도 모르게 눈을 꼭 감았다. 길고 까만 속눈썹이 파르르 떨렸고, 현조 눈엔 그런 그녀의 모습조차 너무나 예뻤다.

현조는 다시 천천히 그녀의 입술로 다가갔다. 따뜻한 입술이 겹치며 다시금 두 사람 주변으로 열기가 흘렀다. 가느다란 신음이 우리의 입술에서 새어 나왔고, 현조는 점점 더 격렬한 키스를 퍼부었다.

현조도 더 이상은 멈출 수가 없었다. 깊게 우리에게 입을 맞추며 이전보다 좀 더 거세게 그녀의 가슴을 손에 쥐었다. 이전보다 더 뻣뻣해진 그녀의 몸이 그의 손끝에 느껴졌다.

현조의 입술이 스르르 그녀의 몸으로 미끄러지듯 내려왔다. 그의 손은 점점 더 은밀한 곳을 찾아 우리의 허벅지 사이로 쑥 들어왔고, 우리 그녀도 모르게 촉촉하게 젖어든 그곳을 찾아냈다.

"아."

작은 신음. 우리는 현조의 손이 그 누구도 침범한 적 없었던 자신의 아래쪽에 머무르자 놀람 반, 탄성 반의 신음을 질렀다.

현조는 더 이상 멈출 생각이 없는 것 같았다. 입술은 그녀의 가슴에 묻은 채로 손을 움직여 민감한 우리의 그곳을 건드렸다. 배배 꼬이는 몸을 조금씩 비틀며 우리가 양손으로 시트를 꼭 잡았다.

현조가 다급하게 셔츠와 바지를 벗어던졌다. 전라가 된 상태로 제게 머무른 그를 내려다보며 우리가 마른 입술을 적셨다. 커다란 체격, 탄탄한 어깨와 몸이 그녀의 시선 안에 들어왔다. 조금 용기를 낸 그녀가 손을 뻗어 그의 어깨에 가져다 댔다.

움찔.

그가 몸을 움찔거리자 우리가 조금 더 용기를 내어 그의 단단한 팔뚝을 지나 가슴팍으로 손을 옮겼다. 점점 더 이성을 잃은 그가 격렬히 우리의 몸으로 엉겨 들어왔다. 우리를 제 안에 가둔 현조가 부풀대로 부푼 그의 남성을 손에 쥐었다. 그리고 천천히 그녀의 촉촉하고 좁은 문으로 밀어 넣었다.

"아앗."

누구도 열지 못했던 좁은 문은 쉽사리 그의 것을 받아들이지 못했다. 하지만 천천히 천천히. 그는 다시금 우리의 입술에 입을 맞추고, 그녀의 작은 어깨를 도닥이며 괜찮다고 말해 주었다.

서서히 힘이 풀린 그녀의 몸을 느끼며 현조가 다시 자신의 것을 그녀의 안에 밀어 넣었다. 열리지 않을 것같이 닫혀 있던 문이 조금씩 열리며 그의 것을 받아들일 준비를 했다.

너무나 생소한 첫 경험에 우리는 정신을 잃을 것만 같았다. 하지만 아깝지도 않았고, 더 이상은 두렵지도 않았다.

그녀의 하얀 다리를 양쪽으로 더 젖힌 그가 3분의 1쯤 들어간 자신의 남성을 더욱더 밀어 넣었다.

"아아."

이번엔 현조의 음성이었다. 어쩜 이다지도 좁고 따뜻하고 부드러울 수 있을까. 마치 축제처럼 느껴지는 경험.

여전히 두근거리는 가슴을 느끼며 현조가 완전히 그녀의 안으로 들어섰다. 그는 땀에 젖은 우리의 머리카락을 손으로 넘겨 주며 그녀의 하얀 이마에 짧게 키스했다.

너무나 소중했다. 소중하고 소중해서 다 가지고 싶고, 언제나 제 곁에 있을 수 있게 지키고 싶었다.

"하앗. 오빠."

"아프지."

"응. 아파."

"……."

"그런데 아파도 좋아, 오빠."

마치 흐느끼듯 젖어 든 목소리였다. 우리의 머리카락에 몇 번이고 입을 맞추며 현조는 그녀를 품 안에 꼭 끌어안았다.

그녀의 안에 완전히 자리를 잡은 그의 남성이 움찔거렸다. 우리를 보듬던 그가 이제는 조금씩 힘을 주어 천천히 피스톤질을 시작했다. 우리는 자신의 안을 왔다 갔다 하는 뭉툭한 그의 것을 느끼며 눈을 질끈 감았다. 아프기도 하고 이상하기도 한 느낌. 또한 그의 여자가 되었다는 벅찬 감정도 함께 느꼈다.

그의 몸짓이 조금 더 격렬해졌다. 바짝 마른 우리의 입술에 연신 입을 맞추며 그가 하반신을 더 크게 움직였다. 두 팔을 들어 그의 목에 꼭 매달린 우리가 옅은 신음을 끊임없이 내뱉었다. 그

미성의 신음을 들으며 현조는 더욱더 그녀를 몰아붙였다. 두 사람의 숨소리가 점점 거칠어졌고, 방 안은 뜨거운 습기로 가득해졌다.

온몸을 조여 오는 부드럽고 달콤한 느낌. 천국에 있다면 이런 느낌일까.

피스톤질을 지속하던 현조의 몸이 뻣뻣하게 굳어 갔다.

절정. 절정. 점점 더 치닫는 절정. 다급하게 그녀의 속에서 나온 그의 팽팽한 남성이 끈적한 유백색의 액체를 뿜어냈다. 아름다운 탄성을 내지르며 두 사람은 서로에게 몸을 겹쳤다.

따뜻한 현조의 체온이 온몸으로 스며드는 것 같았다. 천장을 향해 있는 우리의 눈동자가 깜빡깜빡. 그러다가 손을 들어 그의 이마를 찾아 흐른 땀을 슥 훔쳤다. 아래쪽에 얼얼한 기운이 느껴지긴 했지만 그보다도 그와 하나가 됐다는 이 느낌이 더 크게 와 닿았다.

갑작스럽게 피로와 함께 잠이 우리의 눈가로 몰려들었다. 자고 싶지 않은데. 아직 오빠와 더 이야기를 나누고 싶은데.

"미안해. 힘들었지."

"아니야."

"졸리면 자도 돼."

"싫은데. 자면 안 되는데."

거친 행위가 끝나자마자 급격하게 몰려오는 피로감에 우리는 저도 모르게 눈꺼풀을 내렸다. 중얼거리는 그녀의 목소리가 현조의 귓가를 작게 울렸다.

"오빠."

"응."

"나 잠 들어도 꼭 서울에 가야 해."

"……."

"나 아버지 힘든 거 싫단 말이야."

울컥.

정신없는 와중에도 그와 그의 가족을 걱정하는 우리의 마음에 현조는 왠지 울컥 눈물이 올라올 것 같았다.

피가 묻은 시트를 바닥으로 내리고, 수건을 가져와 그녀의 몸을 소중하게 닦아 낸 그가 큰 숨을 내쉬며 다시 침대에 몸을 뉘였다. 그리고 조심스레 우리의 머리를 들어 팔베개를 해 주었다.

아기처럼 색색 숨소리를 내며 잠이든 그녀를 바라보며 현조가 작은 미소를 담았다.

"나 이우경한테 죽었다."

어쩌다 보니 제일 먼저 떠오른 건 우리의 유일한 피붙이인 그녀의 오빠였다. 물론 이런 일에 대해 죽어도 우경에게 말하지 못하겠지만, 혹시나 알게 된다면 어떤 반응을 보일까. 아마도 그전처럼 또 피떡이 되도록 맞을지도 모르겠다.

"으음."

제 품 안을 파고드는 우리의 모습에 금세 우경을 머릿속에서 지운 그가 또다시 바보처럼 웃었다.

새근새근.

얘는 숨소리도 예쁘네.

대수롭지 않다고 생각했다. 죽도록 맞아도 괜찮을 것 같았다. 지금 그녀가 제 품 안에 있는데 무엇이 두려울까. 아마 무엇도 이 행복을 이길 수는 없을 것이다.

"고마워, 이우리."

조금 더 세게 자신의 품 안에 그녀를 넣으며 그가 말했다. 자신의 처음을 내어 준 것도, 이런 말도 안 되는 기쁨을 선사해 준 것도, 제 곁에 이렇게 숨 쉬고 있다는 것 자체도. 모든 것이 고마웠다.

"너 두고 또 어떻게 가야 할지 모르겠다."

현조는 우리의 보드라운 머리카락을 쓸어내리며 몇 차례 그녀의 이마에 입을 맞췄다.

"가기 싫어."

우리를 끌어안은 채로 현조는 조금도 잠을 잘 수가 없었다. 서울에 올라가야 하니 조금이라도 더 그녀를 보고 느끼고 싶었다.

그는 처음 한 경험에 무리가 왔을 그녀의 작은 몸을 계속해 주물러 주며 곁에서 떠나지 않았다. 조금이라도 뒤척이며 신음을 내면 꼭 끌어안아 어깨를 토닥여 주기도 했다. 결국 현조는 깊은 새벽이 올 때까지 서울에 올라가지 못했다.

깊이 잠들어 깨어나지 않을 것 같았던 우리가 잠에서 깨어났는지 굳게 닫았던 눈꺼풀을 들어 올렸다. 바로 눈앞에 그녀를 지켜보던 현조가 있었다.

"일어났어?"

"오빠."

"응."

"왜 안 갔어?"

그가 손을 들어 가만히 그녀의 머리카락을 쓰다듬었다.

"왜는 왜야. 가기 싫어서 그렇지."

"지금 몇 시야?"

"아직 네 시야."

손을 들어 눈을 비빈 우리가 자리에서 일어나려는 듯 자세를 잡았다. 하지만 다리가 욱신거리는지 편안하게 일어날 수가 없었다. 그것을 알아챈 현조가 잽싸게 먼저 일어나 이불 위에서 우리의 허벅지를 주물렀다.

"너 잘 때 많이 주물렀는데. 그래도 아픈가 보다."

"괜찮아. 안 해도 돼."

"싫어. 할 거야."

현조가 장난스레 웃으며 주무르는 손에 좀 더 힘을 주었다. 우리가 옅은 미소를 띠며 손을 들어 그의 머리를 가만히 쓰다듬었다.

"얼른 가, 오빠. 지금 올라가야 출근할 수 있잖아."

"왜 자꾸만 가라고 해. 나 가기 싫어, 우리야."

그 마음을 왜 모를까. 현조는 자꾸 저를 보내려는 우리의 마음을 알면서도 떼를 부렸다. 가고 싶지 않았다. 아버지를 생각하면 가야 했지만, 이렇게 우리를 두고 가고 싶지 않았다.

결국 실랑이를 벌이던 두 사람은 우리가 다시 잠들면 그때 가기로 결정을 했다. 현조는 이런저런 대화를 나누며 새벽을 보내고 싶었지만 —사실은 우리와 한 번 더 하고 싶은 마음도 컸지만—, 처음이라 있는 대로 긴장했던 그녀는 금세 또다시 졸려 했다. 무거운 눈꺼풀이 깜빡깜빡. 다시 아이 같은 숨소리를 내자 현조가 그녀의 이마에 애틋하게 입을 맞추었다.

깊이 잠이 든 우리는 새벽녘 현조가 나가는 것도 알지 못했다. 혹시나 우리가 혼자 일어나 외로움을 느낄까 봐 긴 쪽지를 적어 둔 그는 그렇게 떨어지지 않는 발걸음을 옮겨야만 했다.

피곤한 몸을 이끌고 출근한 병원에서 현조는 우경을 발견하곤 화들짝 놀랐다. 그는 분한 마음에 사직서를 내고 나간 뒤로 병원 근처에는 얼씬도 하지 않았었다. 아마 앞으로도 오랜 시간 병원에서 보는 일은 없지 않을까 미리 체념도 했었다.

흰 가운을 입고 선 우경이 흐트러진 그를 보며 작게 한숨을 내쉬었다.

"술 마셨냐?"

"아니."

"그런데 꼴이 왜 그래?"

우리와 사랑을 나누고 뜬 눈으로 밤을 샌 채 서울까지 달려오느라 현조는 몰골이 말이 아니었다. 거기다 감기로 앓기까지 했으니 더욱더 피곤해 보였는지도 모르겠다.

"이우경 너는 왜 여기 있는데?"

"내 직장에 내가 있겠다는데 네가 뭔 상관이야."

"사직서 냈잖아."

"아버지가 처리 안 한 거 알면서 뭘 물어."

여전히 분이 풀리지 않은 듯 시니컬한 표정으로 우경이 말했다.

그가 현조를 지나쳐 자판기에서 콜라 하나를 뽑았다. 쿵. 출구에서 캔을 꺼낸 그가 잠시 고민하더니 휙 그것을 현조에게 던졌다. 현조가 얼떨떨하게 그것을 받아들었다.

"휴게실에서 좀 자다 나와. 오전엔 내가 커버 칠 테니까."

"……."

"그 꼴 하고 있는데도 우리가 널 계속 좋다고 그럴까? 장담 못하겠네, 나는."

나 여태까지 이 꼴 하고 네 동생이랑 있다 왔다.

하지만 이렇게 말할 수는 없었다.

"이우경."

"왜."

"이제 나 좀 그만 미워해."

부스스한 머리를 손으로 흐트러뜨리며 현조가 말했다. 콜라 하나를 더 뽑아 그를 지나쳐 가려던 우경이 그 말에 우뚝 멈추어 섰다. 미워하지 말라는 그의 말이 뭔가 애잔하기도 하고, 가엾기도 하고.

"나 너 안 미워, 현조야."

"……."

"네가 별로 안 미운 내가 미운 거지, 이 자식아."

현조의 입술에서 작은 웃음이 튀어나왔다. 우경의 저 말을 현조는 이해했다. 아마 반대의 상황이 왔어도 마찬가지였을 테니까.

그래. 어떻게 미워할 수가 있는데.

우리가, 서로를.

"병원 나와 줘서 고맙다."

"돈 벌러 나온 거야. 돈이 없어서."

"웃기지 마. 치과는 다른 곳도 많잖아."

우경이 왜 병원에 나왔는지 현조는 알고 있었다. 아마도 알고 있었을 것이다. 그가 미친놈처럼 우리를 찾아다니면서 병원에 소홀하고 그 힘듦을 오로지 다 아버지가 감당하고 계시다는 것을.

가족이었으니까 그냥 지나칠 수 없었겠지. 내가 아는 너라면.

"그렇다고 너 보고 싶어서 나온 건 아니야."

"응. 알아. 근데 나는 너 보고 싶었어, 이우경."

"들어가서 잠이나 자. 팬더가 친구 하자고 덤비겠다."

그 자리에서 시원한 콜라를 원샷한 우경이 제 상담실로 걸음을 옮겼다. 그의 말에 현조는 자신의 눈가를 만지작거렸지만 그 말대로 쉬고 싶은 생각은 없었다. 몰골이야 어떤지 모르겠지만 그는 지금 어떤 상황보다도 정신이 또렷하고 기분이 좋았다. 우리의 일 때문에도 그랬고, 지금 우경의 모습 때문에도 그랬다.

우리야.

나는 이제 서울에 올라간다. 깨워서 한 번 더 눈 마주치고 이야기하고 가고 싶었는데 너무 깊이 잠이 든 것 같아서 깨울 수가 없었어. 올라가지 말까, 이곳에 있을까 백번 천 번 밤새 고민도 했는데, 내 할 일 제대로 안 하는 것, 아버지를 힘들게 하는 것을 네가 더 싫어할 것 같아서 네가 다시 깨길 기다리다 가 올라가.

나는 오늘 너무도 벅차고 가슴 떨리는 밤을 너에게서 선물 받았다. 내가 과연 이런 선물을 받아도 되는 건지, 그럴 자격이 있는 건지 고민될 만큼 행복하고 설렌 선물을 받았어. 이런 마음과 사랑을 네게 준 너를 나는 이제 더 이상 어디에도, 누구에게도 보내고 싶지가 않다.

나는 너와 헤어지지 않을 거야. 그 어떤 상황이 와도 나는 너를 절대로 혼자 두지 않을 거야.

사랑한다, 우리야. 너를. 너의 전부를. 내 모든 걸 다 걸 수 있을 만큼 아주 많이. 이제는 네 사랑보다 내 사랑이 더 크다고 자신 있게 말할 수 있어.

곧 다시 만나러 올게. 그러니 너도 가능한 한 빨리 이곳을 정리했으면 좋겠어.

곁에 있는데도 네가 너무 그립다, 우리야.

나 아무래도 진짜 바보가 맞는 것 같아.

너의 바보 현조가.

우리는 현조가 써 두고 간 쪽지를 몇 번이고 애틋하게 다시 보았다. 그 긴긴밤 언제나 자신이 깰까 옆에서 지켜보며 진심 가득 써 내려간 이 글귀들이 한 자 한 자 가슴속에 와 닿아 행복했다.

"이제 나도 떠날 수가 없을 것 같아, 엄마."

현조의 어머니를 생각하면 아직도 깨질 듯이 머리가 아팠지만, 제 사람을, 제 행복을 이제 더는 놓아주고 싶지 않았다.

"나는 오빠가 없으면 안 될 것 같아요."

빈 집 안이었지만 현조가 머물다 간 흔적은 무척이나 뜨겁고 따스했다. 우리는 혼자 눈을 떠도 외롭지 않았다. 깨끗하게 닦여진 자신의 몸과 잘 정돈된 집 안을 둘러보다 그녀는 행복한 얼굴로 쪽지를 한 번 더 읽었다.

* * *

며칠 후.

경로당 어르신들과 이별을 하며 우리는 눈물이 그렁해져 있었다. 예전에 의사 사위를 소개해 주겠다던 할머님, 라넌큘러스를 좋아하시던 할머님. 모두가 그녀의 눈에 밟혔다. 모두 굉장히 그녀에게 잘 대해 주셨다.

"할머님. 죄송해요. 더 오래 있고 싶었는데."

"무신 소리. 젊은 아가씨가 여기 오래 있어서 뭣한다고. 좋은 길이 있으면 그 길로 가야지."

"아이구. 쩌기 저 봉덕횟집 봉자도 엄청 아쉬워하겠네. 선생님이랑 하던 수업 엄청 좋아했거든."

"저도 너무 좋았어요. 여기 경로당 할머님들도 좋았고, 레슨하러 오시던 여사님들도 너무 좋았고요."

"놀러 와, 서울아가씨. 우리가 생각나거들랑."

"네. 가끔 놀러 올게요, 할머님."

아직 서울에 가기로 한 날은 며칠 남았지만 미리 정리를 하며 우리는 다시 가슴 한 켠이 묵직해지는 것을 느꼈다. 어느 곳에 있던 이별이란 참 아픈 것이었다.

어르신들 중엔 눈물을 삼키는 분들도 계셨다. 짧지만 함께한 정이 깊었던 모양이었다. 어쩌면 한적하고 재미없는 마을에 꽃꽂이를 가르쳐 주는 아가씨의 존재라는 것이 굉장히 컸을는지도 모르겠다. 좋아하시는 꽃들을 한 아름 선물해 드리고 나오면서도 우리는 마음이 텁텁했다.

달구네 집에서 달구 어머니께 인사를 드리고 나온 우리를 달구가 배웅했다. 감사한 마음에 자신이 할 수 있는 최상의 꽃바구니를 만들어 선물해 드렸더니, 뜻밖에도 달구 어머니가 굉장히 좋아하셨다.

"올 엄마도 여자네. 저런 거 받고 좋아하고."

"그럼요. 당연하죠. 달구 씨는 별로예요?"

"아니, 아니요. 나도 좋아요."

달구가 손사레를 치며 대답했다.

달구네 집이라고 크게 쓰여 있는 간판을 올려다보던 우리가 다시 시선을 내려 그와 눈을 마주했다.

"그 서울샘님한테 가는 거죠?"

"서울샘님요?"

그의 질문에 그녀의 눈이 둥그레졌다.

"아. 죄송해요. 그 주 선생. 의사 선생요."

"네. 맞아요. 그 사람 제 남자친구거든요."

남자친구라고 이야기하면서 우리의 얼굴이 저도 모르게 붉어졌다. 홍조 띤 그녀의 얼굴을 바라보며 달구가 조금 씁쓸하게 웃었다.

"언제 가요?"

"이번 주 토요일요."

"가기 전에 한 번 더 들렀다 가래요, 엄마가. 이것저것 싸 준다고."

"아니에요. 괜찮아요."

우리가 죄송하다는 표정을 지으며 손을 내둘렀다.

"원래 여기서는 그런 정 있는 선물들은 받는 게 예의예요. 서울에서는 뭐 삼세 번 거절하는 거 같긴 하지만."

조금 머쓱해진 그녀가 이내 고개를 끄덕였다.

"그럼 가는 길에 들를게요. 고마워요, 달구 씨."

"뭐가 고마워요. 제가 주는 것도 아닌데."

툴툴대는 달구의 모습에도 큰 정이 느껴졌는지, 그를 향해 우리가 엷게 웃었다.

"그냥 지금까지 잘해 주셨잖아요. 현조 오빠한테도 잘해 주고."

"주 선생한테 서울 가면 치과 이용 쿠폰이나 잊지 말라고 해요."

"치과 이용 쿠폰요?"

이건 또 무슨 소린가 싶어 우리가 물었고 달구는 진지하게 말을 이어갔다.

"우리 부모님이랑 나 치과치료는 자기가 책임지겠다고 했거든요. 구두로 쿠폰 발행하겠다고 잘난 척하면서 갔어요, 저번에."

"푸훗. 정말요?"

"네."

"서울 올라오면 꼭 오세요."

"네. 꼭 갈게요."

우리의 미소에 짧게 깎은 머리를 쑥스러운 듯 매만지며 달구가 대답했다. 달구는 조금 아쉽기는 했지만 어쩐지 서울에 좋은 친구가 생긴 것 같은 느낌도 들고, 치과 쿠폰도 얻었으니 그리 나쁜 일만은 아니었던 것 같다.

해 질 무렵 집으로 돌아온 우리가 현조를 기다리고 있었다. 오늘 밤 늦게나 도착할 것 같다고 했지만 마음은 벌써부터 그를 기다렸다. 많은 것들을 정리해 안 그래도 텅 비어보였던 방이 더욱더 비어 보였지만, 우리의 마음은 가득 차 있었다.

그 속에서 우리는 현조가 준 담요를 덮고 앉아 따뜻한 유자차를 끓여 마시며 우경에게 메시지를 보냈다.

[오빠. 나 금방 다시 갈게.]

답장은 빛의 속도로 날아왔다.

[생각은 다 정리됐고?]

[응. 가서 얘기할게.]

[거제도는 지낼 만해?]

거제도는 지낼 만하냐는 말에 우리가 조금 뜨끔했다.

머그컵을 테이블에 올려둔 그녀가 다시 메시지를 보냈다.

[나 여기 있는 거 알았어?]

[그럼 내가 모를 줄 알았냐. 언제 올 건데.]

[미안해 오빠.]

[그런 말은 됐고.]

[이번 주에 갈게.]

다 알고 기다려 준 거였다. 우경도, 해나도. 전화로 빨리 돌아오라며, 어디에 있느냐며 괴롭히는 사람도 없었다. 그저 가끔 메시지를 보내 살아 있는지 잘 지내는지 안부만 확인했던 그들이었다.

어쩐지 울컥 눈물이 나올 것 같았다. 혼자 어린애처럼 투정부리며 현실에서 달아난 것만 같았다. 창피했다. 모두 이렇게 점잖게 어른처럼 그녀를 기다려 주고 있었는데.

똑똑똑.

우경과 해나의 생각을 하며 잠시 멍해 있는데 현관문을 두들기는 소리가 들렸다. 밤늦게 도착한다던 그가 벌써 온 것인지 반가운 마음에 그녀가 자리에서 튕겨지듯 일어났다. 식어 버린 유자차를 한입에 털어 넣은 그녀가 현관문 쪽으로 급하게 달려갔다.

"오빠!"

현관문을 열며 반갑게 그를 불렀지만 문밖에서 그녀를 마주한 사람은 현조가 아니었다.

"잘 있었니, 우리야?"

익숙한 목소리와 앞에 선 상대의 얼굴을 확인한 우리의 표정이 급격하게 굳었다. 그녀에게 온 것은 현조가 아니라 현조의 어머니 선애였다.

17

호로록.

찻잔을 쥔 우리의 손이 미세하게 떨리고 있었다.

집 근처에서 가장 가까운 커피숍은 촌스러운 인테리어에 조명
도 어두침침하고 사람도 별로 없었지만 주인의 커피 내리는 솜씨
만큼은 남부럽지 않은 곳이었다. 가끔 혼자 와서 커피를 마시며
이런저런 생각을 했던 곳이기도 했는데, 이렇듯 커피 맛이 느껴지
지 않을 정도로 긴장감을 가지고 오게 될 줄은 몰랐다.

우리가 찻잔을 내려놓자 이번엔 맞은편에서 선애가 따뜻한 커
피 한 모금을 목구멍으로 넘겼다.

"맛있네. 여기 커피."

"다행이에요."

우아하게 찻잔을 내린 선애가 가만히 우리의 얼굴을 들여다보았다. 잠시 그녀와 눈을 마주하던 우리가 저도 모르게 스르르 시선을 내렸다.

"얼굴이 안 좋다, 우리."

"……."

"현조도 요즘 그래."

입을 꾹 다문 우리는 어떤 말도 잇지 못했다. 무슨 말씀을 하러 오신 건지, 현조가 이곳에 왔다 간 것을 알고 오신 건지. 머릿속이 복잡해서 아무 말도 나오지가 않았다.

여러 가지 기억들이 한데 섞여서 우리를 혼란스럽게 했다.

부모님을 사고로 잃었을 때, 가엾은 나와 오빠를 따뜻하게 안아 주시던 어머니, 부엌에서 함께 음식을 준비하며 까르르 웃던 시간들, 현조 때문에 처음 뺨을 맞았던 그날, 아버지의 옛 추억으로 울부짖으시던 어머니, 아직도 정리되지 못한 내 방, 따뜻한 눈빛, 차가운 눈빛.

혼란스러웠다. 좋은 쪽이든 나쁜 쪽이든 어떤 한쪽 기억만은 가짜였으면 좋겠는데 모두가 진짜여서.

사랑을 주신 것도, 모질게 대하신 것도 모두 진심이어서.

커피숍을 흐르는 가느다란 선율에 정신이 퍼뜩 든 우리가 불안한 손끝으로 찻잔을 매만졌다. 여전히 그녀는 선애와 시선을 맞추지는 못했다.

"그래도 요 며칠은 좀 나아 보이더구나."

"……."

"너를 만났기 때문이겠지."

선애의 목소리가 조금 더 침울해졌다. 이미 알고 계셨구나. 찻
잔을 매만지던 우리의 손이 일순간 멈추었다.

선애는 반듯이 앉아 기억을 더듬듯 가만히 눈을 감았다. 온기
가 식지 않은 손끝을 매만지며 그녀는 세 남자를 떠올렸다.

*　*　*

집 안의 세 남자는 모두 엉망진창이었다. 제 남편도, 제 아들
도, 그리고 아들 같은 우경도.

우리는 서울을 떠났다고 들었다. 그 조그마한 아이는 어디서
무엇을 하고 있을까. 날씨도 점점 추워지는데.

자주 가던 한의원에서 몸에 좋다는 약을 지어 왔다. 네 사람 모
두에게 주기 위해서였다.

"사모님 안녕하세요."

병원에 들어서자 발랄한 치위생사 지혜가 친절하게 그녀를 맞
았다.

"원장님 지금 진료 중이세요."

"현조는?"

"에. 안 계세요."

"외출했나요?"

선애의 물음에 앳된 그녀가 조금 난감하다는 듯 머리를 긁적였다.

"요즘 금요일 빼고 일주일에 4일만 오시잖아요. 이 선생님은 안 나오신 지 꽤 되셨고요."

요즘 들어 더욱더 피곤해하던 남편이 그제야 이해가 갔다. 잠시 아무 말도 잇지 못한 채 우두커니 서 있던 선애를 지혜가 불렀다.

사모님. 사모님.

정신이 든 그녀가 두 사람분의 약을 그녀에게 전달해 주었다.

"집에서는 내가 챙겨 먹이면 되는데, 병원에서는 잊어버릴까 봐. 방에 두고 안 먹는 거 같으면 가끔 언질이나 해 줘요, 두 사람한테."

"제가 챙겨드리면 되지요!"

"일하느라 바쁜 사람한테 그런 거까지 시키면 못 쓰지."

"사모님한테 얻어먹은 반찬이 얼만데요. 이 정도쯤이야."

"고마워요. 그럼 가 볼게요."

"가시게요? 원장님 안 만나시고요?"

지혜의 질문에 선애가 희미하게 웃었다.

"집에서도 매일 보는 걸요, 뭐."

힘들다는 이야기를 전혀 하는 타입이 아니라, 매일 봐도 이렇게 힘들게 일하는지는 몰랐지만.

병원을 나서자 차가운 바람이 볼을 간질였다. 목에 두른 스카프를 좀 더 단단히 맨 그녀가 제 차에 올라탔다. 그리고 '플라워 테이블'로 차를 몰았다.

선애는 선뜻 가게 안으로 들어서지는 못했다. 길 건너편에서 가게 안을 들여다보는 그녀의 표정이 조금 애잔했다.

가게 안에는 우경과 해나가 있었다. 두 사람의 표정이 잘 보이지는 않았지만, 행동들만 봐도 활기차지 않다는 것은 알겠다.

잠시 뜸을 들이던 그녀가 길을 건너 가게 안으로 들어섰다.

딸랑.

상황에 맞지 않게 경쾌한 종소리가 그녀를 맞았다.

"어서 오세⋯⋯."

카운터에 서 있던 해나가 먼저 선애를 알아보고 저도 모르게 말을 멈추었다. 테이블을 정리하던 우경이 시선을 틀자 그와 눈을 마주친 그녀가 웃었다. 우리의 일을 알고 우경이 집으로 찾아왔던 그날이 두 사람의 마지막 만남이었다.

"이거 주려고 왔어."

마주 보고 앉은 두 사람의 앞에 따뜻한 커피가 놓였다. 안절부절못하고 있던 해나가 저를 향해 웃는 우경을 보고 고개를 끄덕이며 다시 카운터로 돌아갔다. 괜찮아, 라는 웃음. 언제나 활기차던 제 애인의 저 웃음이 오늘따라 왜 이렇게 쓰게 느껴지는지. 해나는 괜스레 코끝이 찡했다.

"이게 뭐예요?"

"보시다시피."

이우경, 이우리. 두 사람의 이름이 큼지막하게 써 있는 약상자를 내려다보며 우경의 눈이 조금 흔들렸다.

"병 주고 약 주시는 거죠."

"그런 의도는 아니야."

"알아요. 그런 의도가 아니라서 더 화가 나고요."

언제나 서글서글하게 웃던 이 아이는 어쩌다가 이렇게 서늘한 얼굴을 하게 되었을까. 나 때문이겠지. 아마도.

"우리는 없어요."

"알아. 들었어."

"그날 집에 다녀온 이야기는 끝까지 안 해 주고 도망갔어요."

"……."

"저도 무서워서 제대로 묻지도 못했지만. 또 때리신 거예요?"

우경의 질문에 선애가 쓰게 웃었다. 그녀가 작게 고개를 저었다.

"가끔 왔었어. 가게에. 들어오지는 못했지만."

"왜요? 어머니한테 맞은 우리랑 저, 얼마나 잘 지내고 있는지 염탐하려고요?"

가시 돋힌 우경의 말이 상처처럼 따끔거렸다.

"우경아."

"그렇게 부르지 마세요. 어머니 같으니까."

"……."

"속 시원하시겠어요. 우리 전부를 이렇게 만드셔서. 현조 그 자식도 꼴이 말이 아니겠죠. 그럴 수밖에 없겠지. 가족을 잃게 생겼는데."

우경의 신랄함이 더해졌다. 더 이상 참지 못하겠는지 우경이 자리에서 급히 일어섰다. 드르륵. 신경질적인 소리에 놀란 해나가 두 사람을 안타까운 눈으로 바라보고 있었다.

우경은 저도 모르게 눈물이 고였다. 지금 화를 내는 것처럼 마음속에서도 화가 치밀어 올라야 정상인데 어쩐지 이렇게 보게 된 어머니가 너무 좋아서. 미움과 사랑이 자꾸만 뒤얽히는 이 마음이 너무도 이상해서.

"가세요."

"그래. 이제 가야지."

천천히 자리에서 일어난 선애가 어지러운 듯 조금 휘청거렸다. 곧 다시 중심을 잡은 그녀가 우경을 향해 흐릿하게 웃었다.

"염탐하러 온 거 아니야. 보고 싶어서 왔단다, 너희가."

"……."

"어쩌다 난 이렇게 미움받는 엄마가 되었을까."

촉촉해진 우경의 눈빛을 알았다. 금방이라도 눈물이 떨어질 것 같은 아들의 얼굴을 올려다보며 선애는 가슴이 쓰렸다.

선애가 현조를 만난 건 그다음 주 평일이었다. 미리 문자를 보내 놓고 그의 집 경비실에 반찬을 맡기러 갔는데, 점심시간에 잠깐 옷을 갈아입으러 들른 그와 마주쳤다. 아마도 문자를 확인하지 못했던 모양이었다.

현조는 냉랭한 얼굴이었다. 그래도 수척하고 피곤해 보이던 이전보다는 훨씬 더 나아져 있었다.

"어디 아픈 데는 없고?"

"네."

"병원에 둔 약은 잘 챙겨 먹고 있니?"

"네. 지혜 씨가 잘 챙겨 줘요."

모던한 현조의 집. 얼음보다 싸늘한 아들의 얼굴을 바라보며 선애가 가만히 고개를 끄덕였다. 이곳에서도 저곳에서도 불편한 손님 취급을 받는 자신이 서럽게 느껴지기도 했지만 어쩌겠는가. 자초했던 일인 것을.

"어머니는 왜 그렇게 수척하세요."

"설마 너보다 그럴까."

"많이 힘들어 보이세요."

냉랭하게 대하다가도 어머니와 아버지의 옛 기억들을 떠올리면 어쩐지 끝까지 냉랭해질 수가 없었다.

나이가 보이지만 여전히 고운 어머니의 얼굴. 그녀의 들여다보며 현조가 작게 한숨을 내쉬었다.

"어머니."

"응."

소파에 앉은 그녀가 힘없이 대답했다.

"저 우리 만났어요."

"그래?"

사실 노발대발할 줄 알았는데 어쩐지 그녀의 목소리에는 그럴 의도가 전혀 없어 보였다.

현조가 마른 입술을 만지작거리며 잠시 뜸을 들였다.

"잘 있니, 우리는?"

"네. 거제도에 있어요."

"제 엄마 고향이구나."

"알고 계시네요."

"어떻게 모를 수가 있어."

한평생 제일 부러워하던 여자이자, 라이벌이자, 좋아했던 친구였는데.

가슴이 답답한 듯 머리를 쓸어내리는 현조를 보며 선애는 가만히 눈을 깜빡였다.

"죄송해요, 어머니."

"네가 뭐가."

"……."

"네 사랑이 엄마한테 뭐가 미안하니."

"어머니의 마음을 알고도 우리를 포기 못 해서요."

어쩌자고 제 아들한테 이런 큰 짐을 지워 줬을까.

선애는 그간 현조의 여자관계를 저도 모르게 떠올렸다. 어린 시절에 잠깐 사귀던 여자친구들은 있었던 것 같지만, 모두 우경과 우리, 그리고 가족보다 뒷전이었다.

라이벌처럼, 친구처럼 함께 공부하고 우정을 나누던 우경과 늘 그 곁에 있던 예쁘고 작은 우리. 항상 현조에게 붙여 주려고 했던 부잣집 아가씨들보다 훨씬 더 현조의 곁에서 빛났던 아이.

사랑하지 않는 게 이상했다. 정말로.

*　*　*

두 사람 사이엔 한참 동안 침묵이 지속되었다. 그리고 저도 모르게 그 침묵을 깬 건 우리였다.

"어머니."

주르륵.

어딘가 생각에 잠겨 있는 얼굴을 하고 있었던 선애의 눈에서 눈물 한 줄기가 쭉 떨어져 내렸다. 그 눈물을 본 우리가 당황한 듯 눈을 크게 떴다.

무슨 생각을 하셨을까, 어머니는. 여전히 현조 오빠와 나는 안 된다고, 나는 어울리지 않는다고 생각하셨을까.

'대체 나는 무슨 죄로 당신의 첫사랑의 아이들을 거둔 걸로도 모자라, 내 아들이 그 여자의, 그 여자를 닮은 딸과 사랑하는 걸 지켜봐야 하나요?'

울부짖던 선애의 목소리가 우리의 머릿속을 둥둥 울렸다. 머리가 깨질 듯이 아팠다. 어떤 말도 없이 울고 있는 그녀의 모습에 더욱더 가슴이 아렸다.

"미안하다, 우리야."

생각에서 빠져나온 선애가 손등으로 눈물을 닦아 내며 말했다. 미안하다는 그 말이 어쩐지 현실이 아닌 것 같아 우리는 대답을 잇지 못했다.

"미안해."

"……."

"아줌마가, 엄마가. 너희한테 어른스럽지 못해서."

스르르. 이어진 그녀의 말에 우리는 온몸에 힘이 다 빠져나가는 것 같은 기분을 느꼈다. 사실 문 앞에 선 어머니를 보고 두려움부터 밀려왔던 게 사실이었다. 또다시 현조를 만나지 못하게 하려고 오신 건 아닐까. 아니면 또 상처를 주러 오신 건 아닐까.

감정이 북받쳤는지 선애의 눈에서는 또다시 한 줄기 눈물이 흘러내렸다. 그 것을 숨기려는 듯 괜히 태연한 척 그녀가 앞에 놓인 찻잔을 손에 쥐었다. 아까는 자신이 떨고 있어서 몰랐는데, 우리는 자신 앞에 그녀도 떨고 있다는 것을 알 수 있었다.

"당장 무슨 말을 하려고 온 건 아니고."

"……."

"그냥 우리 네가 보고 싶어서 왔어."

선애의 눈물 젖은 눈동자가 또렷이 우리에게로 향했다.

"이기적이지? 그렇게 내 아들이랑 안 된다고 윽박질러 놓고, 네가 보고 싶다고 여기까지 찾아오고."

"……."

"너무 불안했단다."

"……."

"정말 우경이랑 우리가 내 곁에서 없어질까 봐. 다시는 너희를 볼 수 없을까 봐. 그렇게 고집스럽게 반대하고 상처를 주고서도 너희를 잃을까 봐."

"……."

"너희 엄마와 함께했던 예전도, 너희와 함께하는 지금도 어쩐지 나는 어른이 아직 안 된 것만 같구나. 창피하게도."

떨리는 손을 들어 다시 눈물을 닦아 낸 선애가 쓰게 웃었다. 우리는 마음이 아팠다. 완벽히 그녀의 마음을 다 알고 있다고 이야기할 수는 없었지만 어쩐지 뭔가 진심인 그 마음이 느껴져서.

분명 사랑이었다. 우경과 우리를 키워 주신 그 긴 세월은 분명 어머니의 사랑이었다.

하지만 우리는 어떤 말도 건넬 수가 없었다. 제 어머니에 대한 모욕적인 말, 보고 싶었다는 진심. 그것들이 뒤죽박죽 엉켜서 당장 어떤 말을 꺼낼 수가 없었다.

"시간을 좀 줘, 우리야. 나한테."

"……."

"부탁할게."

시간을 달라는 의미가 어떤 것인지 우리는 알 수 있었다. 우리를 받아들일 준비, 그리고 이전에 퍼부었던 이야기를 해명할 준비.

입술을 꼭 다물고 있던 우리의 눈가가 서서히 붉어졌다. 울고 싶었다, 엉엉. 어쩌다가 이런 일이 제게 일어났을까 싶어서. 어머니가 너무 원망스럽다고 소리 내어 붙잡고 울고 싶었다.

"현조 오빠가 좋아요."

"……."

"죄송해요. 포기 못 해서. 그런데요 어머니."

"……."

"현조 오빠는 제가 태어나서 처음 가져 본 첫 마음이었어요. 첫사랑이었어요."

우리의 입술이 살며시 떨리고 있었다. 커피는 점점 더 차디차게 식어 갔고, 그 찬 커피처럼 그녀는 마음이 시렸다.

"욕심내서 죄송해요. 정말 죄송해요."

"……."

"그런데 제가 어떻게 오빠를 포기해요. 어떻게 안 보고 살아요. 어머니를 안 보는 것도, 아버지를 안 보는 것도, 현조 오빠를 안 보는 것도…… 도대체 제가 그걸 어떻게 해요."

우리의 눈가에서 눈물방울이 떨어져 내렸다.

"아무리 밉고 미워도, 내 가족인데. 두 번을 어떻게 잃을 수가 있어요. 우경이 오빠한테, 저한테 어떻게 가족을 두 번씩 잃으라고 하세요."

주체 없이 흘러내리는 눈물에 우리가 두 손을 들어 얼굴을 감쌌다.

딸 같은 아이가 우는 모습에 선애도 그녀만큼, 아니 그녀보다 더 가슴이 욱신거렸다. 늘 선한 눈망울을 하고 있던 우리. 어려서 부모를 잃은 아이여서 그랬는지 유독 더 성숙하고 제 마음을 잘 숨겼던 우리. 웃는 얼굴에도 가끔 애잔함이 있었던 아이. 어쩌자고 내가 이 아이에게 이렇게도 큰 상처를 주었을까.

한바탕 눈물을 쏟아 낸 우리와 선애가 나란히 커피숍을 나섰다. 파리해진 우리의 얼굴을 바라보던 선애가 저도 모르게 손을 들었지만 이내 스르르 다시 제자리로 돌아왔다.

시간이 필요했다, 아직. 우리를 받아들일 준비. 우리에게 퍼부었던 상처를 해명할 준비.

캄캄한 밤. 두 사람의 입김이 하늘을 흘렀다.

지이잉. 지이잉.

조용한 공간 안에 울리는 진동음에 우리가 퍼뜩 정신을 차렸다. 주머니 안에서 꺼내 든 휴대폰에서는 현조의 이름이 떠올랐다.

"현조니?"

보지 않아도 알 수 있었다. 선애의 물음에 우리가 작게 고개를 끄덕였다.

"받아 보렴. 이제 나는 올라가야겠구나."

"……."

"밥 잘 챙겨 먹고. 두 사람 다."

우리를 앞질러 선 선애가 힘없는 발걸음을 옮겼다. 계속해서

울리는 휴대폰을 손에 꼭 쥔 우리가 그녀의 뒷모습을 가만히 보고 서 있었다.

"응, 오빠."

선애의 무거운 걸음이 우리에게도 느껴지는 것 같았다.

전화를 받은 우리는 여전히 그녀의 뒷모습을 쫓고 있었다.

―이우리. 어디야? 왜 집에 없어.

"나 잠깐 집 근처야. 커피숍."

―이 밤에? 너 혼자?

"어머니가 오셔서."

―어머니가?

놀란 현조의 모습이 이곳까지 전달되었다.

쓰게 웃은 우리는 대답을 잇지 못했다.

집 앞 커피숍이라는 말에 현조가 휴대폰을 든 채 우리를 찾아 뛰었다. 어머니가 왔다는 말에 그의 표정은 조금 굳어 있었다. '짠!' 하고 나타나서 우리와 함께 맛있는 야식을 함께 먹으려고 했는데, 텅 빈 집 안엔 아무도 없었다.

흰 입김이 그의 입술을 타고 흘렀다. 추운 날씬데 춥게 느껴지지도 않았다. 어머니와 우리가 이곳에 함께 있다는 사실이 그를 그렇게 만들었다.

찾아 헤매던 우리가 저 멀리 길 건너편에 있었다. 그리고 그녀의 시선이 향하는 곳에 터벅터벅 힘든 걸음을 걷고 있는 어머니가 보였다.

　우리는 현조의 전화를 받는 것보다 어머니에게 더 정신이 쏠려 있었다. 또 무슨 일이 있던 건 아닐까. 괜한 긴장감이 현조의 몸 안을 감돌았다.

　그리고 그때였다.

　"어머니."

　현조의 작은 읊조림.

　반대편에서 신호에 맞춰 길을 건너던 선애에게 한 승용차가 무지막지하게 달려들고 있었다. 멈출 줄 알았던 승용차는 빨간불인 신호에도 감각을 잃었는지 계속해서 돌진하고 있었다.

　"어머니!"

　여전히 휴대폰을 손에 쥔 현조가 조금 전보다 더 빠르게 그녀를 향해 달리기 시작했다.

　"오빠."

　—……

　"어머니가 우셨어. 사실 이런 걸 보면 그나마 마음이 풀릴 줄 알았는데, 전혀 안 그래. 나 너무 마음이 아파."

　우리는 현조가 듣지 못할 정도로 작은 목소리로 중얼거렸다.

　하지만 더 이상 그녀는 말을 잇지 못했다. 선애의 등을 바라보고 있던 우리의 표정이 조금 이상해졌다. 저도 모르게 휴대전화를 내린 우리가 선애를 향해 달려오는 승용차와 그녀를 번갈아 보았다.

"어머니."

작게 읊조리는 그녀의 목소리.

"어머니!"

현조보다 훨씬 더 가까운 거리에 있었던 우리가 빨랐다. 둥근 눈을 크게 뜬 우리가 놀란 얼굴로 재빠르게 그녀를 향해 달렸다.

"어머니! 엄마!"

끼익. 쾅.

저 멀리서 달려오던 현조의 발걸음이 점점 느려졌다. 툭. 그의 손에서 휴대폰이 바닥으로 떨어져 내렸다. 모든 것이 느린 화면처럼 그의 눈앞에서 천천히 움직였다.

선애를 밀쳐 내고 대신 차에 치인 우리가 바닥을 뒹굴고 있었다.

18

"어머나. 예쁘다. 오늘은 부케?"

"네. 4주 동안은 계속 웨딩클래스예요. 부케랑 부토니에르랑 테이블 디스플레이랑."

"이번에도 다 엄마 줄 거니?"

"당연하죠. 다 어머니 거예요."

어떤 날엔 아줌마였다가, 어떤 날엔 엄마였다가. 선애는 예전 부터 인경의 딸인 우리에 대해서 마음을 다잡지 못했었다. 너무너무 예쁘고 사랑스럽다가도 어느 순간엔가 저도 모르게 점점 제 엄마를 닮아 가는 그녀를 보며 괜스레 가슴이 아프기도 했다. 그 러다가 또다시 사랑하고, 조금 미워하고.

17살의 우리가 기억이 났다. 꽃을 좋아했던 그녀를 일찍이 플로리스트 학원을 보내 주었던 부부는 늘 그녀에게 한 아름 꽃 선물을 받았다.

오늘은 이것을 배웠고, 저것을 배웠어요. 예쁜 분홍 입술로 이런저런 이야기를 하던 우리의 모습이 기억에 생생했다. 예쁘다는 말로도 부족할 정도로 사랑스러운 아이였다.

툭. 괜스레 꽃가지를 손가락으로 살짝 튕기며 까까머리 현조가 우리에게 시비를 걸어 왔다.

"나한텐 뭐 없어?"

"없는데."

"우와. 매몰차네."

"왜. 오빠 뭐 갖고 싶은 거 있어?"

22살의 현조는 코피 터지게 공부를 하겠다는 다짐과 함께 머리를 짧게 깎았다.

교복을 입은 우리가 그를 향해 동그란 눈을 깜빡거렸다.

"갖고 싶은 건 됐고, 라면 끓여 줘."

"이 밤에 무슨 라면?"

"끓여줘. 나 배고파. 파 송송 계란 탁!"

현조는 마치 애처럼 우리의 얇은 팔목을 잡고 칭얼거렸다.

"현조야. 그럼 조금 이따가 우경이 오면 같이 먹지 그래? 우경이 저녁도 제대로 못 먹었을 텐데 같이 챙겨 주게."

선애가 빙그레 웃으며 아들에게 말했다.

"그럴까요? 근데 이 자식은 왜 이렇게 안 오지?"

"오빠 아까 도서관에 있다고 연락 왔어."

"도서관 의자에 궁둥이 붙겠다, 붙겠어."

"오늘은 좀 많이 늦네, 우경이가."

선애가 걱정스러운 듯 시계를 바라보았다.

"그러게요. 그래 봤자 과 수석은 내가 할 텐데. 그치, 우리야."

툴툴대는 그의 목소리에 우리가 조금 웃었다.

끄아. 이번엔 짧게 기지개를 켠 현조가 소파에 걸터앉아 이번엔 어머니가 손에 쥔 부케를 유심히 바라보았다. 그러다 시선을 조금 옮겨 우리와 눈을 마주했다. 대견하다는 오빠의 눈빛이었다.

"플로리스트해야겠다, 우리 우리는."

"아무래도 그렇지?"

어머니가 동조했고, 우리는 쑥스러운 듯 고개를 숙였다.

"다녀왔습니다."

양반은 못 되는 모양인지 우경이 귀를 후비적거리며 금세 집으로 돌아왔다. 단정한 차림에 백팩을 멘 천생 대학생의 모습이었다.

"주현조. 너 혹시 내 욕 했나? 집에 들어오는데 이상하게 귀가 간지러워."

"내 생각에 쟤는 치대를 다닐 게 아니고 길바닥에 돗자리를 깔았어야 돼."

"뭐야. 진짜 내 욕 했어?"

마치 친구처럼, 형제처럼 으르렁거리는 두 사람을 보며 선애가 쯧쯧 혀를 찼다. 하지만 이내 곧 두 아들들이 귀여운지 웃음을 터뜨리고 말았다.

곧이어 퇴근해서 집으로 돌아오신 아버지까지 모든 식구가 모여서 늦은 저녁과 야식을 했다. 우리는 현조의 라면을 끓여주었고, 선애는 아버지와 우경이 먹을 늦은 저녁을 준비해 주었다.

"야, 현조야. 나 라면 한 입만 주면 안 되냐?"

"내 거야. 노리지 마라. 침 뱉는다."

"아 진짜 더러운 자식."

"네가 먼저 전에 컵라면 먹을 때 이랬던 거. 생각 안 나?"

"밥상 앞에서 뭣들 하는 거야, 지금?"

우리는 아버지에게 혼쭐이 날 줄 알았다는 표정이었다.

"아휴. 우경아. 엄마가 라면 하나 더 끓여 줄게. 기다려 봐."

아직 철이 없는 두 아들들을 바라보며 아버지가 고개를 절레절레 저었다. 하지만 두 사람의 장난은 멈추지 않고 계속됐고, 그들의 행동에 결국 웃음이 터진 선애와 우리가 깔깔거리며 한참을 배꼽을 잡았다. 그들의 웃음에 덩달아 아버지마저 허허, 하고 너털웃음을 뱉었다.

정성이 가득하고 따뜻함이 가득한 식탁. 모락모락 김이 피어오르는 부엌에서 식사를 하며 그렇게 다섯 사람은 모두가 행복했다.

매일매일 지속됐던 행복. 함께 있어서 행복했던 그 시간들이 모두의 머릿속에서, 가슴속에서 색색 숨을 쉬고 있었다.

* * *

"우리야."

"……."

"우리야."

병실 안. 우리는 의식을 회복하지 못하고 있었다. 산소 호흡기를 쓴 우리의 모습이 너무도 이질적이게 느껴졌다. 현조, 우경, 우리 세 사람 모두 큰 병치레 없이 자라왔던 아이들이었다. 우리의 손을 꼭 잡은 선애는 정신 나간 사람처럼 그녀의 이름만 부르고 있었다.

선애에게 달려들었던 승용차는 음주운전자의 차였다. 다행히도 횡단보도 앞에서 겨우 정신을 차린 운전자가 급히 핸들을 꺾었고, 우리는 넘어지면서 가벼운 뇌진탕과 함께 다리 한쪽이 부러지는 사고를 입었다. 어쩌면 더 큰일이 날 수도 있었던 사고였기 때문에 그나마 불행 중 다행인 셈이었다.

특히 의학지식이 있었던 현조 덕분에 우리의 부상은 덜했다. 당황했을 법도 한 상황이었지만 119가 올 때까지 순간 호흡이 멈춘 우리에게 응급처치를 했고, 덕분에 크게 우려할 만한 일은 일어나지 않았다.

한참을 울다 지친 선애가 우리의 손을 잡은 채 그대로 침대 위로 쓰러지듯 고개를 묻었다.

"어머니. 침대에 조금만 누워 계세요."

"싫어. 싫다, 현조야."

우리와 함께 구른 덕에 가벼운 부상을 입은 어머니를 천천히 일으키려 했지만 그녀가 거부했다.

"어머니가 이러시면 제가 더 힘들어요. 제가 우리 곁에 있을게요. 머리 아프실 텐데 조금만 누워 계세요."

"죽지 않지, 우리? 내 딸 안 죽는 거지, 현조야?"

아직도 흘릴 눈물이 남았는지 선애의 눈에서 또다시 눈물이 방울져 내려왔다. 입술을 꼭 깨문 현조가 고개를 끄덕이며 손을 들어 그녀의 눈물을 닦아 주었다. 그리고 다시 천천히 그녀를 일으켜 옆 침대에 눕혔다.

우리의 곁으로 돌아온 현조가 어머니가 있던 자리에 그대로 주저앉았다. 파리한 그녀의 얼굴을 내려다보며 그는 몇 시간 동안 참았던 눈물이 가득 차오르는 것을 느꼈다. 사고가 나면서부터 지금까지, 우리가 무사한 것을 확인할 때까지 긴장을 놓을 수가 없었다. 현실을 직시해야 했고, 정신을 똑바로 차린 채 우리를 살려야 했다.

"이우리."

뒤늦게 터져 나온 눈물이 현조의 얼굴을 뒤덮었다. 이렇게나 울어 본 일이 있었던가. 이렇게나 주체 없이 눈물이 흐르던 때가 살면서 있었던가.

"왜 그랬어."

우리의 가녀린 손을 꼭 잡은 채 현조가 흐느꼈다. 달려오는 자

동차를 향해 서슴지 않고 달려가던 우리의 모습이 그의 머릿속을
생생하게 흘렀다.

"왜 그랬어, 멍청아."

"······."

"왜 거길 달려들었어."

피가 날 듯 입술을 꾹 깨문 현조의 흐느낌이 계속해서 이어졌
다. 이 작은 우리에게 도대체 나는 언제까지 상처만 될 건지. 행
복하게 해 주고 싶고, 웃게 해 주고 싶은데. 아프게 하고 싶지 않
은데.

"왜 그랬냐. 진짜, 너."

만약 어머니 때문에 너를 잃었으면 나는 어떻게 됐을까. 다행
스럽게도 현실로 일어나지 않았던 끔찍한 장면들이, 머릿속에서
상상의 나래를 펼치며 꼬리에 꼬리를 물고 이어졌다.

잠들어 있는 시간 동안 우리는 깊은 심연 속에 있었다. 그 속이
너무도 무겁고 아늑하고 따뜻해서. 왠지 금방 헤어 나오고 싶지가
않았다.

꿈을 꾸기도 했다. 사고로 돌아가셨던 부모님이 꿈속에 있었다.
꼭 살아 있는 것처럼 현실로 느껴졌다.

아빠가 사온 초콜릿을 우경과 현조와 나눠 먹으며 행복했던 그
때도 생생하게 기억 속을 흘러갔다. 마치 아빠 대신처럼 우리에게
초콜릿을 사다 주던 현조의 모습도 스쳐 지나갔다.

너무도 달콤했는데.

그 초콜릿도. 아빠도. 우리 우경이 오빠도. 이제는 내 연인인
당신도.

＊＊＊

다음 날.

호흡은 안정적으로 돌아왔지만 우리는 아직도 깨어날 생각을
못했다. 현오와 우경은 음주운전을 한 운전자에게 합의 따위는 없
다며 노발대발 난리를 치고 돌아왔다. 어머니를 바라보던 그의 시
선이 차게 식고, 식고 또 식었다가 다시 조금씩 돌아왔다.

"제가 진짜 화가 나는 게 뭔 줄 아세요?"

우경을 바라보는 선애의 눈 안에 아직도 채 마르지 못한 눈물
이 가득 차올랐다. 미안하다는 말도 나오지 않을 정도로 미안했
다. 자신이 우리를 이렇게 만든 것도 아닌데, 아들들에게 너무도
미안해서 고개를 들 수가 없었다. 그렇게 눈물이 쉴 새 없이 흘러
나왔다.

"내가 우리와 같은 상황이었어도 그렇게 했을 것 같아서."

"……."

"내가 어머니 상황에 처해 있었어도 주현조 이 자식이 나한테
그렇게 했을 것 같아서. 우리가 같은 상황이었어도 어머니, 아버
지가 우리를 향해 몸을 내던지셨을 것 같아서."

"……."

"그걸 내가 다 알아서. 너무너무 미워하고 싶은데 그러지를 못해서. 그게 너무 화가 나요, 전."

어머니에게 달려오는 차를 향해 뛰어들었다는 우리의 이야기를 듣자마자 우경은 망연자실한 상태로 병실 앞 복도에 주저앉아야 했다. 하나밖에 없는 제 여동생이 누군가를 위해 몸을 던졌다. 죽을지도 모른다는 걸 알면서도 기꺼이.

곁에 선 해나가 저도 모르게 훌쩍훌쩍 눈물을 삼켰다. 파리한 얼굴로 누워 있는 친구가, 그리고 제 애인인 우경이 너무도 마음이 아팠다.

"여기서 나가 주세요."

"……."

"아버지도, 어머니도, 현조도. 제발."

"……오빠."

나가 달라는 우경의 말에 뒤이어 가느다란 우리의 목소리가 들렸다. 깜짝 놀란 우경이 뒤를 돌아 제 동생을 확인했다.

창백한 얼굴을 한 우리가 무거운 눈꺼풀을 살며시 들어 올렸다. 그녀의 긴 속눈썹이 파르르 떨렸고, 모두가 그녀에게 집중했다.

"엄마."

아직 정신을 차리지 못한 듯 우리가 손을 뻗었다. 선애에게 향한 우리의 손길. 두 손으로 입을 꼭 가린 선애가 천천히 그녀를 향해 천천히 다가섰다.

주르륵.

그녀의 눈에서 또다시 눈물이 흘러내렸다.

"우리야."

"……엄마."

미안한 마음과 이렇듯 금세 깨어나 줘서 고마운 마음이 뒤섞여 가슴속에 일렁였다.

"우리야. 미안해. 내가 미안해. 전부 다 미안해."

그녀의 곁에 가까이 다가선 선애가 힘없이 뻗은 우리의 손을 잡았다.

"내가 다 잘못했어. 응? 다 거짓말이야. 너희 엄마, 아빠 세상에서 서로를 제일 사랑했었어. 내가 나빴어. 못났어. 그러니까 우리야."

"……"

"우리야 제발. 엄마 곁을 떠나지 마."

"……"

"엄마가 다 잘못했어. 다 잘못했어, 내가."

"……"

"제발. 엄마 옆에 있어 줘, 우리야."

우리의 손을 잡은 채 그대로 주저앉은 선애가 하염없이 눈물을 흘렸다. 눈을 제대로 다 뜨지 못한 우리의 눈가에서도 눈물 한 줄기가 슥 흘러나왔다. 횡설수설하는 그녀의 목소리가 너무도 애달

파서 저절로 눈물이 흘렀다.

"다행……이에요."

"……."

"살아 계셔서."

"……."

"괜찮으세요?"

"괜찮아. 괜찮아, 나는."

"……정말 다행이다. 또 잃는 줄 알았어요. 내 가족."

정말 그랬다. 그 마음밖에는 없었다. 어머니를 향해 달려드는 승용차를 보는데 어쩌면 이대로 또 어머니를 잃을 수도 있겠다는 생각만이 머릿속에 가득했다. 잃고 싶지 않았다. 무엇도 잃고 싶지 않았다. 그 어렸던 시절, 마음을 포기해서라도 지키고 싶었던 가족이었다.

어머니. 아버지. 우경 오빠. 현조 오빠. 해나.

누구 하나라도 없으면 살아갈 자신이 없을 것 같았다.

"왜 거기서 뛰어들었어. 내가 뭐라고. 내가 뭔데 네가 거기서 뛰어들었어! 대체 왜!"

울부짖는 선애를 바라보며 우리가 그녀의 손을 더욱더 세게 잡았다. 그 울부짖음이 우리를 꾸짖는 게 아님을 알고 있었다. 많이 두려웠던 거다. 잃었을까 봐. 정말로 그 현장에서 그대로 우리를 잃었을까 봐.

"……다 아시잖아요."

"……."

"제가 그 상황이었어도 어머니가 똑같이 하셨을 거라는 거 알아요, 저."

우경이 자신과 같은 이야기를 하는 우리를 보며 저도 모르게 한숨을 흘렸다.

토닥토닥. 우리의 손끝이 선애의 거칠어진 손을 토닥였다. 선애의 눈물이 조금씩 잦아들었고 희미하게 웃는 얼굴로 시선을 돌린 우리가 우경을 바라보았다.

"나가라고 하지 마, 오빠. 어머니 나한테 사과하러 오셨던 거야."

"……."

"그리고 보고 싶어서 오셨던 거야."

제 동생을 바라보며 우경이 입술을 꾹 깨물었다. 어쩌자고 저렇게 착하게 태어났을까 싶어 괜스레 가슴이 아렸다.

그녀가 이번엔 시선을 돌려 아버지와 해나를 차근차근 돌아보았다.

"아버지. 보고 싶었어요."

"그래, 우리야. 나도 그랬단다."

"해나야. 미안해. 이런 꼴 보여서."

"넌 항상 나한테 이래. 나쁜 계집애야."

그리고 마지막으로 그녀의 시선이 멈춘 곳은 현조였다. 아무 말도 없이 미동도 없이 그저 흔들리는 눈동자로 우리를 바라보고 있는 그.

두 사람의 시선이 허공에서 얽혀 들었다.

꿈속에서도 그리웠던 그가 그녀의 눈앞에 있었다.

"근데 다들 너무 미안하지만."

"……."

"저 세상에서 현조 오빠가 제일 보고 싶었어요."

"……."

"너무 보고 싶었어, 오빠."

파리하게 웃는 그녀를 더 이상 두고 보기가 힘이 들었다. 현조는 주변에 누가 있는지 잊어버린 듯 그대로 우리에게 다가갔다. 그리고 누워 있는 그녀를 가만히 제 품 안에 안았다.

정말 세게 안고 싶었는데. 다친 것만 아니었으면 그녀를 으스러뜨릴 듯 세게 안았을 거다.

"내가 더 보고 싶었어."

"……정말?"

"그럼 정말이지."

그녀의 머리카락을 손에 그러쥔 그가 안도의 숨을 내쉬었다.

이제야 정신을 제대로 차린 우리가 더욱더 진하게 웃었다. 사랑하는 사람들이 모두 눈앞에 있는 지금이 너무도 행복하고 좋았다.

"고마워, 우리야."

"……."

"이렇게 살아 줘서. 내 곁에 있어 줘서."

현조의 목소리가 꼭 봄날의 멜로디처럼 따뜻하게 들렸다.

"고마워. 정말 고마워."

"……."

"이렇게 네 곁에 있게 해 줘서, 고마워."

* * *

우리가 장난스레 입을 아 벌렸다. 그 모습을 보고 픽 웃음을 터뜨린 현조가 손에 든 초콜릿 껍질을 벗겨 그녀의 입안에 쏙 넣어 주었다.

"다친 건 손이 아니라 다리 같은데요, 아가씨."

"환자잖아. 환자는 원래 이렇게 가만히 있는 거야."

입원한 지 이 주째. 의사는 한 주만 더 입원하면 목발 정도는 짚을 수 있는 상태가 될 거라고 했다.

현조는 까르르 웃는 우리의 얼굴이 너무도 사랑스러웠다.

"너무 맛있다, 오빠."

"비싼 거야. 인터넷 찾아서 완전 유명한 데 가서 사 온 거."

"진짜? 많이 비싸?"

"비싸 봤자 너보다 비싸겠냐. 실컷 먹어. 트럭으로 사 줄 테니까."

부비부비. 현조가 커다란 손을 들어 그녀의 작은 머리통을 부비적거렸다. 그 느낌이 좋은지 우리의 입가에 편안한 미소가 떠올랐다.

"산책할까?"

"응."

자연스레 휠체어를 가져와 침대에 앉아 있는 우리를 부축해 앉힌 현조가 그녀에게 점퍼를 입히고 두툼한 목도리를 칭칭 감았다. 그 위에 따뜻한 담요도 덮어 주었다.

"장갑도 끼자."

"눈사람 되겠다, 나."

"밖에 추워. 감기 들어."

"알았어. 오빠가 시키는 대로 할게."

완전무장을 한 채 밖으로 나온 우리는 신 나는 얼굴이었다. 늘 총총거리고 돌아다니며 꽃을 사고, 만지고, 활동하던 그녀여서였는지 병실에 갇혀 있는 것이 많이 답답했던 모양이었다.

병원 안에 산책로를 함께 산책하며 우리는 오랜만에 마음의 평화를 느꼈다. 다리는 아직 낫지 않았지만 마음이 평화로운 지금이 이전보다 훨씬 좋았다.

어머니는 하루도 빠짐없이 그녀를 찾아왔다. 많이 안정을 찾은 뒤로는 울지도 않았고, 더 이상 옛 이야기를 하지도 않았다. 그저 죽을 만들어 오고, 우리의 옷을 챙겨 가져오고, 머리 감는 것을 도와주었다.

옆 동네 상훈이 엄마가……. 현조 아빠랑 얼마 전에 제대로 화해를 했는데……. 한결 편안해진 얼굴로 수다를 떨기도 하셨다.

"퇴원하면 뭐 하고 싶어?"

천천히 우리의 휠체어를 밀며 현조가 그녀의 머리꼭지에 대고 물었다.

"음."

그러자 고민하듯 그녀가 작게 소리 냈다.

"그냥 일상처럼 살고 싶어."

"일상처럼?"

그가 되묻자 우리가 빙그레 웃는 얼굴로 고개를 끄덕였다.

"늘 해 왔던 일상처럼. 나는 꽃을 꽂고, 해나는 커피를 만들고, 오빠랑 우경이 오빠는 병원에서 열심히 일을 하고. 예전보다는 좀 더 자주 어머니, 아버지를 찾아뵙고, 일 끝나면 오빠를 만나서 놀기도 하고. 수다도 떨고."

말을 잇는 우리는 즐거워 보였다.

"대신에 마음은 좀 더 특별해졌으면 해. 이미 그렇게 되기도 했고. 더 서로를 이해하고 사랑하고."

"겨우 그거야?"

"응. 겨우 이거야. 혼자 있었을 때 제일 먼저 생각했었거든. 일상을 살고 싶다는 거. 오빠가 내 곁에 있었던 그 일상."

따뜻한 우리의 목소리에 현조의 입가에 잔잔한 미소가 떠올랐다. 벤치 근처에서 휠체어를 멈춘 그가 그녀의 앞으로 다가왔다. 추위에 조금 붉어진 볼이 귀여워서 괜히 손으로 튕겨 보고 싶었다.

차가워진 그녀의 코를 손으로 살짝 쥔 그가 빙그레 웃었다.

"나는 하고 싶은 게 딱 한 개 있는데."

"한 개?"

"응. 한 개."

"그게 뭔데?"

조금 음흉해진 현조의 얼굴을 바라보며 우리가 혹시, 하는 기색을 보였다.

"막 있잖아. 몽롱하고 뭔가 어둡고 끈적한……."

현조가 말을 마치기도 전에 우리가 화들짝 놀랐다.

"으악. 변태."

"변태는 무슨? 나 별 얘기도 안 했는데."

붉은 얼굴이 더욱더 홍당무가 된 우리를 보며 현조가 장난스러운 표정을 지었다.

"그게 그 얘기지 뭐야?"

"그 얘기가 뭔데?"

"그게 그러니까……."

우리는 저도 모르게 현조와 함께했던 밤을 떠올렸다. 첫 경험. 제 첫 남자였던 현조.

그 밤의 기억들이 스쳐 가자 얼굴이 점점 더 타오르듯 붉어졌다.

"재밌어, 이우리."

"뭐가!"

그러다 괜스레 목소리만 높아졌다.

사랑스럽다는 듯 가만히 우리를 내려다보던 현조는 금세 애틋한 표정으로 변했다. 이렇게 제 앞에 있는 우리가 너무도 기쁘고, 즐겁고, 벅차서.

생동감 있게 웃고 떠들고 부끄러워하는 그녀가 곁에 있어서 너무도 설레고 행복했다.

천천히 우리를 자신의 품 안에 넣은 현조가 가만히 그녀의 머리를 쓰다듬었다. 향긋한 샴푸향이 그의 코를 간지럽혔다.

"바라는 거 없어, 난."

"⋯⋯."

"그냥 지금 이대로면 아무것도 안 해도 좋을 것 같아. 우리 네가 내 곁에 있고, 너를 볼 수 있고, 이렇게 가끔 너를 안을 수만 있으면."

진심이 담긴 이야기였다. 일상을 이야기하던 우리의 말처럼.

괜스레 코끝이 찡해진 우리가 자신을 끌어안은 현조의 팔을 꼭 잡았다. 그녀는 이대로 시간이 멈춰도 괜찮을 것 같다는 생각이 들었다. 그저 함께 있는 아름다운 이 시간이 너무도 좋았다.

"안 바래다줘도 괜찮다니까 그러네."

"뭐야. 이미 타고 안전벨트까지 메고 있으면서. 너 데려다주고 바로 병원으로 가면 돼."

미끈하게 잘 빠진 현조의 차에 올라탄 우리가 안전벨트를 채우며 샐쭉 웃었다.

갑작스레 아침 일찍 우리의 집 앞에 찾아온 현조는 꼭 한번 이렇게 데려다줘 보고 싶었다며 은근히 쑥스러워했다. 오늘은 야간 당직이 있는 날이라 평소보다 출근 시간이 늦는 날이었다.

"요즘 레슨은 어때?"

"좋아. 전보다 수강생이 훨씬 많이 늘었어."

"전에 레슨 들었을 때 보니까 잘하더라. 느는 게 당연해."

천천히 운전하며 현조가 빙그레 웃었다. 갑작스러운 칭찬에 우리는 부끄러운 듯 웃었다.

"정말?"

"그럼 정말이지. 내가 빈말하는 거 봤어?"

칭찬 덕분이었을까.

오늘 따라 우리는 평소보다 일에 대한 이야기를 많이 했다.

수강생에 대한 이야기들, 꽃시장을 갔을 때 일어났던 사건들. 해나가 커피에 대해 더욱더 열심히 연구를 하고 있다며 자랑스레 말하기도 했다. 그런 그녀의 이야기를 들으며 현조는 오늘 우리를 데려다주길 잘했다는 생각이 들었다. 그리고 가능하면 이런 날을 자주 만들어야겠다고도 생각했다.

차 안에서 내내 종알거리는 그녀를 향해, 현조는 운전을 하면서도 사랑스러운 눈빛을 쏘아 보냈다.

"오늘따라 차 막힌다, 오빠."

"그러게. 좋네. 더 같이 있을 수 있고."

"오빠 병원에 늦으면 어떡해?"

"걱정 마. 안 늦어."

한참을 일에 대한 이야기를 늘어놓다가, 이번엔 차가 막혀서 병원까지 안 늦고 갈 수 있겠냐는 우리의 걱정이 이어졌다. 현조는 손을 들어 제 머리카락을 쓰다듬는 우리의 손길을 힐끔 쳐다보며 이따가 이 시간만 지나면 괜찮다는 말로 그녀를 안심시켰다.

이번엔 또 종알거리며 어제 보았던 TV 프로에 대한 이야기가 이어졌다. 종알종알. 아무리 시간이 지나도 꼬물거리며 이야기하는 저 입술은 변함없이 분홍빛이다.

신호등 앞에 차가 멈춘 사이, 현조는 여전히 말을 잇고 있는 우리의 입술에 빠르게 입을 맞추었다. 그리고 웃는 얼굴로 다시 차를 출발시켰다. 우리는 왜 열심히 이야기하는데 입을 막냐며 그를 향해 툴툴거렸다. 본인들은 잘 모르겠지만, 사방팔방 닭털이 휘날리고 있었다.

"아. 보내기 싫은데 어쩌지."

어느 덧 '플라워 테이블' 앞에 도착한 차 안에서 현조가 말했다. 그는 다정스레 그녀의 안전벨트를 풀어 주고 있었다.

웃는 얼굴로 가방을 어깨에 멘 우리가 그의 볼에 쪽 입을 맞추었다.

"이걸로 다시 만날 때까지만 참아."

"안 돼. 못 참아."

"못 참으면 어떡해. 이대로 그냥 여기 계속 있을까?"

현조는 요즘 자주 어린애 모드에 돌입하곤 했다.

우리가 쿡쿡 웃으며 말하는 사이 현조가 어느새 그녀의 풍성한 머리카락을 헤집어 뒷목을 끌어당겼다. 그런 그의 행동이 이제는 익숙한지 우리는 순순히 자신의 입술을 그에게 내어 주었다. 현조는 꼭 처음 맛보는 아이스크림을 입안에서 녹이는 것처럼 그녀의 입술을 쭉 빨아 당겼다.

조용해진 차 안에서 잠시 동안 두 사람의 입맞춤이 이어졌다.

"늦겠어, 오빠."

입을 맞춘 채 시계를 들여다본 우리가 살포시 그를 밀어냈다. 그녀에게서 입술을 거둔 현조는 아주 아쉽다는 얼굴로 그녀의 목을 감았던 손을 내렸다.

톡톡. 그런 현조의 표정이 귀여워 웃음을 터뜨린 우리가 손을 들어 그의 하얗고 말랑한 볼을 두드렸다. 그러곤 나머지 손으로 차 문을 열어젖혔다.

"내일 집에 저녁 먹으러 와, 오빠. 조심해서 가고."

"매정해. 진짜 매정한 여자야. 난 끝내려면 아직 멀었는데."

"나중에 못 끝냈던 거 다 끝내면 되잖아. 해나 기다리겠다. 간다!"

쾅. 차 문이 닫힘과 동시에 현조가 조수석 유리창을 내렸다. 차에서 내린 우리가 살짝 몸을 구부린 채 창문 속 현조를 보며 싱긋 웃었다. 어린애가 투정부리듯 뾰로통한 표정을 짓고 있던 현조 역시 곧 입꼬리를 씩 올렸다. 나중에 못 끝냈던 거 다 끝내면 된다는 그녀의 목소리가 그의 머릿속을 뱅글뱅글 맴돌았다.

우리는 현조에게 바이바이, 손을 흔들며 그에게서 멀어져 갔다. 현조는 그녀의 모습이 가게 안으로 사라질 때까지 차에 앉아 있었다.

사랑스러운 하루의 시작이었다.

* * *

"원래 이렇게까지 요리를 잘했나?"

"당연한 말씀을."

우리가 끓인 해물된장찌개를 맛보며 현조가 조금 놀란 듯 눈을 껌뻑거렸다. 우리의 음식에서 엄마의 깊은 손맛을 느낄 수가 있었다.

보람찬 듯 그녀가 헤실헤실 웃으며 식사를 하는 그의 앞에 앉았다.

"어머니 옆에서 본 세월이 얼만데. 이거 하나 제대로 못할까 봐?"

"카레밖에 못 하는 줄 알았지."

"그만 감동하고 얼른 먹어. 배 많이 고프겠다."

"오늘따라 예약 환자가 밀려서."

고개를 끄덕인 그가 흰 쌀밥을 입안에 가득 넣었다.

"일 열심히 해서 돈 많이 벌어 와요."

"우와. 벌써 바가지냐."

오랜만에 우리의 집에 놀러온 현조는 늦은 저녁을 먹는 중이었다. 우경과 해나의 데이트 스케줄을 미리 알아채고 미리 그녀에게 연락을 했고, 우리는 레슨이 끝나는 대로 정준에게 양해를 구한 뒤 장을 봐서 집으로 돌아왔다.

보글보글.

음식 소리. 그리고 사람이 있는 소리.

그녀는 오랜만에 집으로 찾아온 현조에게 따뜻한 기분을 느끼게 해 주고 싶었다.

지이잉.

현조가 열심히 식사를 하는 사이, 우리의 휴대폰에서 문자 하나가 날아왔다. 이 시간에 누굴까 생각하며 휴대폰을 쥔 그녀의 얼굴에서 밝은 미소가 떠올랐다. 어머니에게서 온 문자였다.

오늘 아침, 휴가를 낸 아버지와 어머니는 홍콩으로 해외여행을 가셨다. 우리가 얼마 전에 선물해 드린 티켓으로 떠나며 두 분은 무척 설레어하셨다.

"누구?"

흘깃, 보이지도 않는 그녀의 휴대폰을 넘겨다보며 현조가 물었다.

"어머니."

"어디시래?"

"야시장에서 맛있는 거 드시고 계시나 봐."

그녀가 싱긋 웃는 얼굴로 휴대폰을 현조에게 보여 주었다. 이런저런 사진들이 그녀에게 전송되고 있었다.

"아들한텐 이런 거 안 보내고."

"오빠야 시큰둥할 거 아냐."

"나참. 누가 자식인지 모르겠네."

툴툴거리는 현조가 왜 이렇게 귀여운지 모르겠다. 우리가 작은 손을 들어 그의 머리를 살짝 콩 쥐어박았다.

식사를 마치고 후식은 현조가 준비했다. 키위를 깎고 우리가 좋아하는 마카롱과 초콜릿을 사 왔다. 소파에 앉아 텔레비전을 보며 야금야금 초콜릿을 집어 먹는 그녀를 보며 그가 픽 웃음을 터뜨렸다. 왠지 아직도 어린아이 같아서. 어릴 적 우리의 모습이 현재의 모습에 오버랩되어 보였다. 소녀였던 그때도 참 예뻤다. 물론 여자인 지금이 더 아름답지만.

"음?"

티브이를 보던 우리가 급습을 당했다. 우리의 작은 어깨를 꼭 쥔 현조가 참을 수 없었는지 그녀의 입술에 재빠르게 입을 맞췄다.

처음엔 깜짝 놀란 듯했지만 우리도 점점 그의 입술을 받아들이고 있었다. 정신이 아득해지며 주변의 소리가 들리지 않았다.

현조의 입술이 그녀의 말랑한 입술을 물고 빨며 점점 더 깊은 입맞춤을 시도했다. 우리는 저도 모르게 팔을 들어 그의 목을 감싸 안았다.

"으음."

현조의 커다란 손이 옷 밖으로 우리의 가슴을 움켜쥐었다. 점점 더 농밀해지는 입맞춤에 우리는 온몸의 힘이 다 빠져나가는 것 같았다.

조금 입술을 내린 현조가 우리의 턱 끝에 키스를 하다가 조금 더, 조금 더 아래로 내려왔다. 그녀의 목덜미에 얼굴을 파묻은 그가 키스마크라도 새길 듯 하얗고 보드라운 살에 쉼 없이 입을 맞췄다. 우리의 입술에서 가느다랗게 작은 신음이 새어 나왔다. 따뜻하고 몽롱하고 설레는 이 느낌이 그녀도 그리 나쁘지 않았다. 두 사람의 가슴팍이 폭발할 듯 두근두근 방망이질 쳤다.

이번엔 옷 속으로 손을 넣은 현조가 말랑이는 우리의 가슴을 손안에 쥐었다. 언제 쥐어도 따뜻하고 포근한 이 느낌이 너무도 좋았다.

그때였다. 웅성웅성.

웅성거리는 대화 소리와 함께 문 밖에서 사람의 인기척이 났다. 계단을 오르는 소리. 복도를 울리는 목소리.

"오빠!"

"우경이다."

깜짝 놀란 두 사람이 죄지은 사람처럼 펄쩍 뛰었다. 도어록 비밀번호를 누르는 소리와 함께 두 사람의 목소리가 아주 작게 들렸다. 우경과 해나가 돌아온 모양이었다.

금세 우리의 옷 속에서 손을 뺀 현조가 자리에서 일어났고, 함께 일어나서 잠시 우왕좌왕하던 우리가 저도 모르게 현조를 제 방 안으로 밀어 넣어 버렸다.

"나 들어가라고? 왜? 어차피 나 온 줄 다 알 텐데."

"몰라. 그냥 일단 들어가 봐, 오빠."

도둑이 제 발 저린다고 했던가. 현조를 문 안에 밀어 넣고 문을 쿵 닫은 우리가 현관문 앞에서 오빠를 맞았다.

끼익. 쾅.

집 안에 들어선 우경과 해나가 어색하게 서 있는 우리를 가만히 바라보았다.

"너 거기서 뭐해?"

"응? 그냥. 왜 이렇게 일찍 왔어?"

"조용하게 집에서 맥주 한 잔 하려고. 현조 오지 않았어?"

우리가 잠시 생각하듯 눈을 굴리다가 가만히 고개를 끄덕였다.

"응, 왔지. 밥 먹고 내 방에서 자고 있어."

"싱거운 자식. 왜 남의 집에 와서 잠을 자고 난리야, 그놈은."

"많이 피곤했나 보지 뭐."

하하하.

다행히도 어색하게 웃는 우리의 모습을 우경은 몰랐나 보다. 하지만 해나는 눈치를 챈 듯 우경 모르게 뒤에서 웃음을 터뜨렸다. 우리가 우경 모르게 입 모양으로 조용히 해, 라며 그녀에게 눈치를 주었다. 입을 가린 해나가 손으로 오케이 표시를 그리며 집 안으로 들어섰다.

우리의 방 안에서 대화들을 엿듣고 있던 현조가 저도 모르게 가슴을 쓸어내리며 안도의 숨을 쉬었다. 아무 일도 없었다는 듯 두 사람을 맞을 수도 있었는데, 어쩌다 보니 방 안까지 떠밀리듯 들어와 버렸다. 연인 사이에 딱히 잘못한 일은 아닌 것 같았지만, 피붙이가 본다면 절대 안 될 장면이기는 했으니까.

잠을 잔다고 했으니 어디 자는 척을 해 볼까.

문가에서 떨어진 현조가 단정한 우리의 방을 둘러보았다. 깨끗한 침대 위에 털썩 걸터앉아 이리저리 시선을 돌리다가 책상에 놓인 액자에 시선이 머물렀다. 처음 보는 액자는 아니었다. 그 안에는 이전부터 봐 왔던 사진이 담겨 있었다. 우리의 어머니와 아버지의 사진. 액자를 마주한 현조의 표정이 사뭇 점잖아졌다.

침대에서 일어선 그가 좀 더 가까이 책상으로 다가섰다. 그리고 아마도 우리가 닦고 닦아서 새것처럼 반들거리고 있을 액자를 손에 쥐었다. 우경과 우리를 닮은 부부의 웃음이 현조의 가슴을 짠하게 했다. 처음 보는 것도 아닌데. 어쩐지 가슴이 뭉클해져 견딜 수가 없었다.

"어머니, 아버지."

방 안에 묵직한 현조의 목소리가 울렸다.

"맥주 많이 사 왔어?"

"완전 많이. 오늘 현조 자식도 있으니까 넷이 마시고 놀자."

"안주는?"

"치킨 시킬까? 해나는 어때?"

"방금 엄청 먹었는데 또 먹어도 되나? 내일 퉁퉁 불 거 같은데."

왁자지껄 떠드는 소리가 문밖에서 들렸다. 즐거운 목소리, 그리고 웃음소리들.

"감사합니다."

그 소리들을 들으며 현조는 액자 속 그녀의 부모님에게 감사를 건넸다.

"우경이를, 그리고 우리를 제게 주셔서요. 제가 그 애들 옆에 있을 수 있게 해 주셔서요."

…….

"이렇게 보니까 갑자기 더 많이 보고 싶네요. 저도 이런데 저 애들은 어떨까요?"

아직까지도 이렇게 생생히 기억나는데, 우경이와 우리는 더욱더 선명하겠지.

"빨리 치킨 시키자, 오빠."

"오케이. 양념 반 마리, 후라이드 한 마리 시킨다? 우리는 양념만 먹잖아."

"콜. 좋아요, 좋아요. 양념 좋아요."

"좋지요. 우리 우리는 내일 붓는데도 좋아하지요."

"해나야. 나 우경 오빠 한 대만 때려도 돼?"

그들의 사진을 더욱더 꼭 쥔 현조가 밖에서 떠드는 소리에 조그맣게 웃었다.

더는 상처받지 않게 제가 지킬게요. 제 곁에서 항상 웃을 수 있도록 제가 더 노력하고 노력할게요.

"그러니까 어머니, 아버지. 항상 이렇게 웃고 계세요. 나중에 만나러 갔을 때, 절대 부끄럽지 않도록 제가 더 잘하겠습니다."

우리가 말했던 일상보다 더욱더 뜻깊은 일상을 살게요. 서로를 이해하고 아껴 주고 사랑하면서.

"현조 얼른 깨워, 우리야."

"응. 알겠어, 오빠."

똑똑.

끼익.

조심스레 문을 열어 고개를 집어넣은 우리가 발그레해진 얼굴로 현조 앞에 나타났다. 손에 쥔 액자를 제자리에 올려 둔 현조가 초콜릿처럼 달콤한 얼굴로 뒤를 돌았다.

"오빠. 얼른 나와."

그를 향해 손짓하며 우리가 환하게 웃었고, 현조는 그런 그녀의 손을 잡은 채 문 밖으로 걸음을 옮겼다.

서로를 향한 눈빛과 교감. 두 사람의 일상은 오늘도 그렇게 따뜻하게 흘러가고 있었다.

— *The end*

에전 1
여행

"네가 인경이 딸이었어?"

"엄마를 아세요?"

거제도. 달구네 집.

다시 돌아온 깊은 가을 하늘이 강렬한 햇살을 뿜어내고 있었다.

늦은 점심식사를 하며 달구 어머니는 놀란 듯 두 눈을 껌뻑거리셨다. 자신의 얼굴을 집어삼킬 듯 뚫어져라 바라보는 그녀의 시선에 우리는 조금 부끄러웠지만 시선을 피하지는 않았다.

"알고말고. 어릴 때 너희 할머니 할아버지 돌아가시고 바로 서울에 올라가서 많이 친하지는 않았지만 그래도 잘 알고 있지. 네 엄마 워낙 예뻤잖니. 그리고 보니 정말 많이 닮았네. 왜 못 알아봤을까. 왜 예전에 이야기 안 했니?"

"그땐 이야기할 겨를이 없었어요. 그리고 엄마를 기억하는 분이 계실 줄 생각도 못 했고요. 이전에 엄마 아빠랑 같이 왔을 때도 엄마가 그러셨거든요. 너무 어릴 때였고, 할머니 할아버지도 돌아가신 지 오래라 아는 사람이 없을 거라고. 그래서 여행만 하고 돌아갔었어요."

이전의 기억을 떠올리며 우리가 쓰게 미소 지었다. 아직도 엄마 아빠를 생각하면 마음이 아픈 모양이었는지 눈빛도 입매처럼 쓰디썼다.

"그래. 이곳도 사람들이 많이 바뀌긴 했지. 어쨌든 내가 아는 그 인경이 딸이었다니. 그런데 인경이 고것은 어쩌다가 그 어린 나이에……."

앞치마를 들어 눈물을 찍어 낸 달구 어머니가 코를 훌쩍이는 소리가 들렸다. 그녀를 따라 눈시울이 붉어진 우리도 옷소매를 들어 살며시 눈물을 닦았다. 어디서든 엄마를 예쁘게 기억해 주고 계신 분이 있다는 것이 기쁘기도 하고, 누군가에게 기억될 수밖에 없는 사람이라는 것이 슬프기도 했다.

배달을 마치고 온 달구는 가게에 들어서다가 이상한 분위기에 멈칫했다. 주말을 맞아 집으로 내려온 그가 고개를 쭉 빼 엄마 등짝에 가려 보이지 않는 손님을 넘겨다보았다.

"어? 우리 씨!"

"달구 씨, 왔어요?"

그렁그렁한 눈물을 마지막으로 닦아 낸 그녀가 방긋 웃는 얼굴로 달구를 맞았다.

사고 이후 반년도 넘어서야 내려온 거제도였지만, 달구와는 서울에서 한 번 본 적이 있었다. 그래서인지 두 사람은 더 서로가 반갑게 느껴졌다.

"어쩐 일이에요, 여긴?"

"다들 뵙고 싶어서요. 그때 사고 나서 그대로 부랴부랴 올라가고, 어머니가 꼭 들러서 반찬 가지고 가라고 하셨는데 못 들렀잖아요."

"그래. 이번엔 반찬 꼭 싸 줄게, 엄마가."

달구 어머니가 남은 눈물을 꾹꾹 앞치마로 누르더니 웃으며 대답하셨다.

"네. 저도 사양 않고 가져갈래요. 어머니 밥 너무너무 맛있거든요."

우리는 이전보다 훨씬 더 활기찬 모습이었다. 조금 넉살이 늘은 것 같기도 했다.

"참, 저요."

할 말이 생각이 난 듯 우리가 가방에서 주섬주섬 무언가를 꺼냈다. 그녀의 하얗고 긴 손에 쥐어진 한 장의 사진. 앞에 선 두 사람이 궁금한 얼굴로 그 사진을 내려다보았다.

"약혼했어요."

사진 속에는 마치 가족처럼 단란한 6명의 사람들이 있었다. 하얀 원피스를 입은 우리와 검은 턱시도를 입은 현조가 앞쪽에 앉아 있었고, 현조의 어머니와 아버지, 우경과 해나가 나란히 두 사람 뒤에 서 있었다.

"그 의사 선생이랑 결국 약혼했구먼! 왜 바로 결혼 안 하고?"

"결혼은 친오빠가 있어서, 오빠 먼저 하고 나면 하기로 했어요."

"아이구. 잘됐네, 잘됐어. 그렇게 선남선녀처럼 잘 어울리더니."

"약혼식은 가족끼리 간단하게 했어요. 결혼식 때는 꼭 청첩장 보낼게요."

우리는 왠지 이 두 사람에게 약혼식 사진을 꼭 전해 주고 싶었다. 어찌 됐든 이곳에 있는 동안 현조에게도 자신에게도 많은 도움을 주었고, 자신 또한 그들에게 정을 주었으니까.

맛있는 달구 어머니의 밥을 배부르게 먹고 우리는 달구와 함께 밖으로 나왔다. 달구는 꽃을 사서 경로당에 가려는 우리를 쫓아가겠다며 같이 나온 것이었다.

달구의 차를 타고 꽃을 한 아름 산 우리가 경로당에서 그녀를 반기는 사람들을 찾았다. 모두 그녀를 잊지 않고 반겨 주었다. 오래오래 머물다 가라며 우리의 눈시울을 붉게 만든 할머님도 계셨고, 어디선가 사고 소식을 들었는지 괜찮으냐며 묻는 할머님도 계셨다.

달구 어머니의 기억에 힘입어 경로당에도 인경에 대해 물었지만, 역시 아는 분은 없었다. 우리에게 큰 상관은 없는 일이었다. 그녀는 엄마의 기억이 서려 있는 그 자체로 이곳이 좋았다.

"의사 선생은 왜 같이 안 왔어요?"

달구의 차를 타고 돌아가며 그가 넌지시 우리에게 물었다.

"아. 오빠는 곧 올 거예요. 일이 있어서 제가 먼저 출발했거든요."

"난 또."

"또?"

"또 싸우고 잠깐 피신해 왔는 줄 알았지요."

솔직한 까까머리 총각 달구를 바라보며 우리가 저도 모르게 풋웃음을 터뜨렸다.

"그럴 리가요. 그랬으면 약혼식 사진도 가져오지 않았겠죠. 그리고 저 이제 도망 안 가요."

"그래요. 잘 생각했어요. 내가 반년 전에 그 해골 같던 의사 선생 얼굴이 아직도 기억이 나요. 매일매일 퍼렇게 질려서는."

"하하하. 오빠가 그랬어요?"

"근데 그전에 서울에서 보니까 진짜 멀끔한 의사 선생 같대요."

"원래 그 모습이에요. 항상."

"엥. 우리 씨도 은근 팔불출이에요."

심술이 섞인 달구의 핀잔에 우리가 쑥스러운 듯 머리를 긁적였다.

오늘 하루 우리는 달구네 독채에서 신세를 지기로 했다. 독채에 다다르자 문 앞에서 그들을 기다리고 있던 누군가가 터벅터벅 멈춘 차를 향해 다가왔다. 누군지 의심할 것도 없이 현조였다.

"오빠 왔어?"

"둘이 어딜 다녀와?"

차에서 내리는 우리의 손을 다급히 잡아 제 옆으로 끌어당긴 현조가 가자미눈을 뜬 채 달구를 바라보았다. 그 시선에 달구가 못 말리겠다는 듯 고개를 도리도리 저었다.

"화원 들렀다가 경로당 다녀왔어. 달구 씨 어머니 댁에 안 들렀어?"

"들렀다가 얘기 듣고 경로당까지 다녀왔는데."

"그럼 엇갈렸나 보네."

"고맙다, 달구야. 우리 챙겨 줘서."

현조는 여전히 눈을 가늘게 뜬 채 달구에게 고맙다는 말을 건넸다.

"전혀 고마운 거 같지가 않은데요."

"아닌데. 완전 고마운데."

"표정 좀 풀고 얘기해요. 약혼도 했다면서 나 같은 까까머리는 왜 이렇게 신경 쓰나 몰라!"

"애가 워낙 예쁘잖아."

"하이고. 솔로는 서러워서 못 살겠네."

달구가 닭살이 돋는 듯 두 손을 교차시켜 양팔을 비벼 댔다. 그러다가 나란히 서 있는 사이좋은 두 사람을 보며 가만히 웃음을 지었다. 자신의 어머니가 말했던 선남선녀라는 단어가 꼭 이들을 위해 생겨난 것처럼 느껴졌다.

"되게 잘 어울린다, 진짜."

"이제 알았냐?"

우리의 어깨를 꼭 끌어당겨 안으며 현조가 씩 웃었다.

"저 가요. 푹 쉬고 내일 꼭 들러서 반찬 가져가요."

"그래. 고맙다, 달구야."

"뭐가요."

"그냥. 뭔지 모르겠는데 고마워."

"잘 가요, 달구 씨. 내일 올라갈 때 봬요."

달구가 쿨하게 손을 들어 올리며 그대로 차를 타고 사라졌다. 사람 좋은 그의 뒷모습을 끝까지 지켜보며 우리와 현조는 엷은 미소를 머금고 있었다.

독채 안에 들어서며 현조는 이제 거의 1년이 다 되어 가는 그때의 기억을 떠올리고 있었다. 우리가 떠나고 자신이 그녀를 찾으러 왔던 그때. 정말 우리 없이 미친놈처럼 방황했던 그때가 떠오르자 새삼 그는 이곳이 더 애틋하게 느껴졌다.

"밥 안 먹었지?"

우리가 부엌에서 가져온 차를 끓이며 그에게 물었다.

"응. 이따 너랑 바닷가에서 회 먹으려고."

"와. 회 좋다. 술도 한잔?"

우리가 방긋 웃는 얼굴로 돌아서자 콩, 현조의 커다란 주먹이 아프지 않게 그녀의 이마를 쥐어박았다.

"아야. 왜 때려."

"가끔 보면 술 되게 좋아해."

"내가 또 언제 되게 좋아한다고. 잘 마시지도 않는고만."

"나 없는 데서 마시지 마. 절대로."

현조는 괜히 또 이상한데 꽂힌 모양이었다. 심술을 난 듯 입술을 뾰족 내민 그녀가 알았다는 의미로 고개를 끄덕였다.

"약속."

"별걸 다 해 정말."

현조가 새끼손가락을 내밀자 이번엔 그녀가 웃음을 터뜨리며 저도 손을 들어 새끼손가락 고리를 걸었다. 만족스러운 듯 현조가 짙게 웃었다.

손을 내리고 다시 차를 끓이려 뒤돌아선 우리가 그에 의해 다시 돌려 세워졌다. 아무도 없는 단둘만의 공간. 저도 모르게 다른 생각을 떠올려 버린 현조가 그녀의 작은 어깨를 두 손 안에 꼭 쥐었다.

"또, 또."

"저녁 먹기 전에 한 번만."

"못 살아, 정말."

"둘이 있는 시간이 많이 없잖아, 우리. 너희 집 가면 우경이 있고, 내 집엔 네가 잘 안 오고."

그랬던가. 정말 둘이 있을 시간이 자주 없었던 것 같기는 했다. 항상 우경과 해나와 함께 있기도 했고.

하지만 우리가 더 이상 고민할 틈을 주지 않은 채 현조는 급작스럽게 그녀를 향해 제 몸을 밀어붙였다. 조금 놀란 우리가 눈을 둥글게 떴지만 이내 거부감 없이 그의 목에 팔을 둘렀다.

"변태."

"어쩔 수가 없다, 나도. 이렇게 예쁜데."

이번에도 우리가 대답할 새를 주지 않고 그대로 현조가 입술을 부딪쳐 왔다. 이미 뜨거워진 그의 입술을 마주하며 우리는 그의 목을 감은 팔에 조금 더 힘을 주었다. 타액이 섞이고 섞이는 깊은 입맞춤. 우리의 작고 도톰한 입술이 너무도 달아서 현조는 도저히 멈출 수가 없었다.

"아."

입을 맞춘 채로 부엌 벽에 그녀를 밀어붙인 현조가 손을 들어 그녀의 말랑한 가슴을 움켜쥐었다. 그의 손길을 느끼며 그녀가 반사적으로 신음소리를 냈다.

이번엔 우리의 옷 속으로 손을 넣은 그가 그녀의 맨살을 지분거렸다. 너무도 부드럽고 말랑이는 속살이 그를 계속해서 애타게 만들었다.

한참 동안 애무를 지속하던 그가 참기 힘이 들었는지 자신의 버지를 벗은 뒤 그대로 그녀의 팬티를 아래로 밀어 내렸다. 이미 단단해진 그의 뜨거운 아래쪽을 느끼며 우리는 가만히 눈을 감았다. 바르르 떨리는 속눈썹에 입을 맞추며 현조는 그녀의 한쪽 다리를 자신의 하반신에 걸쳤다.

"아얏."

현조의 부푼 남성이 우리의 다리 사이로 제 자리를 찾아 들어섰다. 뜨겁고 뭉툭한 느낌에 그녀의 입에선 저절로 신음이 흘렀고, 곧바로 밀착된 아래가 사랑을 나누는 소리를 냈다. 주저앉지 않게 우리를 꼭 잡은 그가 다시 강하게 그녀의 입술에 입을 맞춰왔다.

"하윽. 오빠."

우리는 입술 사이로 가느다란 소리를 내며 점점 더 현조에게 안겨 왔다. 그런 그녀가 너무도 사랑스러워 현조는 그대로 더욱더 세게 그녀를 끌어안았다.

뜨겁고 사랑이 가득한 소리가 계속해서 집 안을 커다랗게 울렸고, 현조는 우리와 하나가 된 이 시간이 좋아 머릿속이 하얘지는 것만 같았다. 그는 아무리 안아도 안아도 그녀라는 샘이 그리워 갈증이 났다.

* * *

"위하여!"

"뭘 위하여?"

우리에게 은근히 술을 좋아한다며 꿀밤을 먹이더니 어쩐지 현조가 더 신이 나 있었다.

우리의 물음에 음, 생각하던 그가 웃으며 다시 술잔을 들어 올렸다.

"주현조와 이우리의 영원한 사랑을 위하여!"

"으악. 유치하다."

챙. 유치하지만 싫지는 않았는지 우리가 술잔을 부딪쳐 왔다. 쓰디쓴 소주를 입안에 털어 넣은 두 사람이 동시에 인상을 찌푸리며 서로를 응시했고, 그 모습에 또다시 동시에 웃음을 터뜨렸다.

밤바다가 시원하게 보이는 횟집에 두 사람이 있었다. 회를 하나 집어 우리의 입에 넣어 주고, 자신도 맛있게 먹는 현조를 바라보며 우리는 애틋한 표정이었다. 오랜만에 여행을 떠나고 싶다는 우리의 말에 흔쾌히 그녀를 따라나서 준 그가 고마운 모양이었다.

오빠. 나 여행 가고 싶어.

응. 가자. 어디든.

"갑자기 여기가 오고 싶었어?"

"응."

빈 술잔에 술을 따라주며 현조가 물었고 우리가 고개를 끄덕이며 답했다.

"그냥 일하다 보니까 어딘가 떠나고 싶었는데, 또 여기가 떠올랐어. 사고 났던 기억이 마지막이라 다시 좋은 기억으로 메우고 싶기도 했고."

"나도 그런 생각 했었어. 네 어머니 고향인데 그런 식으로 올라와서 좀 찝찝하더라."

"고마워, 오빠."

우리가 회 한 점을 다시 입에 넣으며 그에게 말했다. 제 잔에 소주를 따른 현조가 시선을 들어 그녀를 응시했다.

"뭐가?"

"그냥."

"고마운 건 내가 더 많아."

어쩐지 고맙다는 우리의 말이 현조는 불편했다.

그녀가 다시 술 한 잔을 목으로 넘겼다. 그리고 손을 뻗어 그의 다갈색 머리카락을 부비적거렸다. 그 행동만으로도 따뜻한 체온이 현조의 몸 안으로 흘러 들어왔다.

"고맙다는 말보다 사랑한다고 말해 줘."

"알겠어. 사랑해."

바로 우리의 입술에서 조그맣게 튀어나오는 '사랑해'라는 말이 마음에 들지 않았나 보다. 현조가 살며시 이맛살을 찌푸렸다.

"그렇게 영혼 없이 말고."

"나 영혼 완전 있어, 오빠."

"더 애틋하게."

현조는 점점 우리에게 아이처럼 굴고 있는 자신을 느꼈다. 하지만 우리는 그 모습이 싫지 않은 것 같았다.

술 몇 잔에 홍조를 띤 우리가 조금 쑥스러운 듯이 웃었다. 그리고 주위를 휘휘 둘러보다가 그를 향해 얼굴을 들이민 채 입술을 벌렸다.

"사랑해."

촉.

또다시 기습공격. 제 앞으로 다가온 우리의 입술에 짧게 뽀뽀한 그가 만족스러운 표정을 지었다. 그녀는 당황한 듯했지만 싫지는 않은 지 웃는 얼굴로 그를 흘겨보았다.

"나도 사랑해, 우리야."

"사람 많은 데서 이러지 말라니까."

"뭐 어때. 내 약혼녀인데."

촉촉촉.

양손을 뻗어 우리의 작은 머리통을 잡은 현조가 그녀의 이마에 몇 번이고 소리 내 입을 맞췄다.

"아후. 오빠. 취했어?"

"겨우 세 잔에? 어느 때보다 제정신이야, 지금."

현조는 기분이 많이 좋은 얼굴이었다. 그녀를 놓아주며 다시금 술잔을 든 그가 창밖의 밤바다를 내다보며 잔을 비웠다.

우리의 사고. 치료. 일. 약혼식. 정신없이 달려온 그에게 지금 이 여행은 어떤 때보다도 꿀맛 같은 휴식이었다. 거기다 사랑하는 우리가 곁에 있었다. 이렇게 가까이 손 닿는 곳에.

"오빠! 지금 제대로 걷고 있는 거 맞지?"

"당연하지."

두 사람은 술과 함께 회를 남김없이 다 먹고 밖으로 나왔다. 현조는 우리를 등에 업은 채 밤길을 걷고 있었고, 우리는 불안한 듯 그의 등에 매달려 있었다. 어쩐지 반듯한 길을 꼬불꼬불 걷고 있는 느낌.

"왜 갑자기 업어 주겠다고 해서는."

"다리 아플까 봐 그러지."

현조는 우리의 다친 다리를 생각하고 있었다. 그제야 우리가 아, 하는 소리를 냈다. 치료도 완벽하게 끝냈고, 불편함 없이 걷고 있는 그 다리가 아직까지도 현조에게 상처처럼 머물러 있는 듯했다.

"아까 집에서도 깜빡하고 서서……."

욕망에 눈이 멀어 서서 그녀를 가진 것도 마음에 걸렸나 보다.

더 이상 부끄러운 말을 잇지 않도록 우리가 손을 들어 그의 입을 막았다.

"나 다리 다 나았다고 몇 번 말해, 오빠. 의사 선생님도 이제 멀쩡하다고 했잖아."

그녀가 그의 입을 막던 손을 뗐다.

"그래도 가끔 이렇게 문득문득 생각이 나."

"……."

"네가 어머니 때문에 다쳤던 거."

우리는 어떤 마음인지 알 것 같았다. 그가 가끔 어떤 불편한 마음으로 자신을 대하는지도.

금세 또다시 기분이 돌아왔는지 독채까지 우리를 업고 걸으며 현조는 콧노래를 불렀다. 우리는 그런 그의 목을 꼭 끌어안은 채 넓은 등에 얼굴을 파묻었다.

별이 총총 빛나는 밤하늘. 조금 차지만 시원한 바닷바람. 따뜻한 체온. 노랫소리.

"행복하다, 우리야."

"나도, 오빠."

현조는 우리의 목소리가 제 등을 통해 온몸 전체 흐르는 기분이 들었다. 그녀를 업고 있는 지금이 너무도 평온하고 따뜻해서 이대로 잠깐 시간이 멈춰도 좋겠다는 생각을 했다.

"집에 가서 다리 주물러 줄게."

"괜찮다니까 그래, 정말. 계속 환자 취급이야."

"해 줄 거야."

또다시 어린애처럼 고집을 부리는 그의 모습에 이번엔 우리가 작은 주먹을 쥐어 콩, 그에게 꿀밤을 주었다.

그들은 씻고 나와 나란히 침대에 누워 있었다. 두 손을 꼭 잡은 채 천장을 올려다보며 두 사람은 어느 때보다 천진한 얼굴을 하고 있었다.

현조는 집에 도착하자마자 한참 동안 우리의 다리를 주물러 주며 이런저런 이야기를 했다. 가끔 집에서 만날 때마다 잊지 않고 해 주던 일이라 거부감은 없었지만, 아마 우리가 말리지 않았다면 오늘은 밤새도록 그녀의 다리만 주무르다 끝이 났을지도 몰랐다.

"이우경은 언제 결혼하려나."

"오빠 해나한테 프러포즈할 준비 하는 것 같던데."

"진짜?"

듣던 중 반가운 소리를 들었는지 벌떡 일어난 그가 곁에 누워 있는 우리를 내려 보았다.

"응. 결혼할 때 됐잖아, 두 사람."

"안 그래도 후딱후딱 좀 갔으면 했는데, 진짜 잘됐다. 이우경 그 자식 때문에 내 결혼이 늦춰지고 있어."

우리가 웃음을 터뜨리며 그와 시선을 마주했다. 그녀는 제대로 말리지 않아 부스스한 그의 머리를 정돈해 주었다.

"난 우경 오빠 아니었어도 조금 늦게 하고 싶었어."

"뭐? 왜."

우리의 말에 현조의 반듯한 미간이 조금 구겨졌다.

"우리 시작한 지 얼마 안 됐잖아. 연애도 더 하고 싶었고."

"결혼해서 연애하면 되지."

"그거랑 그거랑 같나, 뭐."

"안 같을 건 뭐야?"

조금 삐졌는지 툴툴거리는 목소리가 우리를 웃게 했다. 다시 침대에 드러누운 그가 우리를 제 팔 안에 꼭 안았다. 그녀는 꼭 제자리를 찾아 들어가듯 아주 자연스럽게 그의 품 안에 가득 안겼다.

"요즘에 삐돌이가 된 것 같아, 울 오빠."

"네가 서운하게 하잖냐. 엄청나게."

"오빠가 그렇게 결혼을 하고 싶어 하는지 난 몰랐어. 예전에도 그랬어?"

"여자도 없는데 무슨 결혼. 너니까 하고 싶어진 거지."

우리의 질문을 듣고 생각해 보니까 정말 그랬다. 어머니가 선을 보라고 닦달을 했을 때도, 그전에도 딱히 결혼을 해야겠다는 생각을 한 적이 단 한 번도 없었다. 그럴 만큼 진지하게 만났던 여자도 없었고, 아예 결혼이란 자체를 제대로 생각해 본 적도 없었다.

그러던 자신이 어느새 이렇게 변해 버렸다. 매일같이 제 품 안에 두고 우리를 보고 싶어졌고, 그녀를 갖고 싶어졌다. 웃는 얼굴로 자신을 맞아 주는 그녀가 보고 싶었고, 자신을 닮고 그녀를 닮은 아이를 낳고 싶어졌다.

현조의 대답이 마음에 들었는지 우리가 더욱더 꼼지락대며 그의 품을 파고들었다.

"어떻게 이렇게 봐도 봐도 보고 싶을 수가 있지. 상상병 걸린 중학생도 아니고."

"내가 좀 예쁘잖아. 그치, 오빠."

장난스러운 우리의 대답에 그가 사랑스럽다는 듯 그녀의 이마에 쪽, 입을 맞췄다.

"점점 유들유들해지네, 이우리. 예쁜 건 맞지만."

"오빠들 닮아 그러지."

"그런 건 안 닮아도 되는데."

한 손에 쏙 들어오는 작은 머리통을 닮을 듯이 쓰다듬으며 현조가 조그맣게 웃었다. 그의 따뜻한 손길이 좋은지 우리는 스르르 눈꺼풀을 내린 채 그의 목소리를 듣고 있었다.

"우리 우리는 대체 뭘 먹고 이렇게 예쁠까."

"오빠 사랑 먹고."

"이제 덜 사랑해야 되나. 너무 예뻐서 큰일인데."

"큭큭. 닭살쟁이."

두 사람의 밤은 그렇게 깊어 가고 있었다. 잠깐의 여행 속에서 휴식과 함께 서로의 사랑을 끊임없이 확인하며.

소곤대는 목소리가 너무도 좋았다. 금방이라도 잠이 쏟아질 모양인지 우리가 손을 들어 눈을 살짝 비볐다. 그런 그녀의 모습이 귀여워 입가에 함박웃음을 지은 그가 조금 더 세게 그녀를 품에 끌어안았다.

이전 2
오래전 그날

　잠에서 깨어난 우리가 잠시 멍한 눈으로 흰 천장을 바라보았다. 깜빡깜빡. 긴 속눈썹에 음영 진 눈가가 피곤해 보였다.

　어서 씻고 학교에 가야 했는데 몸이 마음처럼 움직여지지 않았다. 늘 부모님의 기일 다음 날에는 이런 식으로 컨디션이 좋지 않았다.

　부스럭.

　억지로 몸을 일으킨 우리가 부스럭거리는 소리에 고개를 돌렸다. 침대 맡에 놓인 잘 쌓여진 포장지가 그녀의 눈에 띄었다.

　"초콜릿이네."

　작은 그녀의 목소리가 허공을 울렸다. 힘이 없었던 그녀의 입가에 작은 미소가 머물렀다. 그리고 머릿속에 현조의 얼굴이 둥둥 떠올랐다.

포장지를 푼 우리가 그 속에 담긴 동그란 초콜릿을 하나 들어 입에 넣었다. 달콤하게 퍼지는 향에 기분이 조금 나아지는 듯했다.

"준비 다했어?"

씻고 어머니가 다려 준 교복을 입고 1층으로 내려가자 오빠 두 사람이 그녀를 기다리듯 서성이고 있었다.

"응. 다했어."

우리가 가만히 고개를 끄덕이며 답했다.

"우리야, 이거 마시고 가."

부엌에서 급히 나온 어머니. 늘 이맘때쯤이면 식사를 잘 못하는 우리를 위해 어머니가 과일주스를 갈아오셨다.

"감사합니다."

"감사는 무슨. 아무것도 안 먹고 가면 기운 없어서 공부 못해."

"엄마는 무슨 고2한테 공부를 하라 그래. 고3 되면 해, 고3 되면."

현조가 넉살 좋게 어머니를 향해 말했고, 어머니는 빙그레 웃었다.

우리 정도는 아니었지만 우경도 많이 피곤해 보였다. 아마도 뒤척이며 잠을 잘 자지 못한 모양이었다.

"이우리. 가자."

우경이 말하자, 과일주스를 싹 비운 우리가 의아한 얼굴로 그를 바라보았다. 그들의 곁에 선 현조가 신발장 안에 둔 작은 운동화를 꺼내 그녀의 앞에 놓아 주었다.

"너 데려다주고 학교 가게."

현조가 웃는 얼굴로 우경 대신 대답했다.

"이제 안 그래도 괜찮아. 뭐 얼마나 멀다고."

"매년 그래 왔는데 새삼 뭘."

우경이 조금 무뚝뚝하지만 걱정스러운 어투로 말했다.

나란히 가방을 멘 세 사람이 어머니에게 인사를 하고 대문 밖으로 나왔다. 오늘처럼 예쁜 여름 햇살이 내리쬐는 어느 날. 우경과 우리의 부모님은 그렇게 세상을 떠났다. 햇살을 마주하자마자 우리는 또다시 코끝이 찡해져 괜히 손끝으로 코를 부벼 댔다.

우리의 학교는 멀지 않은 곳이었다. 걸어서 15분 정도. 버스를 타면 5분 정도. 가끔 버스를 탈 때도 있었지만 우리는 웬만하면 조금 일찍 나와서 걸어가는 편이었다. 운동도 할 겸, 아침산책하며 이런저런 생각도 할 겸 걷는 이 시간이 좋았기 때문이었다.

오랜만에 양옆에 오빠들을 두고 걸으니 기분이 한결 나아졌다. 뽀스락대며 주머니에서 무언가를 꺼낸 우리가 오빠들에게 차례로 그것을 나눠 주었다.

"오늘도 초콜릿이네."

우경이 옅게 웃으며 제 손에 놓인 동그란 초콜릿을 내려다봤다.

"응. 현조 오빠가 사 준 거."

"나도 같이 고른 거야. 너 달래 주는 초콜릿 선물은 자기만 하고 싶대서 내가 양보했지."

"진짜?"

우경이 어깨를 으쓱하며 말했고, 우리는 처음 듣는 이야기라는 듯 눈을 둥글게 떴다.

"내가 우리한테 해 줄 수 있는 게 이런 거밖에 더 있나, 뭐."

현조가 조금 쑥스러운 듯 머리를 긁적이며 말했다. 어린 그녀를 위해 어린 현조가 아버지의 빈자리를 채워 줄 수 있는 방법이 그것밖에는 없었다.

우리의 애틋한 눈길이 현조를 향했다. 그러다가 다시 고개를 돌려 우경에게도 시선을 준다.

세 사람 입안에서 달콤하게 녹는 초콜릿.

유독 눈에 띄는 두 남자와 그 사이에 가녀린 우리를 등교하던 여학생들이 부러운 눈빛으로 바라보고 있었다.

우리의 양손이 두 남자의 손을 각각 잡고 있었다. 지금 이 순간만큼은 든든한 오빠들이 있어서 무엇도 두렵지 않았다.

"들어가."

"이따 보자, 우리야."

교문 앞에 선 우리를 향해 우경과 현조가 차례로 인사했다.

"응. 오빠들. 고마워."

"별게 다 고맙다."

현조가 웃는 얼굴로 대답하며 커다란 손을 들어 우리의 머리를 부비적거렸다. 그 기분 좋고 따스한 느낌에 우리가 옅게 미소를 지었다. 그 순간 열여덟 소녀의 붉게 달아오른 볼은 우리 자신도 자각하지 못했고, 우경과 현조도 마찬가지였다.

먼저 오빠들을 보낸 우리가 아웅다웅하는 두 사람의 뒷모습을 보며 작게 웃었다.

"엄마, 아빠. 고마워요."

……

"우리 오빠들을 나한테 주셔서."

부모님의 기일 다음 날. 원래도 그랬지만 유독 더 자신을 신경 써 주고 잘해 주는 오빠들이 너무 좋고 고마워서 우리는 문득 그래도 자신은 행복한 사람이 아닐까 생각했다.

* * *

"다녀왔습니다."

늘 그렇듯 수업을 듣고, 도서관에서 공부를 하고 돌아온 현조가 습관처럼 인사를 내뱉었다. 하지만 텅 빈 집에서는 어떤 대꾸도 돌아오지 않았다. 어머니도 외출을 하신 모양이었다.

피곤한 몸을 이끌고 돌아온 그가 소파에 털썩 주저앉았다.

본과 2학년. 한창 힘들고 바쁠 시기였지만 함께 공부하는 우경과 그 괴로움을 나눌 수 있어 조금은 덜 힘들었다.

"우리도 아직 안 왔나."

시계는 밤 9시를 가리키고 있었다. 텅 빈 집 안에서 채칵거리는 시계 소리를 들으며 현조가 자리에서 일어섰다. 오늘 아침 쾡하던 우경과 우리, 두 남매의 얼굴이 떠올라 괜스레 또 마음이 침울해졌다.

천천히 2층 계단을 오른 현조가 우리의 방으로 발걸음을 옮겼다.

똑똑. 주먹 쥔 손으로 방문을 두드렸지만 안에서는 아무런 반응이 없었다. 다시 한 번 똑똑.

여전히 응답 없는 방 앞에서 잠시 서성이던 현조가 슬쩍 문을 열어 안으로 고개를 빼꼼 내밀었다. 이리저리 움직이던 그의 눈동자가 책상에 엎드려 있는 자그마한 우리를 발견하곤 이내 멈추었다.

"이러고 자?"

조용하게 방문을 닫고 우리의 곁으로 다가간 그가 작은 목소리로 말을 걸었지만 책상에 엎드려서 잠이 든 우리는 전혀 듣지 못했는지 미동도 없었다.

새근새근.

색색.

얼굴 전체를 덮은 긴 머리가 답답해 보였는지 현조가 그녀를 향해 손을 뻗었다. 긴 머리카락을 귀 뒤로 넘겨 주자 자그맣고 하얀 옆쪽 얼굴이 드러났다. 잠시 곁에 선 현조가 그 모습을 물끄러미 바라보았다.

"예쁘네. 이우리."

자신도 모르게 튀어나온 말에 현조는 조금 당황한 듯 입을 앙 다물었다. 그리고 반듯한 입매를 굳게 닫은 채로 한참을 그곳에서 있었다.

조금 시선을 돌리자 책상 위에 몇 개 놓인 초콜릿이 보였다. 아무래도 초콜릿을 먹으며 문제지를 풀다가 잠이 든 모양이었다.

작게 웃은 그가 손을 뻗어 초콜릿 하나를 집어 들었다. 부스럭. 껍질을 까서 입에 넣으니 향긋한 내음이 코를 찌르고 올라왔다.

"으음."

천천히 녹여 가며 초콜릿을 먹고 있는데 우리가 뒤척이는 소리가 들렸다. 곧이어 잠이 깬 우리가 눈을 비비며 몸을 일으켰고, 아직 자신을 발견하지 못하고 부스스한 얼굴로 앉아 있는 우리가 귀여웠는지 현조가 검지 손을 들어 그녀의 볼을 쿡 찔렀다.

"잘 잤어?"

"어?"

"……."

"오빠 왜 여기 있어?"

훤칠한 그의 얼굴이 보이자 우리가 조금 놀란 듯 눈을 둥글게 떴다.

"집에 아무도 없길래. 너도 아직 안 들어왔나 확인하러 왔다가 자는 거 구경했어."

"뭐 그걸 구경하고 있어."

입술을 뾰족 내민 그녀가 민망한 듯 그의 시선을 피했다.

입을 벌리고 잠들지는 않았나, 설마 코를 골지는 않았겠지.

이런 저런 생각이 떠올라 괜스레 창피해졌다.

"그니까. 못생긴 얼굴 구경할 게 뭐 있다고. 그치."

"죽을래?"

"아이고. 무서워라."

겁먹은 척하며 뒤로 물러서는 현조의 모습이 얄미웠는지 우리가 가만히 그를 흘겨봤다. 쿡쿡 웃음을 터뜨린 현조가 손을 들어그녀의 작은 머리통에 가만히 가져다 댔다. 그리고 허리를 숙여그녀의 얼굴 가까이 다가갔다.

"눈이 아직도 부었네."

제 얼굴을 빤히 들여다보는 현조의 눈빛에 당황한 그녀가 조금뒤로 물러섰다. 손을 든 그녀가 가만히 눈가를 비볐다.

"진짜? 많이?"

"많이는 아니고. 아침보다 가라앉긴 했는데. 아직 조금."

"……"

"어제 자면서도 많이 울었지?"

안 울 수가 없었겠지.

대답 없이 시선을 아래로 내린 우리를 바라보는 현조의 눈빛이애틋했다. 아직은 어린 여동생 같은 우리의 상처가 그는 너무도가슴이 아팠다.

다시 허리를 편 현조가 손을 거두었다. 그런 그의 움직임을 따라 우리의 시선도 움직였다. 자신을 향해 걱정이 가득한 그의 얼굴이 너무도 반듯하고 예뻐서, 문득 우리는 오빠의 얼굴을 만져 보고 싶다는 생각이 들었다.

"내가 항상 옆에 있을게."

"……."

"초콜릿도 자주 사 주고. 치과의사 될 거니까 이 안 썩게 관리도 해 주고."

"……."

"그러니까 이제 너무 울지 마라, 우리야."

진심이 가득 담긴 그 목소리에 우리는 다시금 울컥 눈물이 쏟아질 것 같았다. 울지 말라고 한 본인이 지금 울 정도로 예쁜 말을 꺼냈다는 건 알까.

손등을 들어 살짝 맺힌 눈물을 닦아 낸 우리가 배시시 그를 향해 웃었다.

"고마워, 현조 오빠."

"오냐. 그리고 나도 고맙다."

"……."

"이렇게 웃어 줘서."

언제부터 현조에게 빠졌는지 정확한 기억은 없지만, 이때 그의 웃는 얼굴에 얼마나 세차게 뛰었는지 우리는 시간이 흐른 지금도 기억했다.

지금보다 더 앳되고 예뻤던 현조가 머리를 쓰다듬어 주며 위로해 주었던 그때. 제 머리를 가만히 흐트러뜨렸던 그 손이 유독 더 따뜻하게 느껴졌던 그때.

마주 보는 두 사람의 오고 가는 시선이 너무도 애틋했다. 오래 전 그날에도 두 사람은 모두 자각하지 못했지만 이렇게 서로를 향해 마음을 주고 있었다.

작가 후기

안녕하세요. 분실물입니다.

〈꿀〉, 〈로맨틱 데이즈〉에 이어 세 번째 종이책 출간입니다. 거북이 같은 연재속도에도 불구하고 분에 넘치는 사랑을 받았던 글인데요. 그래서인지 떠나보내는 마음이 왠지 더 헛헛합니다. 시원섭섭한 것 같기도 하고요.

글을 마무리 짓고 후기를 쓰는 이 시간은 언제나 많은 생각이 드는 때입니다. 정말 이대로 괜찮을까. 재미는 있을까. 부끄러운 글이 되지는 않을까. 편집자님을 많이 괴롭혔던 건 아닐까, 등등. 이 글을 쓰는 지금 만감이 교차하고 있답니다.

제가 아끼는 모든 이들에게 감사의 인사를 전합니다. 첫 출간 후기 때는 구구절절 실명을 많이도 썼는데, 이제 언급 안 해도 제 마음 아실 것 같아요.

　내 가족, 내 애인, 내 친구, 홍반야 언니, 분홍이네 찻집 식구들, 로맨틱 초콜릿 블로그에 찾아와 주시는 다정한 분들. 감사합니다.

　처음 미스터 초콜릿을 보고 컨택해 주셨던 정시연 팀장님, 제가 뭔가 고생 많이 시킨 것 같은 안리라 팀장님, 표지 마음에 쏙 들게 뽑아 주신 뿔 미디어 디자이너님. 모두 모두 감사합니다.

　다음 출간은 1월 즈음이 될 듯합니다. 〈로맨틱 데이즈〉보다 훨씬 더 오래전에 썼던 〈오래된 연인의 순정적 삼각관계〉라는 제목의 글이에요. 그리고 그 다음 타자로, 아직 연재 중이지만 〈못된 첫사랑〉도 늦지 않게 완결을 보고, 그 뒤 출간작업을 하지 않을까 생각합니다.

　날씨가 많이 추워졌어요. 벌써 2015년도 끝이 보입니다. 모두들 건강 조심하시고, 한 해 마무리 잘 하시길 바랄게요.

　점점 더 재밌고, 괜찮은 글로 자주 찾아뵐 수 있도록 노력하겠습니다. 기대해 주셔요. :)

2015년 12월 4일, 분실물 드림.

www.bbulmedia.com

www.bbulmedia.com